AF146481

Ulla Fichtner

Vertraue niemals deinem Nächsten

Krimi

Bibliografische Information der Deutschen Nationalbibliothek:
Die Deutsche Nationalbibliothek verzeichnet diese Publikation in der Deutschen Nationalbibliografie; detaillierte bibliografische Daten sind im Internet über http://dnb.dnb.de abrufbar.

© 2019 Ulla Fichtner

Herstellung und Verlag: BoD – Books on Demand, Norderstedt

ISBN: 978-3743197251

KAPITEL 1

Dort, wo sich Sandra befand, war es dunkel, feucht und kalt. Die Luft war stickig und ein ekeliger Geruch stieg ihr in die Nase.

Wie sie an diesen Ort kam, konnte sie nicht erklären. Auch, wenn sie krampfhaft versuchte, sich die Ereignisse der letzten Stunden ins Gedächtnis zu rufen, wollte es ihr einfach nicht gelingen. Sie kauerte, die Hände hinter dem Rücken zusammen gebunden, auf einem wackligen Holzschemel, der umzufallen drohte, sobald sie sich erhob. Da sie nicht abschätzen konnte, was sie erwartete, wenn sie aufstehen würde, blieb sie sitzen.

Sie wollte schreien und so auf sich aufmerksam machen. Aber auch das konnte sie nicht, denn in ihrem Mund befand sich ein Knebel, der mit einem Klebeband fixiert war. Sie musste immer wieder würgen, weil sie Angst hatte, zu ersticken. Da das Klebeband gefährlich nahe an ihrer Nase entlang führte, konnte sie nicht richtig atmen und rang verzweifelt nach Luft. In ihrem Kopf hämmerte es vor Schmerzen.

Obwohl sie fror, weil sie nur ein leichtes, geblümtes Sommerkleidchen trug und barfuß war, stand ihr der Schweiß auf der Stirn, so dass die Ponyfransen ihres langen, durchgestuften und blondierten Bobs an ihr klebten.

Wo waren ihre knallroten Sandaletten und ihre Handtasche? Warum war sie hier, in diesem Zustand? Sie konnte es nicht erklären. So sehr sie sich auch bemühte, die vergangenen Ereignisse traten nicht in ihr Bewusstsein. Sie erinnerte sich lediglich daran, dass sie vor längerer Zeit ihr Haus verließ und in einen trüben Himmel mit tief hängenden Wolken sah, die sich gerade in dem Moment entleerten, als sie in Richtung Garage unterwegs war und jemand sie von hinten anfiel. Dann wurde alles um sie herum dunkel.

Genauso dunkel wie in diesem Loch, in dem sie plötzlich ein Geräusch vernahm und bevor sie ihren Kopf in Richtung des Geräusches wenden konnte, ging die Tür zu ihrem Kerker auf. Ein Lichtstrahl fiel auf eine riesenhafte Kreatur, die breitbeinig vor ihr stand. Eingehüllt in einen blauen Arbeitsoverall, an den Füßen Sneakers. Vor dem Körper hielt die Gestalt ein Tablett, auf dem sich mehrere Gegenstände befanden. Sandra erschrak, als sie das Gesicht der unbekannten Gestalt oder das, was sie dafür hielt sah, weil es so grausam war. Sie ließ sich ihre Angst jedoch nicht anmerken.

Da etwas Licht in den Raum fiel, konnte sie erkennen, dass außer ihrer Sitzgelegenheit nichts vorhanden war. Aus der Mauer tropfte Wasser und es bildete sich bereits Schimmel. Erst, als sie die Gestalt ein zweites Mal ansah, begriff sie, dass sie nicht direkt in ein Gesicht sah, sondern in eine Maske, die sich die Gestalt übergezogen hatte. Die Maske stellte einen Clown dar, dessen gesamter Kopf entstellt war. Die Nase war nur noch ein blutiger Stumpf, die Oberlippe und Wangenknochen waren lediglich halb vorhanden. Eine runzlige Stirn, ungepflegte, faulige Zähne und blutige Augen ergänzten dieses grässliche Schauspiel.

„Ah, endlich ausgeschlafen? Das wurde auch langsam Zeit. Ausruhen kannst du dich später noch. Jetzt möchte ich endlich einige Informationen von dir", sagte die Gestalt, die eine dunkle, männliche Stimme hatte, mit einem ironischen Unterton zu ihr. Die Stimme klang merkwürdig fremd, irgendwie verzerrt, so als gehörte sie nicht zu ihr.

Sandra konnte sich nicht daran erinnern, geschlafen zu haben, das war absolut unmöglich auf diesem instabilen Untergrund.

Der Clown kam näher, stellte das Tablett neben ihr auf dem Boden ab und richtete sich dann vor ihr soweit auf, dass sie unmittelbar seine abscheuliche Visage ansehen musste, was ihr schwer fiel, aber sie hielt diesem Anblick stand ohne sich abzuwenden.

„Du fragst dich bestimmt, warum du hier in diesem finsteren, elenden Loch bist, oder?"

Als sie nicht sofort antwortete, schlug der Clown ihr mit seiner linken Hand ins Gesicht und wurde lauter.

„Antworte gefälligst wenn ich mit Dir spreche. Also, fragst du dich nun, warum du hier bist oder nicht?"

Außer einem Kopfnicken und einigen unverständlichen Lauten konnte sie nicht das Geringste von sich geben.

„Was hast du gesagt? Ich kann dich nicht verstehen. Ach so, du kannst gar nicht richtig sprechen. Verzeihung. Soll ich dich von dem Knebel befreien?"

Wieder ein Kopfnicken ihrerseits und ehe sie noch weiter nachdenken konnte, hatte er ihr das Klebeband mit einem raschen Griff vom Mund gezogen, was ihr Schmerzen bereitete, die sie aber zu unterdrücken versuchte. „Du hast nicht gejammert", bemerkte er anerkennend während er ihr das in ihrem Mund befindliche Tuch langsam herauszog.

„So, jetzt kannst Du meine Frage wohl beantworten. Weißt du, warum du hier bist?"

Leise kam ihre Antwort.

„Ich weiß es nicht. Sie können mich so oft fragen, wie sie wollen, ich weiß es nicht."

„Dann werde ich dir mehr Zeit geben, um darüber nachzudenken."

Mit einem hämischen Unterton ergänzte er seinen Satz.

„Du wirst sehr viel Zeit haben, wenn dir nicht schnell eine passende Antwort einfällt. Solange du überlegst, muss ich dich leider wieder knebeln."

Bei dem Gedanken, diesen unerträglichen Lappen abermals in ihrem Mund zu spüren, stieg dann doch Panik in ihr auf und sie erschrak. Um nichts in der Welt wollte sie dieses schreckliche Ding nochmals würgen müssen.

Mit weit aufgerissenen Augen bettelte sie:

„Vielleicht helfen Sie mir. Geben Sie mir doch bitte einen Tipp, der mir den richtigen Weg weist und meinem Gedächtnis hilft, mich daran zu erinnern, weshalb ich hier in diesem Verlies bin."

Auf ihre Bitte reagierte er nicht, sondern sprach monoton weiter.

„Du drückst dich ungewöhnlich gewählt aus. Man merkt, dass du aus einem sehr guten Stall kommst und du hast Angst vor der Dunkelheit und der Feuchte hier unten, nicht wahr? Ist kein schnuckeliges Plätzchen, bringt aber die Leute zum Reden. Am meisten fürchtest du dich jedoch vor dem Knebel."

Seine Hände, die in weißen Handschuhen steckten, tätschelten liebevoll den Knebel, bevor er dann ganz nah vor ihrem Gesicht mit ihm herumfuchtelte.

Sie drehte ihr Gesicht zur Seite, blickte auf den Boden, auf das Tablett und merkte, wie Übelkeit in ihr hochkroch. Sie erkannte eine Metallbox mit Deckel, deren Inneres nichts Gutes vermuten ließ, sowie diverse handliche Folterinstrumente, die sie aus unzähligen Fernsehkrimis kannte.

Der Clown registrierte zufrieden, dass ihr die Gegenstände, die sich auf dem Tablett befanden, Panik einflößten und mit einem ironischen Unterton fragte er:

„Gefallen dir die Sachen nicht? Ich habe sie extra für dich ausgesucht, besonders die in dieser hübschen kleinen Kiste."

Er berührte fast zärtlich den Metallkasten, bevor er ganz langsam den Deckel der Metallbox hochhob. Trotz des geringen Lichts konnte sie erkennen, dass sich in der Box Instrumente befanden, die ein Zahnarzt benutzt. Neben Skalpellen, Zangen und Scheren sah sie Sonden, Kieferspreizer und Pinzetten.

Mit herrischer Stimme befahl er ihr:

„Schau genau hin, es liegt in deiner Hand, wie du die nächsten Stunden, Tage, Wochen vielleicht auch Monate hier verbringen wirst. Wenn du mir sagst, was ich wissen möchte, wird alles gut, mehr oder weniger. Wir werden es uns richtig gemütlich machen und eine sehr schöne Zeit miteinander verbringen. Ich werde schon jetzt ganz traurig, wenn ich daran denke, dass sich unsere Wege irgendwann wieder trennen."

Er lachte höhnisch, kostete jeden Atemzug seines schauderhaften Schauspiels aus und die behandschuhten Finger seiner rechten Hand tänzelten über die Instrumente hin und her, was von einer gewissen Unentschlossenheit zeugte. Nach einigen Sekunden, die ihr wie Minuten vorkamen, griff er nach einer Zange.

„Siehst du, wie schön sie in meiner Hand liegt?", fragte er mit diesem irren Unterton in seiner Stimme.

„Sie ist wundervoll, nicht wahr? Du weißt, wozu eine Zange benutzt wird?"

Er betrachtete die Zange hingebungsvoll von allen Seiten.

Sandra sagte kein Wort. Sie blieb wie erstarrt auf ihrem Schemel sitzen.

„Ich erkläre es dir. Diese hier ist in ihrer Art sehr speziell. Ich kann sie in einem 90° Grad Winkel senkrecht oder waagerecht anlegen. Das erlaubt mir eine geradezu unendliche Anwendungsbreite in deinem Mund. Also, wenn du mich fragst, dann würde ich an deiner Stelle lieber wieder den Knebel nehmen. Die anderen Sachen kommen noch früh genug zum Einsatz. Wir wollen uns doch nicht die Spannung schon am Anfang nehmen. Wir lassen es langsam angehen."

Er legte die Zange wieder in die Box und verschloss diese. Dann sah er auf seine Armbanduhr und wurde im nächsten Moment hektisch.

„Ich kann mich heute nicht so lange mit dir beschäftigen. Die Arbeit wartet. Ich habe mich schon viel zu lange hier aufgehalten. Du kannst nun in aller Ruhe darüber nachdenken, warum du hier bist. Wenn ich das nächste Mal durch diese Türe trete, will ich eine Antwort. Also, überlege gut, was du mir sagen möchtest. Keine oder eine falsche Antwort hat Konsequenzen für dich. Welche das sein werden, kannst du dir nun selber ausmalen. Doch bevor ich gehe, darfst du deine Notdurft verrichten und etwas trinken. Ich bin kein Unmensch. Trinken ist wichtig, essen wird überschätzt."

Er holte einen rostigen Eimer, den er vor dem Verlies abgestellt hatte, in den Raum und stellte ihn etwas abseits des Schemels auf.

Sie sah ihn verwirrt an. Die Fesseln machten es ihr unmöglich, sich die Unterhose auszuziehen und auf den Eimer zu setzen.

„Warte, ich helfe dir. Das mache ich gerne."

Sie ekelte sich so sehr vor ihm und wollte schreien, aber da hatte er ihr schon mit seinen weißen Handschuhhänden den Slip runtergezogen.

„So müsste es gehen. Setz dich auf den Eimer und beeil dich", ordnete er an.

Zitternd befolgte sie seine Anweisung und während sie sich entleerte, hielt er ihr eine Flasche Wasser an den Mund.

„Trink und genieße. Das wird für lange Zeit reichen müssen."

Gierig zog sie an der Flasche. Erst jetzt bemerkte sie, wie durstig sie war.

Nachdem sie die Flasche geleert und er ihren Slip an die richtige Stelle gebracht hatte, führte er sie zurück zum Schemel.

„Mach es dir wieder bequem auf deinem Thron. Den Knebel erspar ich dir. Vielleicht denkst du ohne ihn besser nach", bemerkte er ironisch, dann nahm er seine gesamte Folterausrüstung an sich, drehte sich um und als er schon fast aus dem Kerker heraus war, wandte er sich nochmals in ihre Richtung.

„Ach ja, Sandra, du wolltest einen Tipp von mir. Eigentlich habe ich dich für schlauer gehalten und gedacht, du findest alleine die Lösung. Du bist doch sonst so cool und abgebrüht. Musst du vielleicht auch sein, wenn du so einen Beruf ausübst."

Er machte eine kurze Pause.

„Mal sehen, was du mit meinem Hinweis anfangen kannst. Ich sage nur `BLAU`".

Mit diesem Wort verließ er den Raum. Er schloss die schwere Stahltür hinter sich mehrmals ab und wusste, dass sie nun sehr angestrengt nachdenken würde.

Er hielt sie gefangen in seiner `camera silens`, seinem schweigenden Raum, tief unter der Erde, mit seiner vollständigen Dunkelheit, von dem kein Laut nach draußen dringen würde. Dieses Verlies war so gut wie jeder schallisolierte Raum. Ein längerer Aufenthalt dort könnte bei ihr Halluzinationen und andere Beeinträchtigungen der Wahrnehmungsfähigkeit hervorrufen. Wenn man sie dann später einmal finden würde, irgendwo weit weg von diesem Ort, wären keine sichtbaren Spuren einer Folter vorhanden, vorausgesetzt, er würde keine anderen Folterformen anwenden. Er war sich so sicher, dass es reichen würde, sie über einen längeren Zeitraum dort festzuhalten, ohne ihr anderweitig Schaden zufügen zu müssen. Beim Anblick seiner Folterinstrumente zitterte sie am ganzen Körper, das hatte er genau beobachtet. Wenn er sie das nächste Mal besuchen würde, wäre sie schon nicht mehr dieselbe. Er wusste genau, welche gesundheitlichen Folgen solch eine Gefangenschaft nach sich zieht.

Physisch träte eine allmähliche Zerstörung ihrer vegetativen Funktionen ein, was sich unter anderem durch eine Veränderung hinsichtlich des Schlaf-, Nahrungsaufnahme- und Urinierbedürfnisses auswirkte. Da sie nichts zu essen bekäme, würde sie unter Kopfschmerzen klagen. Hinzu käme eine psychische und emotionale Hinfälligkeit, die sich in Desorientierung, Konzentrationsschwierigkeiten, Gedankenflucht und schlechtem Erinnerungsvermögen sowie Sprach- und Verständnisdefiziten bemerkbar macht.

Zu lange dürfte er sie allerdings nicht dort lassen. Schließlich wollte er noch einige wichtige Informationen von ihr, die sie ihm als Wahnsinnige nicht geben könnte.

Er beschleunigte seine Schritte, rannte die vielen Treppenstufen hoch, indem er mehrere Stufen auf einmal nahm, um möglichst schnell diese ungastliche Umgebung zu verlassen, in der sich lediglich Fledermäuse, Ratten und Kakerlaken wohlfühlten.

Als er endlich das Tageslicht erblickte, blieb er kurz stehen. Er sah sich kurz um und steuerte dann zielstrebig auf ein in der Nähe geparktes Auto zu. Immer noch die Clownsmaske auf dem Kopf und die weißen Handschuhe an den Händen stieg er in den Wagen ein, startete den Motor, der aufheulte und verschwand hinter einer Staubwolke ins Nichts.

Sandra versuchte, die Ereignisse der letzten Minuten zu verarbeiten. Stress war sie gewohnt. In ihrem Beruf durfte man nicht zart besaitet sein. Man musste einiges einstecken können, Motivation und Ausdauer besitzen, Schwierigkeiten überwinden und ein Ziel vor Augen haben.

Sie überlegte. Er kannte ihren Vornamen und wusste, was sie beruflich machte.

Natürlich kannte er diese Fakten. Wahrscheinlich wusste er noch viel mehr über sie, als nur diese beiden Punkte. Er hatte sie aus einem ganz bestimmten Grund entführt, den sie unbedingt herausbekommen musste. Er wollte sie erniedrigen, klein kriegen, fertig machen. Nicht umsonst hatte er sie in diese lautlose Dunkelheit gesteckt. Aber, er würde sie nicht brechen.

Trotzdem drängten sich ihr unweigerlich Gedanken bestimmter Foltermethoden auf, die er noch anwenden könnte. Zu oft hatte sie in den verschiedensten Krisengebieten, aus denen sie berichtete, mitbekommen, was Menschen angetan wurde, um Informationen aus ihnen heraus zu pressen.

Sie sah die Bilder gefolterter Frauen vor sich, die nach Schlafentzug, Zwangsernährung und der Verabreichung von Drogen nicht mehr dieselben waren. Und das waren nur die ‚harmlosen' Misshandlungen, die man ihnen angetan hatte.

„Ich bin mental stärker als er denkt und ich werde dieses grabähnliche Loch lebend verlassen. Ich habe alles unter

Kontrolle, das hier ist eine Herausforderung, die ich bewältigen werde", machte sie sich, laut vor sich her redend, Mut.

Dann fasste sie einen Plan. Erst einmal musste sie ihren Atem wieder unter Kontrolle bekommen, um ihre Hirnregionen zu synchronisieren. Sie atmete viel zu schnell und ihr war kalt. Irgendwo hatte sie gelesen, dass durch eine nasale Einatmung ein tiefer Schaltkreis im limbischen System aktiviert wird, der besonders schnell Angstgefühle verarbeiten und Erinnerungen aufbauen lässt. Und beides benötigte sie jetzt. Sie versuchte, soweit es der wacklige Schemel erlaubte, eine gerade Körperhaltung einzunehmen, indem sie die Beine noch breiter aufstellte, sich gerade hinsetzte und die Schulterblätter zurücknahm. So gut es ging versuchte sie, tief durch die Nase ein und durch die Zähne auszuatmen, wobei sie beim Ausatmen immer eine kurze Atempause machte, um Ruhe in den Rhythmus zu bringen und vollständig abzuschalten, damit sie sich auf die dringende Frage konzentrieren konnte.

Nach einigen Atemzügen begann sie nachzudenken und führte abermals ein Selbstgespräch.

„`Blau`. Was soll ich mit diesem Scheißtipp anfangen? Was fällt mir dazu ein? Eine ganze Menge. Blau ist eine Farbe, blau kann auch ein Zustand sein, eine Beschreibung, etwas Kostbares, denkt man an die Blaue Mauritius. Umgangssprachlich wird es ebenfalls oft benutzt. Es ist die Farbe der Tiefe, des Wassers, der Seen und Meere, in denen ursprünglich alles Lebendige entstanden ist, aber auch der Weite des Himmels, des Göttlichen und

Geistigen. Blau gilt als Farbe des Gemüts, sie wirkt beruhigend, entspannend und positiv auf Menschen. Aber das alles ist bestimmt zu oberflächlich, um an die Lösung zu gelangen.

Und damit stellt sich eine weitere Frage. Warum zeigt sich mein Entführer mit einer Horrorclownsmaske und verzehrter Stimme. Wenn er vorhat, mich umzubringen, dann könnte er sich diese Maskerade sparen.

Im besten Fall gehe ich davon aus, dass er mich nicht beseitigt. Aber, warum diese ekelhafte Fratze und nicht eine einfache Wollmütze mit Augenschlitzen?

Er wollte mich erschrecken und von Anfang an klarstellen, wer das Sagen hat. Die Folterinstrumente und die menschenfeindliche Unterbringung in diesem Kerker, all das dient lediglich zu meiner Abschreckung, nicht zu meiner Tötung. Wenn ich ihm sage, was er wissen möchte, wird er mich bestimmt laufen lassen. Ich kenne ihn nicht und stelle keine Gefahr für ihn dar.

Jedoch muss ich erst einmal selber herausfinden, was für ihn das Richtige ist. Bis jetzt weiß ich nicht, was er mir mit dem Begriff ‚BLAU' mitteilen will. Ich muss mich zusammen reißen und noch angestrengter nachdenken", motivierte sie sich.

Zur gleichen Zeit war man einige Kilometer entfernt in großer Sorge um Sandra. Sie hatte sich mit mehreren Freundinnen verabredet, die nun über eine Stunde vor einem Restaurant auf sie warteten. Sie kannten sich alle seit ihrer Schulzeit, machten zusammen Abitur und dann ging jede ihren eigenen Weg. Sie trafen sich nur ab und zu, wenn es gerade in ihre Lebensplanung passte, was der Freundschaft jedoch nicht schadete, so dachten sie zumindest.

„Sie ist sonst nie unpünktlich, im Gegenteil. Meistens ist sie die Erste. Das hat wohl mit ihrem Beruf zu tun. Sie muss immer schnell sein, um an Informationen zu gelangen."

Mira wählte Sandras Nummer auf ihrem Handy, ohne Erfolg.

„Irgendetwas ist passiert. Ich kann sie auch nicht auf ihrem Handy erreichen", sagte Mira äußerst besorgt.

„Das ist merkwürdig. Sie hat dieses Ding ständig an, weil sie Angst hat, etwas Wichtiges zu verpassen, wenn sie nicht erreichbar ist."

„Langsam finde ich das auch seltsam. Gestern Vormittag habe ich sie an ihrem Arbeitsplatz angerufen und sie hat mir versprochen, zu unserem Treffen zu kommen", erwiderte Penelope.

„Da stimmt was nicht, das spüre ich."

„Was sollen wir denn jetzt machen? "

„Wir könnten uns bei der Redaktion erkundigen und fragen, ob die wissen, wo sie ist", mischte sich Ines ein.

„Eine gute Idee. Pen, du hast doch die Nummer, ruf dort an", schlug Mira vor.

Penelope tippte die Nummer ein und wartete, bis eine Verbindung hergestellt wurde. Zuvor stellte sie noch den Lautsprecher ihres Handys an, damit die anderen mithören konnten. Wenige Sekunden später hatte sie Kontakt mit der Redaktion, bei der Sandra arbeitete. Ohne abzuwarten, wer sich meldet, begann Penelope sofort das Gespräch.

„Penelope Heldritt hier. Einen schönen guten Tag. Ich rufe an, weil ich Sandra Eyb nicht erreichen kann. Ich mache mir Sorgen um Sandra. Wissen sie vielleicht, wo sie ist? Wir sind verabredet und ich warte jetzt schon über eine Stunde auf sie. Unpünktlichkeit ist sonst nicht ihre Art."

Die Frauenstimme am anderen Ende der Leitung, die sich mit Dana Lutec meldete, erwiderte freundlich den Gruß und bedauerte, nichts über den derzeitigen Aufenthaltsort von Sandra zu wissen.

„Kann es sein, dass sie im Auftrag der Zeitung unterwegs ist?" wollte Penelope wissen.

„Glauben Sie mir, ich kann ihnen wirklich nicht weiterhelfen."

Die Stimme klang verschüchtert und wurde immer leiser, Penelope konnte sie kaum verstehen, ließ aber nicht locker. Sie musste unbedingt erfahren, was los war und fragte weiter.

„Könnten Sie bitte etwas lauter sprechen, ich verstehe Sie kaum. Woran arbeitet sie denn zurzeit? Das müssen Sie doch wissen."

„Sorry, am Telefon kann ich Ihnen dazu nichts beantworten", flüsterte sie weiterhin, hinterließ bei Penelope jedoch gleichzeitig einen hektischen, getriebenen Eindruck.

„Heißt das, wenn ich bei Ihnen vorbei kommen würde, könnten Sie etwas dazu sagen? "

Jetzt wurde es für Penelope höchst interessant. Nach einigen Sekunden des Schweigens antwortete Dana immer noch äußerst unsicher:

„Wir sollten uns nicht hier treffen. Ich schlage das `Café Adler` am Bismarckplatz vor, dort bin ich zu Fuß von hier aus schnell bei ihnen. Sagen wir in etwa einer halben Stunde? Ich muss vorher noch etwas erledigen."

„Gerne, ich werde da sein und bin schon gespannt, was Sie zu sagen haben. Bis gleich. "

Das Gespräch war beendet und die Freundinnen sahen sich verwundert an. Ines konnte ihre Ungeduld kaum zügeln und platzte fast vor Neugier.

„Was soll das denn bedeuten? Was machen wir jetzt, sag schon", bedrängte sie Penelope, die sorgenvoll in die Runde sah.

„Ich befürchte, dass sich unsere Vermutung bestätigen wird. Da stimmt etwas nicht. Warum macht diese Frau so ein großes Geheimnis darüber, womit sich Sandra momentan beschäftigt. Sie wird schon nicht in hochbrisanten Staatsgeheimnissen herumstochern, sie schreibt lediglich die Kolumne im Lokalteil, nichts Weltbewegendes."

Penelope schüttelt den Kopf. Sie ahnte, dass Irgendetwas nicht stimmte. Warum diese Geheimniskrämerei von Frau Lutec? Weshalb konnte sie ihr nicht am Telefon erklären, woran Sandra momentan arbeitete? Merkwürdig war auch, dass Penelope nicht in die Redaktion kommen sollte.

„Wer weiß, welchen Sumpf man hier in der Stadt trocken legen kann und vergesst nicht, bevor sie diesen Job, der meiner Meinung nach unter ihrem Niveau liegt, angenommen hat, war sie für ganz andere Themen zuständig", erwiderte Ines.

Mira hielt sich mit Bemerkungen zurück, was ungewöhnlich war, da sie immer irgendetwas anzumerken oder zu kritisieren hatte. Sie benahm sich, entgegen ihres sonstigen Verhaltens, äußerst zurückhaltend.

„Das ist doch jetzt auch alles egal. Wir sollten hier nicht weiter tatenlos herumstehen und spekulieren, wenn wir die Möglichkeit haben", Penelope schaute auf ihre Armbanduhr, „in genau 25 Minuten und 39 Sekunden die Wahrheit zu erfahren. Also kommt, lasst uns zum Café fahren und dort auf Frau Lutec warten. Sie wird uns sicherlich berichten, warum wir Sarah nicht erreichen."

„Das ist das Beste, was wir machen können", unterstützte Ines den Vorschlag.

Die drei stiegen in Miras rabenschwarzes M 4er BMW-Cabrio G-Power ein, eigentlich ein Sportrennwagen, dessen Exklusivität durch eine hochwertige beige Ledergarnitur abgerundet wurde. Mira ließ das elektrische Hardtop-Verdeck herunter. Nach dem Regenschauer, der für Abkühlung gesorgt hatte, wollte sie offen fahren, was für sie immer ein Genuss war und das eigentliche Cabrio fahren auszeichnete.

Ines stieg als Erste ein.

„Du hast schon wieder ein neues Auto", bemerkte sie etwas neidisch.

„Ist nur ziemlich eng hier hinten ", stellte sie erstaunt fest, als sie sich auf einen der hinteren Sitze niederließ, was nicht so einfach war, denn sie trug einen ihrer knappen, eng anliegenden Röcke, passend zur schmal geschnittenen Jacke aus der neuesten Chanel Kollektion. Die mit Pfennigabsätzen bestückten High Heels erschwerten den Einstieg ebenfalls.

Ines hatte, im Gegensatz zu den anderen Frauen, die normalgewichtig sowie normalgroß waren, die dafür nötigen Modellmaße. Bei einer Körpergröße von ca. 180 cm stach sie mit ihrer Size-Zero-Figur auch ohne High-Heels aus der Menge heraus.

„Dein Job als Staatsanwältin scheint richtig viel Geld abzuwerfen, obwohl es immer heißt, im Staatsdienst verdient man nicht so gut. Wenn du dir so einen Wagen leisten kannst, dann verdienst du wesentlich mehr, als du uns immer erzählt hast. Wie viel hat er gekostet? Wenn ich die Extras sehe, war das nicht wenig."

Mira wiegelte sofort ab und spielte den neuen Wagen als Kleinigkeit herunter. Niemand musste wissen, wie es sich wirklich mit ihm verhielt, schon gar nicht Ines, dieses Modepüppchen, das dermaßen übertrieben modisch angezogen durch die Gegend lief und über jeden, der in eine Jeans gekleidet war die Nase rümpfte. Sie gab ihr ganzes Geld wahrscheinlich nur für Kleidung und Make-up aus.

„Nur keinen Neid auf den hinteren Plätzen. Der Wagen gehört leider nicht mir. Meiner ist schon länger in der Werkstatt, das ist ein Ersatzfahrzeug, das mir großzügigerweise überlassen wurde", bemerkte sie schnell und fügte noch hinzu:

„In so einem engen Rock fiele es mir auch schwer, in den Wagen einzusteigen."

Ines überhörte die eindeutig negative Bemerkung über ihre neueste Errungenschaft. Sie war en vogue, was man von den anderen beiden nicht behaupten konnte. Sie schluckte ihren Unmut herunter.

„Unglaublich. Wie heißt dieser Betrieb? Ich wünschte, meine Autowerkstatt hätte auch solche Ersatzfahrzeuge. Dann wäre mein Wagen ständig zur Reparatur."

Sie konnte sich jedoch diese Bemerkung nicht verkneifen, zumal Mira bei jedem ihrer Treffen, abfällige Bemerkungen über ihren Kleidungsstil machte.

Pen hielt sich, wie immer, aus dieser Art der Diskussion heraus. Das war ihr zu oberflächlich. Langsam setzte sie sich auf den Beifahrersitz, schnallte sich an und gab ihr O.K., um endlich loszufahren, damit sie pünktlich am vereinbarten Treffpunkt mit Frau Lutec reden konnten.

Alle waren äußerst angespannt und zugleich voller Hoffnung, endlich mehr über Sandras Verbleib erfahren zu können.

Sie fuhren ungefähr zwanzig Minuten bis zum besagten Café und fanden in unmittelbarer Nähe einen Parkplatz.

Da das Wetter schön war, nahmen sie an einem der Tische Platz, die draußen standen und mit einem Sonnenschirm ausgestattet waren.

Mira schnappte sich sofort die Speisekarte und blätterte darin herum.

„Hast du etwa Hunger? Wohl nicht gefrühstückt?", wollte Ines wissen.

„Ich sehe immer gerne nach, welches Angebot in den einzelnen Speiselokalen und Cafés vorhanden ist, dann kann ich sofort erkennen, ob es sich lohnt, etwas zu bestellen oder ob man lieber wieder aufstehen und woanders hingehen soll", gab Mira lapidar zur Antwort.

„Was hier steht, ist sowie so nicht nach meinem Geschmack, zu viel Fett und Kohlenhydrate, zu wenig Vitamine. Das können die alles selber essen."

Sie verzog ihr Gesicht, so als ob sie sich ekelte und legte die Karte aus der Hand. Ines wurde etwas zickig.

„Seit wann achtest du dermaßen auf deine Figur, das ist eine ganz neue Seite an dir. Früher war dir egal, was du in dich reingestopft hast."

Penelope, die genug hatte von der ewig verstockten Auseinandersetzung zwischen den beiden, stellte als Einzige die entscheidende Frage:

„Woran erkennen wir denn jetzt Frau Lutec? Hat jemand von euch eine Idee?"

„Gute Frage", pflichtete Ines bei.

„Wirklich gute Frage", musste Mira ebenfalls eingestehen und zu Penelope gewandt sagte sie:

„Warum hast du nicht nachgefragt? Wir wissen nur, dass sie eine noch relativ junge Stimme hat und einen slawischen Akzent. "

„Das ist ziemlich unfair von dir", entgegnete Penelope beleidigt.

„Du hast das Gespräch über Lautsprecher mitbekommen und ebenfalls nicht nachgehakt, wie wir sie erkennen können. Also, werfe mir jetzt nicht vor, ich hätte einen Fehler gemacht."

„So habe ich das nicht gemeint. Du bist immer so schnell aufgebracht", sagte Mira zu ihrer Verteidigung.

„Statt zu streiten, sollten wir nach einer Lösung suchen und diese auch finden", versuchte Ines die Situation zu entspannen.

Penelope sah sich um. Außer ihnen saß lediglich ein älteres Ehepaar zwei Tische weiter und vergnügte sich mit Kaffee und Sahnetorte.

Das Ehepaar fiel auch Mira auf. Abfällig bemerkte sie:

„Denen schadet das Fett nicht mehr, so dick wie die sind, können sie sich direkt noch eine ordentliche Portion nachbestellen."

Ines kullerte mit ihren großen Puppenaugen. Mira konnte so gehässig sein. Musste man diesen Wesenszug besitzen, wenn man als Staatsanwältin Karriere machen wollte?

„Hier draußen sitzt sie jedenfalls nicht. Ruf doch noch mal an und sage ihr, dass wir schon hier sind und an, Moment " sie sah auf das Tischschild, „an Tisch 12 sitzen", schlug Ines vor.

„Eigentlich müsste sie doch schon längst hier sein. Sie hatte gesagt, dass es lediglich fünf Minuten zu Fuß sind von der Redaktion bis hierher. Ich sehe mich erst mal im Café um. Vielleicht sitzt sie längst dort und wartet auf uns. Wenn nicht, kann ich immer noch anrufen", gab Penelope zurück.

Eilig ging sie in das Kaffeehaus und sah sich um. Von Frau Lutec keine Spur. Als sie wieder aus dem Café kam, schüttelte sie den Kopf.

„Drinnen ist sie leider nicht. Die Bedienung kann sich ebenfalls nicht an sie erinnern. Sie ist wohl erst auf dem Weg hierher."

„Wir können ihr auch entgegen gehen. Wie es aussieht, gibt es nur einen direkten Weg dorthin", warf Ines ein.

„So machen wir es. Auf dem Weg werde ich noch einmal in der Redaktion anrufen", bekräftigte Penelope.

Sie gingen los und Penelope wählte wieder die Redaktionsnummer. Dieses Mal war eine männliche Stimme am Apparat.

„Schönen guten Tag. Ich möchte gerne Frau Lutec sprechen."

„Frau Lutec hat schon Feierabend. Tut mir leid."

„Oh, könnten Sie mir bitte ihre Handynummer geben, es ist wichtig."

„Wir geben leider keine Privatnummern an Fremde heraus."

„Das verstehe ich, aber ich bin keine Fremde", log sie und räusperte sich.

„Ich bin ihre Schwägerin und Dana wollte mir ihre Handynummer geben, die sich geändert hat, da sie ein neues erworben hat."

„Einen Augenblick bitte", antwortete der Mann.

Sekundenlanges Schweigen am anderen Ende der Leitung und Penelope hatte den Eindruck, dass sich der Mann mit jemandem besprach. Das gab ihr die Gelegenheit den anderen mit Gesten zu verdeutlichen, dass sie gleich eine Nummer aufschreiben sollten.

Dann meldete sich die Stimme wieder.

„Hören Sie!"

„Ja?"

„Ausnahmsweise verrate ich Ihnen die Nummer, das darf ich eigentlich nicht. Aber Sie müssen mir versprechen, sie niemandem weiterzugeben."

„Natürlich gebe ich die Nummer nicht weiter, warum sollte ich. Ich bin lediglich daran interessiert, Dana zu erreichen."

„O.K. Sie lautet 01577/39211210 und der Klingelton ist ziemlich gewöhnungsbedürftig, er ähnelt einer kreischenden Möwe. "

„Ich danke Ihnen vielmals."

Schnell beendete sie das Gespräch, weil sie keine Lust hatte, eventuelle Fragen des Mannes zu beantworten. Zu Ines gewandt fragte sie:

„Hast du mitgeschrieben?"

„Klar."

„Dann zeig mal her."

Während sie auf den Zettel schaute und alle weitergingen in Richtung Redaktion, tippte sie die Nummer ein. Es dauerte etwas, bis die Verbindung zustande kam. Gerade, als sie an einer Toreinfahrt vorbei gingen, ertönte das

Freizeichen und sie hörten das Kreischen einer Möwe. Erstaunt sahen sie sich an.

„Das kann nicht sein. Die Stadt liegt nicht am Meer, nicht mal an einem Fluss. Hier gibt es keine Möwen", bemerkte Ines als Erste.

Sie sahen in die Toreinfahrt.

„Das Kreischen kommt eindeutig aus dieser Richtung. Lasst uns nachsehen", sagte Penelope.

Sie hielt immer noch die Telefonverbindung aufrecht.

Sie durchquerten die Toreinfahrt und fanden sich auf einem Gelände wieder, das einen sehr heruntergekommenen Eindruck machte. Tristesse pur. Von der Straße aus, war davon nichts zu erkennen. Früher musste hier einmal eine riesige Maschinenfabrik gewesen sein. Das Schild „Maschinenbau Schröder" war ein Indiz dafür. Sie verteilten sich und jede von ihnen suchte in einer anderen Richtung.

„Die Fabrik hat auch schon bessere Zeiten erlebt, überall dieser Schutt. Das ist schon fast eine Ruine", schrie Ines aus ihrer Ecke rüber zu den anderen und schüttelte den Kopf.

„Pst", zischte Penelope.

„Der Ton wird lauter. Irgendwo hier muss dieses Ding oder was auch immer sein."

Kaum hatte sie die Bemerkung ausgesprochen, blieb sie wie angewurzelt stehen und konnte gerade noch einen Schrei unterdrücken.

Vor ihr lag, umgeben von zerschlagenen Steinen, inmitten von Glasscherben und Müll eine Frau, die ein Handy in der Hand hielt. So, wie sie dalag, mit erkennbaren Schussverletzungen, war klar, dass sie umgebracht wurde.

Die beiden anderen kamen sofort auf sie zugestürmt.

„Merde", flüsterte Penelope, nachdem sich ihr erster Schock gelegt hatte.

„Das muss Frau Lutec sein."

„Meinst du wirklich?" fragte Ines verstört.

Sie hatte noch nie eine Leiche so unmittelbar gesehen, immer nur in Krimis. Für Mira als Staatsanwältin war das nichts Besonderes, auch Penelope kannte sich mit Tierkadavern aus.

„Sicher. Wer sollte es sonst sein", gab Mira schnippisch zurück.

Penelope handelte.

„Ich unterbreche die Verbindung und wähle nochmals neu. Wenn das Handy nicht mehr klingelt und dann doch wieder, ist sie es."

Leider hatte sie Recht. Der Klingelton verstummte, als sie die Verbindung unterbrach und die Möwe kreischte wieder, als sie die Nummer erneut eingab.

Entsetzt wandte sich Ines an die anderen beiden.

„Was machen wir denn jetzt? Vielleicht lebt sie noch. Sollen wir ihren Puls fühlen?"

„Die ist doch mausetot. Das siehst du doch. Wir müssen die Polizei benachrichtigen, daran kommen wir nicht vorbei" erwiderte Mira sofort etwas lauter als normal.

„Wie erklären wir der Polizei, dass wir die Leiche ausgerechnet hier, in einem sehr heruntergekommenen Hinterhof gefunden haben. Mira, du bist Staatsanwältin, du musst doch wissen, dass wir uns in einer mehr als üblen Situation befinden" gab Penelope zu Bedenken.

„Penelope hat schon wieder Recht, Mira. Das geht so nicht. Wir müssen uns etwas anderes einfallen lassen. Also überlegt, was wir machen können. "

Es wurde still und alle dachten nach, bis Mira das Denken unterbrach.

„Wisst ihr was ich mich die ganze Zeit frage?"

„Was denn?" wollte Ines wissen.

„Ist es möglich, dass das Verbrechen an Frau Lutec mit dem Verschwinden von Sandra zusammenhängt? Wenn ja, ist sie ebenfalls in Gefahr oder bereits tot?"

„Ein weiterer Grund, schnellstmöglich von hier zu verschwinden", erklärte Penelope und steckte das Mobile von Frau Lutec ein, während sie den anderen anzeigte, sich vom Ort zu entfernen.

„Warum nimmst du das Handy mit?" fragte Ines.

„Damit verständigen wir anonym die Polizei und werden nicht mit dem Mord in Verbindung gebracht."

„Die Idee ist gut und wie geht es dann weiter? Wohin fahren wir?" hakte Ines nach.

„Erst mal raus aus der Stadt und weit weg von hier. Irgendwo hin, wo wir in Ruhe die Polizei informieren und dann das Handy entsorgen können", gab Mira zur Antwort.

Schnellen Schrittes immer noch geschockt und wortlos gingen alle in Richtung des geparkten Wagens, stiegen ein und fuhren los.

Keine der drei Freundinnen ahnte, dass sie bereits seit längerer Zeit aus einiger Entfernung beobachtet wurden und ein silberfarbener Wagen ebenfalls in ihre Richtung fuhr.

KAPITEL 2

Im Kerker dachte Sandra weiterhin angestrengt nach, was ihr jedoch angesichts ihrer Körperhaltung immer schwerer fiel. Wenn sie das alles einigermaßen unversehrt überstehen wollte, durfte sie jetzt nicht nachlassen. Sie machte sich selber Mut.

Schon in der Schule nannten Sandra alle ‚das menschliche Lexikon', da sie, aufgrund ihres fotografischen Gedächtnisses, alles Wissenswerte in sich aufsog wie ein Schwamm.

Aber jetzt endete jeder Gedanke in einer Sackgasse.

Bevor Sandra, nach Jahren der Abwesenheit, wieder in ihre Heimatstadt zog, reiste sie aus beruflichen Gründen in der Welt umher. Das konnte sie sich erlauben, da sie keine Familie hatte, auf die sie hätte Rücksicht nehmen müssen, was ihrem Freiheitsdrang sehr entgegen kam. So war sie immer auf der Suche nach der ultimativen Story, manchmal auch am Rande der Legalität. Immer im Zentrum diverser Gefahrenherde und immer in verdeckter Mission, in Zusammenarbeit mit Informanten, die ihr nicht öffentlich-zugängliche oder geheime Quellen beschafften. Investigativ bis zur Selbstaufgabe, solange, bis ihr Körper und Geist die Hektik, die nervliche Belastung und die ewige Anspannung vor dem Entdeckt werden nicht mehr mitmachten.

Sie hatte den totalen Burn-out.

Unter falschem Namen begab sie sich in eine auf ihren Zustand spezialisierte Privatklinik, erholte sich relativ schnell und fühlte sich beim Verlassen der Einrichtung stärker als jemals zuvor.

Niemand, nicht einmal ihre besten Freundinnen, ahnte etwas von diesem düsteren Abschnitt ihres Lebens und das sollte auch so bleiben.

Sie wussten lediglich, dass Sandra als freie Journalistin für große Zeitungen gearbeitet hatte.

In ihre Heimatstadt kehrte sie zurück mit der Ausrede, Heimweh zu haben. Sie nahm die freie Stelle im Lokalteil der dortigen Tageszeitung an.

Das hieß zunächst einmal weniger Geld, was nicht tragisch war. Sie hatte im Laufe ihres riskanten Jobs sehr gut verdient und leistete sich davon ein kleines Apartment. So wurde sie nach vielen Jahren des Umherreisens von einem Brennpunkt zum anderen, sesshaft, eine ganz neue Erfahrung für sie.

Das hieß aber auch, mehr oder weniger geregelte Arbeitszeiten und mehr Freizeit. Eine weitere Erfahrung für Sandra, die sie nutzte, um sich körperlich und mental weiter zu stärken.

Das erzwungene Stillsitzen auf diesem elenden Hocker war sie nicht gewohnt. Nach ihrem Burn-Out bewältigte sie lange Fahrradstrecken innerhalb kürzester Zeit, um Frust und Stress abzubauen. Nun zwang sie dieser Clown durch die Fesselung zur Bewegungslosigkeit. Das war ebenfalls eine Art Folter für sie.

Die letzte Story vor ihrem Zusammenbruch handelte von Verstößen gegen die Menschenrechte in Afrika und hier vor allem von der anhaltenden und weit verbreiteten Gewalt gegen Frauen sowie dem Fehlen konkreter, effektiver Maßnahmen zur Bekämpfung von Menschenrechtsverfehlungen.

Einer ihrer damaligen Informanten hieß 'Samawati', das bedeutet auf Deutsch 'Blau'.

Sandras Körper richtete sich blitzartig wieder auf und Fragen über Fragen gingen ihr durch den Kopf.

Sollte das die Lösung sein? Wollte der Clown diesen Namen von ihr? Wenn ja, warum? Was hatte Samawati damit zu tun? Welcher Zusammenhang bestand zwischen Samawati und der Gestalt?

Sandra rief sich die damaligen Ereignisse in ihr Gedächtnis zurück.

Damals sollte Samawati ihr einen Kontakt vermitteln zu einem hochrangigen afrikanischen Regierungsmitglied, das von Machenschaften innerhalb der Führungselite im Zusammenhang mit der Verletzung von Menschenrechten wusste.

Zu dem Kontakt kam es jedoch nie, da Sandra ihren Zusammenbruch hatte und froh war, unbehelligt aus Afrika herauszukommen.

Je länger Sandra darüber nachdachte, umso sicherer war sie, die Lösung gefunden zu haben.

Gerade noch rechtzeitig, denn die große, schwere Stahltür öffnete sich und die eklige Clownsgestalt stand wieder breitbeinig vor ihr, bewegte sich auf Sandra zu und blieb breitbeinig vor ihr stehen.

Sandra zuckte leicht.

Mit derselben verzehrten Stimme wie zuvor begann er zu sprechen.

„Du hattest genug Zeit über alles nachzudenken und ich hoffe für dich, dass du mir nun das sagst, was ich von dir hören will. Ich gebe zu, mein Hinweis war nicht einfach nachzuvollziehen. Aber ich halte dich für äußerst intelligent und willensstark. Wie lautet also deine Antwort?"

Sandra sah mit weit aufgerissenen Augen in das furchterregende Gesicht und stieß nur ein Wort aus:

„Samawati."

„Bravo." Die Gestalt klatschte Beifall.

„Genau das wollte ich hören. Du hast mich nicht enttäuscht, zumindest heute nicht."

„Heute nicht?" wiederholte Sandra fragend.

„Als ob du nicht wüsstest, was ich damit meine."

Sandra schüttelte hilflos den Kopf.

„Wann habe ich Sie enttäuscht? Sind wir uns schon einmal begegnet?"

Die Gestalt wurde sichtlich ungehalten und ihre Stimme noch lauter.

„Du willst mich doch jetzt nicht verarschen, wo wir uns so gut verstehen. Tu bloß nicht so, als ob du nicht weißt, wovon ich rede. Samawati hat dir vertraut und du hast ihn alleine gelassen. Du hast dich aus dem Staub gemacht, als dir die ganze Sache zu heiß wurde. Du bist einfach abgehauen, in dein friedliches Heimatstädtchen. Aber glaub mir, so friedlich, wie du denkst, ist es nicht."

Sandra nahm allen Mut zusammen und sah direkt in die abstoßenden Augen der Maske. Sie atmete tief durch.

„Ich habe Samawati nicht alleine gelassen. So war das nicht. Es stimmt zwar, dass ich zum vereinbarten Termin nicht erschienen bin. Ich hatte aber einen signifikanten Grund dafür."

„Was konnte wichtiger sein, als das Leben von Samawati zu retten. Er war bereit, dir alle Informationen zu geben."

„Ich musste mein eigenes Leben retten."

„Wie meinst du das?"

„Ich hatte schon seit längerem ein diffuses Gefühl, dass etwas mit mir nicht in Ordnung ist. Es machte sich bemerkbar mit gelegentlichen Angstzuständen und körperlichen Beschwerden. Bei meinem Job ist das auch nicht weiter verwunderlich. Ich hatte fast pausenlos an dieser Story gearbeitet, Kontakte geknüpft, war auf mich alleine gestellt. Tiefgehende, zwischenmenschliche Beziehungen gab es nicht, lediglich kurze Begegnungen mit meinen Informanten. Meine eigenen Bedürfnisse hatte ich weitgehend zurück gedrängt. Ich wollte einfach nur eine weitere hervorragende Geschichte abliefern. Dafür nahm ich die Schlafstörungen sowie Kopf- und Rückenschmerzen in Kauf. Ich aß äußerst unregelmäßig und meistens ungesunde Sachen. Ich hatte schon längst die Grenze meiner Belastbarkeit überschritten, wollte mir das jedoch nicht eingestehen.

Am Abend vor dem Treffen mit Samawati wurden meine Schmerzen so unerträglich. Ich dachte, mein Kopf zerplatze augenblicklich, ich konnte mich nicht mehr bewegen, bekam eine Panikattacke und wollte nur noch raus aus diesem Land. Ich legte mich auf das Bett im Hotelzimmer und muss eingeschlafen sein. Als ich aufwachte und es mir wieder etwas besser ging, erkundigte ich mich nach dem nächsten Flug Richtung Deutschland. Ich erfuhr, dass er für zwei Stunden später angesetzt war und es gab noch freie Plätze. Ich buchte sofort. Und ich schwöre, in diesem Augenblick war mir alles egal. Ich wollte nur noch weg. Mein Gehirn war blockiert. Ich konnte an nichts anderes mehr denken. Samawati war mir in diesem Augenblick nicht wichtig."

Sandra sah dem Clown direkt in die abstoßenden Augen, doch er sagte sekundenlang nichts.

Mira, Ines und Penelope ließen die Kleinstadt hinter sich.

„Wo wollen wir jetzt hin?" fragte Mira und schaute unentwegt in den Rückspiegel, da sie schon seit dem

Passieren des Ortsendes das Gefühl hatte, sie würden verfolgt.

Die Fläche im Süden außerhalb der Kleinstadt bestand hauptsächlich aus Ackerland, hier wurden Kartoffeln und verschiedene Gemüsesorten angebaut. Der Norden, dem Gebirge zu, umfasste ein riesiges Waldgebiet, das sich aus einem engstehenden Mischwald zusammensetzte, wobei es sich hauptsächlich um Lärchen und Kiefern sowie Eichen und Buchen handelte.

„Wir müssen uns mal langsam entscheiden, damit wir die nächsten Schritte unternehmen können", fügte sie hinzu.

Der Verkehr wurde weniger und ihr Verdacht bestätigte sich.

„Ich möchte euch nicht beunruhigen, aber schaut jetzt bitte nicht zurück", forderte sie die beiden Freundinnen auf.

„Wir werden von einem silberfarbenen Fahrzeug verfolgt. Ich kann leider nicht erkennen, wie viele Personen sich in dem Wagen befinden."

„Ach Quatsch," machte sich Ines lustig.

„Wer sollte so etwas denn machen?"

„Das kann doch sein", gab Penelope ängstlich zu Bedenken.

„Immerhin haben wir eine Leiche entdeckt und vielleicht ist das hinter uns der Mörder, der uns auch noch beseitigen will."

„Deshalb noch einmal meine Frage, wohin?"

Mira wurde lauter.

„Mein Onkel ist passionierter Jäger und er hat eine Hütte im Gebirge", warf Penelope ein.

„Wir fahren schon genau in diese Richtung. Es wäre gut, wenn du unseren Verfolger abschütteln könntest."

„Kannst du mir bitte mal verraten, wie ich das auf dieser übersichtlichen Straße machen soll?"

Mira warf Penelope einen erstaunten Blick über den Spiegel zu und beschleunigte den Wagen.

„Nach etwa fünf Kilometern wird die Straße kurviger, weil wir dann in die Berge gelangen. Die Hütte meines Onkels liegt sehr abgelegen und ist auf den ersten Blick nicht zu erkennen. Wir können sie nicht mit dem Wagen erreichen, sondern müssen einen sehr langen Weg zu Fuß gehen. Ich sage dir, wo du den Wagen abstellen kannst. Hoffentlich können wir unsere Verfolger so für einige Minuten abschütteln."

Ines unterbrach Penelope.

„Hast du mich heute schon mal genauer angesehen? Ich bin wohl kaum auf solch eine Wanderung eingestellt und du willst jetzt nicht andeuten, dass ich mit den High Heels und in dem Kostüm durch den Wald stapfen und den Berg raufkrakseln soll?"

Penelope, die ein sportlicher Jeanstyp und leidenschaftliche Sneakerträgerin war, befand sich nun doch mittendrin in einer oberflächlichen Diskussion zum Thema Mode, sie antwortete nur:

„Warum kleidest du dich auch immer wie ein Topmodel?"

„Weil ich nicht rumlaufen möchte wie alle, schon gar nicht wie ein Bauerntrampel."

„Heißt das, ich sehe aus wie ein Bauerntrampel?"

Ines und Penelope lieferten sich ein gewaltiges Wortgefecht zum Thema Kleidung.

„Ich unterbreche euch nur ungern, aber ich wüsste gerne, wie ich weiter fahren soll", unterbrach Mira, die modetechnisch betrachtet, eine Mischung aus Penelope und Ines darstellte, jedoch eine Leidenschaft für übergroße Ringe besaß, die Diskussion.

„Jetzt wäre es günstig irgendwo im Wald zu verschwinden, ich kann unseren Verfolger momentan nicht sehen.

Penelope sah aus dem Fenster.

„Hinter der nächsten Biegung kommt nach einigen Metern ein kleiner bemooster Waldweg. Wenn wir dort einbiegen, machen wir es unserem Verfolger zu einfach. Du gibst nun mal so richtig Gas, das dürfte bei diesem Wagen kein Problem sein und dann nehmen wir die übernächste mögliche Abfahrt."

Mira beschleunigte den Wagen noch einmal und sie fuhren mit rasanter Geschwindigkeit, immer noch mit geöffnetem Verdeck, auf die von Penelope vorgeschlagene

Ausweichmöglichkeit zu, ein Adrenalinschub pur strömte durch ihre Körper.

„Achtung, gleich musst du runter von der Straße", sagte Penelope „und pass auf, dass du nicht zu viel Staub aufwirbelst, sonst sehen unsere Verfolger sofort, wo wir hergefahren sind".

Mit voller Konzentration steuerte Mira den Wagen auf den vorgeschlagenen Weg, ging runter vom Gas und fuhr in den Wald hinein.

„Gleich kannst du auf der rechten Seite parken. Dort ist sehr viel Gestrüpp. Das können wir gut als Tarnung für den Wagen benutzen."

„Aber seid bitte vorsichtig beim Abdecken, das ist ein Leihwagen, ich muss ihn in drei Tagen wieder ohne jeden Kratzer im Autohaus abgeben", merkte Mira betont besorgt an.

Zu Penelope gewandt sagte Ines:

„Du kennst dich hier aber sehr gut aus."

„Wie schon gesagt, mein Onkel", sie wollte weiterreden, wurde jedoch von Ines unterbrochen, die Penelope nachäffte.

„… hat hier eine Hütte. Das hast du schon gesagt."

Während Mira einen geeigneten Platz für den Wagen suchte und ihn parkte, redete Penelope weiter.

„Ich habe ihn oft auf die Jagd begleitet."

„Du findest es gut, dass Tiere gejagt und getötet werden, dass ihnen das Fell abgezogen wird?", fragte Ines entsetzt.

Penelope wurde wütend.

„Jäger töten die Tiere nicht aus Spaß, das verwechselst du mit Wilderern. Jäger regeln die Bestände und bekämpfen Tierkrankheiten oder Schädlinge. Das heißt, sie tragen zum Erhalt eines artengerechten und gesunden Wildbestandes bei. Wenn du also möchtest, dass es nicht nur noch Wildschweine und Füchse in den Wäldern gibt, da die natürlichen Fressfeinde schon zum großen Teil nicht mehr vorhanden sind, dann musst du dich damit abfinden, dass Jäger das entstandene Ungleichgewicht austangieren. Du verwechselst wohl unsere Arbeit mit dem Jagdtourismus im Ausland, wo Leute auf Trophäen aus sind, um damit anzugeben. Dagegen bin ich auch. Das verstößt eindeutig gegen den Natur- und Umweltschutz."

„Schon gut, schon gut", wehrte Ines ab.

„Jeder von uns weiß, dass du zur Furie wirst, wenn es darum geht, etwas gegen die Natur zu sagen".

Ines stieg aus dem Wagen, richtete ihren Rock sowie den Rest ihrer Kleidung und hob beide Hände in die Luft.

„Wenn du das so siehst, dann wird es wohl stimmen.

Mira und Penelope verließen ebenfalls den Wagen. Von den Verfolgern war noch immer nichts zu sehen. Ines und Mira nahmen ihre Taschen aus dem Wagen, Penelope ihren Rucksack.

„Könnt ihr euch bitte auf das Wesentliche konzentrieren." Mira wollte die Diskussion der Freundinnen endlich beenden.

„In welche Richtung müssen wir gehen?", wandte sich Ines an Penelope.

„Wir werden erst noch den Wagen mit Laub tarnen. Dann müssen wir in südliche Richtung weiter."

Penelope und Mira sammelten die auf dem Boden liegenden grünen Zweige ein. Ines stand verloren neben dem Wagen.

„Südliche Richtung?"

Ines schüttelte verwirrt den Kopf.

„Wo ist denn hier die südliche Richtung? Bin ich ein Kompass? Geht es noch umständlicher? Sag doch einfach nach rechts, links, geradeaus. Warum musst du immer alles so kompliziert machen."

„Du hast mit Natur wirklich nicht viel zu tun. Jedes Grundschulkind weiß, dass die Wetterseite, also die Seite, von der der Wind kommt, in Deutschland Nordwesten ist. Moose lieben die Feuchtigkeit. Dort steht ein alleinstehender Baum, bedeckt mit Moos und das bedeutet Nordwesten ist demnach da."

Penelope zeigte in die andere Richtung.

"Süden ist dort". Vielleicht solltest du dich weniger mit Mode und mehr mit überlebenswichtigen Dingen beschäftigen und jetzt sammelst du gefälligst die Zweige mit auf, dann kommen wir hier schneller weg. Ich habe keine Lust, mich von unseren Verfolger, wie viele es auch sein mögen, einfangen und womöglich ebenfalls ermorden zu lassen."

Die Schweigesekunden kamen Sandra wie eine Ewigkeit vor. Der Clown bewegte sich nicht, stand einfach nur regungslos da, was Sandra fast noch beängstigender fand, als die vorangegangene Vorgehensweise.

Sandra rutschte auf ihrem Hocker hin und her und zuckte zusammen, als der Clown unerwartet anfing, leise und abgehakt zu sprechen.

„Kann ich dir glauben? Kann ich dir das alles wirklich glauben? Lügst du mich nicht an? Hat sich das alles so abgespielt wie du es mir erzählt hast?"

Sandras Stimme klang verzweifelt, als sie antwortete.

„Ich schwöre, dass es so war. Warum sollte ich lügen? Ich kenne Sie nicht. Welchen Vorteil hätte ich, wenn ich nicht die Wahrheit sagen würde? Ich weiß doch nicht einmal, warum Sie mich hier in diesem elenden Loch gefangen halten. Samawati hat etwas damit zu tun, soviel ist sicher. Aber, was sonst noch dahintersteckt? Ich habe keine Ahnung."

Der Clown kam noch näher auf sie zu, er wirkte immer bedrohlicher und Sandra rechnete mit dem Schlimmsten. Als er fast ihr Gesicht mit seinem berührte sagte er:

„Du scheinst wirklich sehr deprimiert zu sein. Aber, du bist auch stark. Wenn es so ist, wie du gesagt hast, dann ist es äußerst beachtlich, dass du dich so gut in meiner Gefangenschaft hältst. Ich muss erst über all das, was ich von dir erfahren habe, nachdenken. Das bedeutet für dich, du musst es hier noch eine Weile aushalten. Ich werde aber die Bedingungen deines Hierseins etwas erleichtern. Ich lasse das Licht an und ich erspare dir die Handfesseln.

Ich habe dir auch frisches Wasser und Essbares mitgebracht. Die Fußfesseln bleiben erst einmal. Das verstehst du doch sicherlich. Ich muss prüfen, ob du die Wahrheit gesagt hast. Dann komme ich wieder und ich hoffe für dich, dass du mich nicht belogen hast. Du kannst dir vorstellen, was dich erwartet, wenn ich mit nicht zufriedenstellenden Antworten zurückkomme."

Nachdem er, wie versprochen die Handfesseln abgenommen und das Wasser sowie die Lebensmittel vor ihrem Hocker aufgestellt hatte, verließ er den kalten feuchten Raum, das Licht schaltete er nicht aus. Er zog die dicke undurchdringliche Türe hinter sich zu und schloss sie ab.

Sandra war wieder alleine. Sie blickte auf das Wasser und die Lebensmittel und bemerkte, dass sie die ganze Zeit ihr Hungergefühl unterdrückt hatte. Sie stürzte sich auf das Essen und schlang es mit hastigen Bissen hinunter, wobei sie zwischendurch immer wieder kurze Schlücke aus der Wasserflasche nahm.

Wer weiß, wann ich wieder etwas zu Essen bekomme oder ob dies meine Henkersmahlzeit ist, dachte sie.

Während sie aß überlegte sie.

Wie will er das, was ich ihm erzählt habe überhaupt überprüfen? Dazu müsste er internationale Verbindungen haben.

Ob der Flug an jenem Abend stattfand kann er ohne weiteres abrufen, aber ob ich an Bord war, ist nicht so leicht heraus zu bekommen. Es sei denn, jemand besorgt ihm die Passagierliste. Zu meinem Aufenthalt in der Klinik kann er nichts recherchieren. Ich bin damals nicht unter meinem richtigen Namen dort untergeschlüpft. Das war aber nur möglich, weil ein guter Freund aus Studienzeiten dort als Verwaltungschef arbeitet. Dieser darf keine Informationen an Fremde weitergeben. Es würde mich wundern, wenn er darüber Angaben herausfindet. Damit bin ich wieder bei meiner Ausgangsfrage: Wie will er meine Darstellung der Ereignisse überprüfen? Wenn er ohne positive Resultate wiederkommt, dann tötet er mich, da bin ich mir sicher. Ich muss versuchen, hier rauszukommen, bevor er wieder auftaucht.

Sandra rüttelte an ihren Fußfesseln, die schon seit längerer Zeit stark auf ihre Achillesfersen drückten. Die Kette zwischen den Fußschellen schätzte sie auf 30 cm Länge. Sie stand auf und versuchte zu gehen, was einigermaßen gelang. Sie erreichte die Türe und drückte die Klinge herunter.

Was erwartete sie? Dass die Türe aufgehen würde, wo sie doch genau gehört hatte, wie die Gestalt sie beim Verlassen des Kerkers abgeschlossen hatte.

Sie würde niemals diesen grausamen Ort aus eigener Kraft verlassen können, das wurde ihr in diesem Moment schmerzhaft bewusst.

Die drei Freundinnen hatten schon einen Großteil des Weges in Richtung Berghütte hinter sich gelassen.

Den Waldweg verließen sie bereits nach einigen Metern und bahnten sich den Weg durch ein Maisfeld hinter dem sich eine Blumenwiese befand.

Ines war schon vollkommen aus der Puste. Sie blieb abrupt stehen und zog die High Heels aus.

„Penelope, bist du sicher, dass du den Weg zur Hütte kennst. Wir gehen hier querfeldein ohne genauen Plan. Wann sind wir endlich da. Meine Füße schmerzen, ich kann nicht mehr lange laufen. Ich brauche eine Pause."

Penelope erwiderte:

„Wir gehen nicht planlos durch die Gegend. Ich habe unser Ziel genau im Auge. Ich denke aber auch an unsere Verfolger, die wir abschütteln müssen. Noch sind sie nicht hinter uns. Es kann jedoch nur Minuten dauern, dann haben sie den Wagen gefunden und reimen sich zusammen, dass wir auf dem Waldweg weitergegangen sind. Deshalb liefen wir durch das Maisfeld. Wir müssen noch über diese Wiese und dann die nächste Steigung hoch."

„Steigung?"

Ines wurde hysterisch.

„Ich kann auf diesen Schuhen nicht einmal normal über Felder und Wiesen laufen, dann komme ich erst recht keine Steigung hoch."

„Das sehe ich ein, deshalb solltest du die Schuhe auch nicht wieder anziehen", gab Penelope von sich.

„Ich soll also mehr oder weniger barfuß da hoch gehen? Sozusagen über Stock und Stein?"

Ines verzweifelte immer mehr.

„Du kannst auch hier stehen bleiben und abwarten, was passiert", sagte Mira, die sich in das Gespräch einschaltete.

„Ich kann euren Streit nicht mehr ertragen, wir sind auf der Flucht, müssen um unser Leben fürchten und ihr regt euch über unnütze Dinge auf."

Penelope zuckte mit den Schultern.

„Das musst du nicht mir sagen. Ich benehme mich nicht wie die Prinzessin auf der Erbse."

Verächtlich stieß Ines hervor:

„Ich schwöre euch beiden, wenn diese Sache hier überstanden ist, dann überdenke ich auf jeden Fall, ob ich weiterhin mit euch befreundet sein möchte."

„Das kannst du gerne machen, aber jetzt müssen wir weiter", antwortete Penelope kurz.

Ines zog ihre Schuhe nicht wieder an, sondern ging auf Nylons über die Blumenwiese, was sich zu ihrer Überraschung richtig gut anfühlte, als ob sie sich auf einem weichen hochflorigen Teppich bewegen würde. Das Gefühl endete abrupt, als sie auf den Steinweg kamen, der stellenweise so steil und übersät mit Schotter war, dass er nur mit guten Wanderschuhen bezwungen werden konnte.

„Wie anstrengend wird der Weg denn noch?", fragte sie immer genervter. Sie war an ihrem Limit angekommen, körperlich und psychisch.

„Das ist doch reine Schikane von dir, uns hierher zu scheuchen. Ich kann nicht glauben, dass ich das alles mitmache."

Langsam fand Penelope die ewige Nörgelei von Ines unerträglich und antwortete ihr beleidigt.

„Dann bleib doch einfach hier stehen und warte, bis unsere Verfolger dich mitnehmen. Wenn du das besser findest, bitte schön. Du weißt, welche Konsequenzen das hat. Mira und ich gehen weiter."

Um das zu demonstrieren rannte Penelope fast den Pfad entlang, so dass es auch Mira schwer fiel, mit ihr Schritt zu halten.

Zähneknirschend und sich selbst bemitleidend stakste Ines langsam hinter ihnen her.

KAPITEL 3

Die Polizei- und Feuerwehrwagen standen mit Blaulicht auf dem alten Firmengelände, das großräumig abgesperrt wurde.

Es wimmelte von Polizeibeamten, die in dem aufgetürmten Schutt nach Hinweisen suchten. Die Spurensicherung war bemüht, etwas Brauchbares zu finden. Mittendrin befand sich noch immer die Leiche von Frau Lutec.

„Hat jemand ihr Handy gefunden?", rief ein Mann, etwa Anfang vierzig, ein Hüne mit Muskelpaket, das auch durch das Oberteil zu erkennen war und ziemlich gut aussehend, über das gesamte Gelände.

Das Gegenteil von ihm kam mit hastigen Schritten ehrerbietend auf ihn zu.

„Tut mir Leid, Chef. Wir konnten es bis jetzt noch nicht finden. Vielleicht hatte sie gar keins."

„Unsinn. Jeder hat heute so ein Ding. Außerdem teilte mir der Kollege der Zeitung, der sie als vermisst gemeldet hatte, mit, dass er telefonisch ihre Handynummer rausgegeben hat. Vielleicht an ihren Mörder?"

Der Hüne sah sich um und strich dabei mit seiner rechten Hand durch seine braune Lockenpracht.

„Schade, dass das Gelände so heruntergekommen ist. Man könnte eine wirklich schöne Anlage hier erschaffen, mit dem nötigen Kleingeld."

Zu dem Kleinen gewandt fragte er:

„Was war das denn früher mal?"

„Soviel ich weiß, war hier eine Maschinenfabrik ansässig. Sie lief auch sehr gut."

„Und warum sieht es dann hier so aus?"

„Der Eigentümer ist verstorben und die lieben Erben konnten sich nicht einigen. Das Ganze wurde versteigert und der Käufer wollte hier luxuriöse Eigentumswohnungen errichten."

„Das scheint nicht geklappt zu haben."

„Richtig, hier steht alles unter Denkmalschutz, der äußerst ernst genommen wird. Der Käufer hatte nicht damit gerechnet, dass der finanzielle Aufwand zur Erhaltung so hoch sein würde. Die Gesamtanlage muss erhalten bleiben, da es sich um einen sogenannten Ensembleschutz handelt. Es darf kein einziges Gebäude abgerissen oder in seinen festgelegten Außenmauern stark verändert werden."

„Sie kennen sich gut aus mit diesen Gegebenheiten."

„Mir liegt viel an meiner Heimatstadt. Ich bin gerne informiert über Dinge, die hier geschehen."

„Haben Sie deshalb abgelehnt, als man Ihnen die Stelle in der Zentrale angeboten hat?"

Der Kleine stutzte. Das Gespräch nahm für seinen Geschmack einen ungewöhnlichen Verlauf an. Zögernd antwortete er:

„Verzeihung bitte, aber Sie sind erst seit einer Woche mein neuer Chef. Warum möchten Sie das wissen?"

Der Hüne musste innerlich schmunzeln, versuchte jedoch ernst zu bleiben.

„Genau deshalb."

Der Kleine sah fragend in die Richtung seines Chefs.

„Ich bin erst eine Woche hier und möchte so viel wie möglich über meine Mitarbeiter wissen. Ich muss mich auf mein Team verlassen können. Deshalb interessiert mich nicht nur der berufliche Werdegang, den kann ich jeder Personalakte entnehmen, sondern auch der private Hintergrund eines jeden. Und Sie können mir glauben, ich merke sofort, wenn jemand lügt und meint, er müsse mir Märchen auftischen."

„Verstehe. Ich denke, in dieser Hinsicht müssen Sie sich keine Sorgen machen. Wir sind alle froh, dass Sie unser neuer Chef sind und Herr Winter endlich seinen wohlverdienten Ruhestand angetreten hat."

Der Hüne schmunzelte abermals.

„O.K. Dann haben wir das geklärt. Finden Sie das Handy. Für unsere Ermittlung ist es unerlässlich. Wahrscheinlich befinden sich Informationen darauf, die uns weiterbringen. Ich muss noch einmal weg. Wir treffen uns auf der Dienststelle."

Mit diesen Worten entfernte sich der Hüne schnellen Schrittes.

Der Kleine blickte ihn mit verkniffenen Augen hinterher. Als er ihn nicht mehr sah, nahm er sein Handy aus der Sakkotasche und wählte eine Nummer.

Am anderen Ende der Leitung meldete sich einer der Männer, die Ines, Mira und Penelope verfolgten. Die zwei weiteren suchten die Gegend nach verwertbaren Spuren ab und fanden den Wagen.

„Ich habe schlechte Nachrichten. Nachdem wir sie eine Weile beobachtet haben, sind sie in Richtung Berge gefahren. Leider haben wir sie dort aus den Augen verloren. Wir konnten aber den Wagen entdecken, den sie gut getarnt hatten", gab er kleinlaut zu.

Der Kleine führte sich auf wie Rumpelstilzchen.

„Was, ihr habt sie verloren? Ihr seid so blöd. Für was kann man euch überhaupt gebrauchen? Ich habe dem Boss gleich gesagt, dass er andere Leute auf die drei ansetzen soll. Wo sind sie hin? In den Wald?. Dann folgt ihnen schnell. Es wird doch nicht so schwer sein, drei Tussen im Wald aufzustöbern. Wie soll ich nun dem Boss erklären, dass ihr die Sache vermasselt habt? Ich kann euch nur raten, findet sie!"

Wutentbrannt beendete er das Telefonat.

Die drei Verfolger blieben ratlos zurück.

„Sie können in alle Richtungen gegangen sein. Wo sollen wir anfangen zu suchen?" unterbrach einer von ihnen die Stille.

„Das Gelände wird immer unwegsamer. Sie können doch nur einen der bequemeren Pfade gegangen sein. Habt ihr gesehen, wie sie angezogen waren. Bei dem Schuhwerk kommen die in dieser Gegend nicht weit."

„Ich würde sie nicht unterschätzen. Sie haben uns vorhin ganz schön an der Nase herumgeführt. Wir dachten zuerst, sie würden die erstbeste Ausfahrt nehmen. Bis wir hierher kamen, ist sehr viel Zeit vergangen. Sie sind schlau. Ich wette, sie machen genau das Gegenteil und suchen sich einen der schwierigen Wege aus. Ich bin dafür, dass wir in diese Richtung laufen."

Er zeigte nach Süden und lief los. Die anderen trotteten Schulterzuckend hinter ihm her.

Gibt es ein Entkommen aus einer ausweglosen Situation? Sandra glaubte schon nicht mehr daran, dass sich ihr Schicksal noch einmal zum Guten wenden würde. Zu lange saß sie schon in diesem düsteren, ekligen Loch. Da öffnete sich unverhofft die dicke, schwere Eisentüre ein weiteres Mal.

Sandra, die wieder auf ihrem Hocker saß, machte sich schon auf das Schlimmste gefasst.

Doch als sie die Gestalt in der Türe besser sehen konnte, stand nicht die ekelhafte Clownsfratze vor ihr, sondern ein

Hüne, Anfang vierzig mit einer braunen Lockenpracht. In seinen verwaschenen Jeans und dem grau melierten langärmligen Poloshirt sah er ziemlich gut aus. Seine farblich abgestimmten Lederschuhe rundeten das Erscheinungsbild ab.

Er sagte kein Wort, sondern öffnete mit dem passenden Schlüssel ihre Fußfesseln und streckte ihr seine rechte Hand entgegen, damit sie leichter aufstehen konnte.

Kurz angebunden sagte er nur:

„Kommen Sie, wir müssen hier weg."

Sandra, die immer noch leicht irritiert war, nahm ihre Befreiung wie in Trance wahr. Sie rieb sich automatisch die wund gescheuerten Waden mit ihrer freien Hand. Um etwas zu erwidern, war sie viel zu überrascht. Sie ließ sich von dem fremden Mann an der Hand aus ihrem Verließ führen.

Als sie das Tageslicht erblickte und obwohl die Sonne nicht schien, musste sie blinzeln und hielt sich die andere Hand zur Abdeckung ihrer Augen vor ihre Stirn. Sie zitterte, was der Mann sofort bemerkte.

„Wenn wir am Wagen sind, gebe ich Ihnen eine Jacke."

Sandra fand endlich ihre Stimme wieder.

„Wer sind Sie? Sind Sie von der Polizei? Wie haben Sie mich gefunden? Wohin fahren wir?"

„Ich erkläre Ihnen alles zur gegebenen Zeit. Jetzt müssen wir erst einmal sehen, dass wir hier weg kommen."

Hastig gingen sie auf den Wagen des Hünen zu und stiegen ein. Wie versprochen reichte er ihr eine Jacke, die sie hastig überzog und sie fuhren los.

In Sandras Hirn ratterte es unaufhaltsam. Sie war nicht mehr in diesem schrecklichen Loch, aber ob der Wagen, in dem sie nun saß eine Verbesserung war, konnte sie noch nicht erkennen. Woher wusste dieser Mann, wo sie sich aufhielt? Woher hatte er die passenden Schlüssel für ihre Fußfesseln? Wohin würde er sie bringen? Und vor allem: Warum erklärte er ihr nicht auf der Stelle, wer er ist?

Sie blickte sich noch einmal kurz um. Diese Gegend war ihr unbekannt oder hatte sich alles in ihrer Abwesenheit dermaßen verändert? Wenn nicht, bedeutete das, dass sie sich nicht mehr in der Nähe ihrer Heimatstadt befanden. Weiter nachdenken konnte sie nicht, denn ihr fielen vor lauter Müdigkeit die Augen zu.

Sie fuhren etwa zwei Stunden, vorbei an Feldern, Wiesen und kleinen Wäldchen. Er fuhr sehr rasant. Dass sie schlief war für ihn von Vorteil. So konnte sie den Weg nicht verraten. Dann hielt er vor einem alleinstehenden Haus, das auf einer kleinen Anhöhe stand, von der aus man eine schöne Aussicht auf die umliegende Landschaft hatte und weckte sie auf.

„Was ist das?", fragte Sandra verschlafen und sah sich zaghaft um. Neben dem Haus, das eine sehr individuelle Bauweise besaß und sie dennoch an ein Schwedenhaus erinnerte, konnte sie einen Gartenschuppen erkennen sowie eine dreiseitig umlaufende überdachte Terrasse mit Sitzecke und Grill.

„Ein sicherer Ort", antwortete er.

„War der Kerker nicht sicher?"

„Soll ich Sie dahin zurückbringen?"

Sandra schüttelte vehement den Kopf. Der Gedanke an das Verlies verursachte erneut Übelkeit bei ihr. Hastig befreite sie sich von dem Sicherheitsgurt, stieg aus dem Wagen und übergab sich in das erstbeste Grün am Wegesrand.

Er trat neben sie und reichte ihr ein Papiertaschentuch. Dann sagte er fast liebevoll:

„Ich bin ihnen eine Erklärung schuldig. Kommen Sie bitte mit ins Haus. Wenn Sie sich frisch gemacht haben, erzähle ich Ihnen alles."

Gemeinsam betraten sie das Haus, das über eine große Anzahl an Zimmern und Bädern verfügte. Im Untergeschoss befand sich ein stattlicher Wohn- und Essbereich mit einer angrenzenden Küche, die im Landhausstil gehalten war. Die beiden oberen Stockwerke beherbergten mehrere Schlaf- und Gästezimmer mit jeweils eigenen Bädern.

Sandra staunte, ein solches Haus soweit abgelegen von jeglicher Zivilisation vorzufinden. Von der Größe und Ausstattung machte es so manchem Stadthaus Konkurrenz.

Bevor sie ihrem Staunen Worte verleihen konnte, zeigte er ihr den Weg zu einem der Badezimmer.

„Dort finden Sie auch Anziehsachen und Schuhe, die ihnen passen müssten."

Sie ging ins Bad. Vor dem Waschtisch mit den Doppelwaschbecken blieb sie stehen und sah in den darüber angebrachten Wandspiegel. Sie erkannte sich fast nicht. Zu stark waren die Spuren der Gefangenschaft sichtbar. Die blond gefärbten Haare hingen strähnig und zerzaust bis zur Schulter herunter. Ihr Gesicht war verschmiert vom Make-up und Dreck. Rötungen waren sichtbar und um den Mund herum zeigten sich kleine Bläschen. Tränen stiegen ihr in die Augen, die sie zu unterdrücken versuchte. Nach den qualvollen Tagen in der Hölle war sie um Jahre gealtert. Auch ihr Körper war mit Wunden und blauen Flecken übersät. Das volle Ausmaß erkannte sie, als sie den Fetzen, der vor ihrer Entführung einmal ein hübsches Sommerkleid war, abstreifte.

Sie schluchzte und stellte sich in die Dusche. Als sie das warme Wasser auf ihrem Körper spürte, ging sie in die Hocke und ließ ihren Tränen freien Lauf.

Es dauerte Minuten, bis sie sich wieder einigermaßen erholt und beruhigt hatte. Da sie das Wasser als eine Wohltat empfand, ließ sie es noch einige Sekunden über ihren Körper plätschern, reinigte sich und machte sich, so gut es ging, zurecht. Sie zog die bereit gelegten Kleidungsstücke an, hob den Deckel einer Wäschetruhe hoch, in der sie den Überrest des Sommerkleides verstauen wollte und entdeckte dort zu ihrem Entsetzen die ekelhafte Clownsmaske sowie ihre knallroten Sandaletten und ihre Handtasche. Mit einem Aufschrei hob sie die Maske hoch. Augenblicklich stürmte der Hüne in das Bad und sah, dass Sandra, die ihn entgeistert anblickte, die Maske entdeckt hatte.

„Ich kann Ihnen das alles erklären, aber wir sollten uns dabei hinsetzen. Bitte kommen sie mit ins Wohnzimmer", forderte er sie sanft auf.

Sie blieb jedoch wie angewurzelt stehen und schüttelte unentwegt den Kopf. Der Schock saß zu tief. Fast hätte sie diesem fremden Mann vertraut und nun musste sie feststellen, dass er ihr Entführer war oder zumindest mit ihrer Entführung zu tun hatte.

„Ich weiß, was Sie nun denken. Zu einem Großteil haben Sie auch Recht mit ihren Vermutungen. Aber ich möchte Ihnen das wirklich alles in Ruhe erklären, bitte", flehte er sie an und berührte dabei sanft ihren rechten Arm, so dass er sie behutsam in Richtung Wohnzimmer führen konnte.

Sandra war nervlich am Ende und ließ es geschehen. Welche Optionen hatte sie? Er war ihr haushoch überlegen. Wenn er wollte, könnte er sie hier auf der Stelle töten. Sie hätte keine Chance, sich gegen ihn zur Wehr zu setzen. Er könnte sie auf dem Grundstück dieses abgelegenen Hauses irgendwo verscharren und man würde sie niemals finden. Sie war völlig fertig. Apathisch setzte sie sich in den Sessel neben dem Kachelofen, zu dem er sie geführt hatte. Sie blickte durch die großen Fenster hinaus auf eine Pferdekoppel.

Wie durch einen Nebel hörte sie, dass er etwas zu ihr sagte, sie verstand es jedoch nicht. Sie war immer noch müde und wollte nur schlafen. Sie rollte sich in dem Sessel zusammen und zog sich vollständig in sich zurück. Als ihr die Augen zufielen und sie kurz vor dem Einschlafen war dachte sie nur, dass sie vielleicht nie mehr aufwachen würde.

„Sandra?"

Der Hüne unterbrach seinen Monolog als er merkte, dass Sandra eingeschlafen war. Fürsorglich legte er ihr eine Decke um und dachte, es sei wahrscheinlich besser, dass sie erst einmal richtig ausschlafe. Das gäbe ihm die Möglichkeit, sich mit seinem Team zu treffen und weitere Vorgehensweisen abzusprechen. Wie viel von dem, was er sagte, hatte sie überhaupt mitbekommen? Wahrscheinlich nicht ein einziges Wort, sonst hätte sie ganz anders reagiert.

Der ansteigende Pfad, zusammengefügt aus Gesteinsbrocken, führte vorbei an unberührten Hochflächen und tiefgründigen Moortümpeln, in denen sich das Gehölz und der Himmel widerspiegelten, eine atemberaubende Landschaft, die voller Geheimnisse zu stecken schien.

„Seht genau hin, wo ihr hergeht. Nicht, dass ihr noch auf eine Kreuzotter tretet, die ist hier noch weit verbreitet."

Penelope machte sich, trotz der ernsthaften Lage, in der sie sich befanden, einen Spaß daraus, ihre Freundinnen weiterhin zu ärgern und Ines sprang sofort wieder darauf an.

„Spinnst du? Das sagst du uns erst jetzt! Seitdem ich meine Schuhe ausgezogen habe, hätte ich schon mindestens ein Dutzend Mal auf so ein Ding treten können. Außerdem reicht es mir. Meine Haut ist bereits von einem Dornenbusch zerkratzt und ich glaube, mich hat so ein Viech gestochen. Ich will mich nur noch irgendwo hinsetzen und ausruhen."

„Wenn du mit Viech Stechmücke meinst, das kann gut sein. Die gibt es hier auch in Unmengen. Aber, sei ganz beruhigt, wir haben es bald geschafft. Hinter der nächsten Biegung sind wir da."

Mira, die einige Schritte voraus gegangen war, bemerkte:

„Wo ist die Hütte denn jetzt? Ich kann nichts erkennen."

„So soll es auch sein, dann wird man uns wenigstens nicht sofort entdecken. Lass mich mal die letzten Meter vorausgehen", erwiderte Penelope und setzte sich an die Spitze der kleinen Gruppe. Nach einigen Metern blieb sie unvermittelt stehen.

„Geschafft", sagte sie und zeigte mit der rechten Hand nach vorne.

Die beiden anderen standen nebeneinander und sahen sich ratlos an. Die Hütte war wirklich sehr gut getarnt. Versteckt an einem abfallenden Berghang in voller

Harmonie mit der umgebenden Landschaft gelegen und aus Naturstein erbaut. Gegen die große Kälte im Winter, war der stabile Steinbau ab Sockelhöhe mit Holz verkleidet, das im Laufe der Jahre Verwitterungsspuren verzeichnete und mit seiner seidengraue Farbe zur Tarnung beitrug und das für eine wirksame Isolierung sorgte. Ringsum waren kleine Fenster eingelassen, vor denen Holzläden angebracht waren. Das Dach reichte auf der Rückseite bis an den Berg heran. Die vordere Dachseite hing weit über, um Wände und Eingang zu schützen. Das Dach ruhte an der Vorderseite auf Stützbalken.

Der Schlüssel für das alte Kastenschloss der Eingangstüre befand sich unter einem ausgehöhlten Baumstumpf. Penelope schloss auf und die drei Freundinnen standen augenblicklich im Flur der Berghütte. Sie durchquerten ihn und gelangten in den Wohnraum. Auch hier sowie in der übrigen Hütte war alles aus Holz: Decken, Wände, Böden. Der große Wohnraum, an den sich eine kleine Kochnische anschloss, diente als Mittelpunkt des Hauses. An den Wänden hingen Regale mit Büchern und Geschirr. Die Deckenlampe bestand aus Hirschgeweihen. Auf einer Holzbank lagen Decken aus Hirsch- und Rehfellen.

Ein riesiger Kachelofen mit einer Ofenbank bildete das Herzstück des Raumes und war, vor allem an Wintertagen, der liebste Aufenthaltsort.

Ines betrat als Erste die Hütte und tastete vergebens nach einem Lichtschalter.

„Wo ist denn der verdammte Schalter?", schimpfte sie.

„Wenn du den Lichtschalter meinst, dann suchst du vergebens. Es gibt hier oben keine Elektrizität", erklärte ihr Penelope.

„Womit wird geheizt, gekocht und im Dunkeln gelesen?", wollte Ines wissen.

„Gas, Petroleum, Kerzen", war Pens kurze Antwort.

Ines ließ sich auf der erstbesten Sitzgelegenheit nieder, stöhnte leicht auf und massierte sich sofort die Füße.

„Gibt es hier eine Salbe für meinen Mückenstich. Der juckt zum verrückt werden", jammerte Ines und wusste nicht, ob sie weiterhin ihre Füße massieren sollte oder ihren Mückenstich aufkratzen.

„Am besten ist es, wenn du Spucke darauf packst oder das kalte Wasser vom Bach nimmst, aber kratz bloß nicht daran rum, dann wird es nur schlimmer", gab Penelope als Ratschlag.

Dann öffnete sie einen Fensterladen und das Fenster, um frische Luft in die Hütte zu lassen.

„Sollen wir die restlichen Fenster auch öffnen?", fragte Mira.

„Lieber nicht", antwortete Penelope. „Wenn sie uns hier finden, können wir eine Lade schneller schließen und uns hier drinnen verbarrikadieren".

„Du meinst, sie finden uns hier obwohl die Hütte so gut getarnt und weit weg vom Parkplatz ist?"

„Ich denke, es ist nur eine Frage der Zeit, bis sie uns haben."

„Was sollen wir dann machen uns einfach ergeben?"

„Unser weiteres Vorgehen sollten wir jetzt besprechen."

„Ich habe Hunger", meldete sich Ines, während sie den Mückenstich ordentlich mit ihrer Spucke versorgte.

„Ich kann nicht denken, wenn ich hungrig bin. Gibt es hier irgendetwas Essbares?"

„Dann schau mal nach oben an die Decke", gab Penelope ihr als Tipp.

Ines sah hinauf und erkannte in dünne Scheiben geschnittene und auf langen Bindfäden aufgefädelte getrocknete Steinpilze, die eine meterlange Girlande bildeten, die um die Deckenbalken geschwungen war.

Ihr Blick sprach für sich.

„Soll das alles sein?", fragte sie schnippisch

„Die Pilze sind sehr schmackhaft, wenn sie richtig zubereitet werden. Außerdem befinden sich im Vorratsschrank immer Konserven, H-Milch und Knäckebrot. Mein Onkel bringt bei jedem Jagdausflug hierher wieder neue Lebensmittel mit. Ich schau mal nach, was da ist."

Penelope ging zum Vorratsschrank und öffnete ihn. Er war gut gefüllt, es befand sich sogar noch Waldhimbeersaft vom Vorjahr auf den Regalen. Wenn sie gezwungen wären, hier einige Tage zu bleiben, würden sie schon mal nicht verhungern. Aber sie machte sich Sorgen, wie es weitergehen sollte. Zwar waren sie in der Hütte erst einmal sicher, wenn die Verfolger sie jedoch finden würden, säßen sie in der Falle.

Um sich abzulenken und weil sie auch hungrig wurde, entnahm sie eine Dose mit der Aufschrift „Grüne Bohnen Eintopf". Sie kontrollierte das Ablaufdatum. Die Dose hatte noch gut einen Monat, bevor man den Inhalt nicht mehr hätte essen können. Sie öffnete sie und gab den Inhalt in einen leeren Topf, den sie zum Erwärmen auf einen zweiflammigen Campingkocher stellte.

Mira hatte sich in der Zwischenzeit auf der mit Hirschfell und vielen Kissen ausgestatteten Holzbank niedergelassen. Sie war genauso geschafft wie Ines und froh, dass sie sitzen konnte. Ihr Stolz ließ es jedoch nicht zu, es laut auszusprechen.

„Ihr könnt euch nützlich machen und den Tisch decken, während ich versuche, für uns so etwas wie eine Mahlzeit zuzubereiten", befahl Penelope.

„Ich bewege mich keinen Millimeter mehr", stöhnte Ines.

„Ich kann nicht mehr. Ich habe Hunger und will nach dem Essen nur noch schlafen", gab sie kläglich von sich.

Mira sagte immer noch nichts, sie schüttelte nur den Kopf. Die beiden gingen Penelope gewaltig auf die Nerven. Sie waren untauglich für ein Leben in und mit der Natur, soviel stand fest. Ohne sie, wären die beiden Weicheier schon längst von den Verfolgern gefunden worden und wer weiß, ob sie dann noch leben würden. Sie könnten ruhig etwas dankbarer sein.

„Ihr seid die totalen Luschen wenn es darauf ankommt. Ich schaffe das auch alles alleine, kein Problem."

Während der Eintopf vor sich hin köchelte, deckte Penelope den Tisch mit Tellern, Besteck und Gläsern ein. Damit ihre Mahlzeit nicht ganz so spartanisch ausfiel, stellte sie noch Knäckebrot dazu. In die Gläser füllte sie die Milch.

„Wir können in einer Minute essen", sagte sie.

Es klang, als ob eine strenge Mutter ihre Kinder zum Mittagessen rief.

Der Hüne, dessen Name Maximilian Stora war, betrat das Büro, welches sich im örtlichen Polizeirevier befand. Ihm fiel sofort auf, dass der Kleine fehlte.

„Wurde das Smartphone von Frau Lutec gefunden?", fragte er streng nach.

„Nein Chef. Vielleicht hat es der Mörder mitgenommen?", äußerte sich ein Mitarbeiter.

Stora ging nicht auf die Bemerkung ein.

„Weiß jemand von ihnen, wo Kurt Konda ist? Ich kann ihn hier nirgendwo entdecken."

„Er wollte noch etwas überprüfen, was mit unserem Fall im Zusammenhang steht."

Stora schaute in die Runde seiner Mitarbeiter.

„Hat er sich näher geäußert? Bei wem hat er sich abgemeldet? Er weiß doch, dass er immer seinen Aufenthaltsort anzugeben hat, damit wir ihn schneller orten können, falls etwas passiert."

Ein anderer Mitarbeiter ergriff das Wort.

„Nein. Er meinte nur, dass es nicht lange dauern würde und wir ruhig schon einmal mit der Lagebesprechung anfangen sollten."

Stora dachte bei sich: Konda hat sich noch immer nicht daran gewöhnt, dass er nicht mehr Interimsleiter ist, sondern ich jetzt sein Vorgesetzter bin. Er zieht sein Ding weiterhin durch und wird sich noch wundern, wenn ich mit ihm fertig bin. Er klatschte in die Hände, um die Aufmerksamkeit der anderen zu bekommen.

„Also gut. Fangen wir mit dem an, was wir bis jetzt haben", sagte er in die Runde.

Ein weiterer Kollege begann, die Fakten aufzuzählen.

„Der Name der Toten ist Dana Lutec, vierunddreißig Jahre, sie ist Single, hat keine Kinder. Ihre Eltern sind schon lange tot, Geschwister gibt es nicht. Ihre Wohnung liegt am Stadtrand. Sie arbeitete für die hiesige Zeitung. Mehr konnten wir nicht über sie in Erfahrung bringen. Wir haben in der Redaktion nachgefragt, ob sie eventuell Feinde oder Neider hatte. Davon ist dort nichts bekannt."

Ein anderer Mitarbeiter meldete sich zu Wort.

„Was in diesem Zusammenhang vielleicht auch wichtig sein könnte ist die Tatsache, dass seit einiger Zeit eine weitere Journalistin derselben Zeitung vermisst wird."

Stora hakte nach:

„Wie heißt die vermisste Person?", wollte er wissen.

„Sandra Eyb, eine bekannte investigative Journalistin, die erst seit Kurzem bei dieser Zeitung arbeitet", antwortete der Mitarbeiter.

„Seit wann wird sie vermisst?"

„Zum letzten Mal wurde Frau Eyb vor ungefähr drei Tagen in der Redaktion gesehen. Sie hatte sich dort ausführlich mit Dana Lutec unterhalten, wie so oft in letzter Zeit. Deshalb vermute ich auch einen Zusammenhang zwischen dem Tod von Dana Lutec und dem Verschwinden von Sandra Eyb. Außerdem hat kurz vor Lutecs Ermordung eine Frau bei der Zeitung angerufen, die sich nach Sandra erkundigte. Sie sprach mit Dana Lutec, die daraufhin das Zeitungsgebäude verließ und nicht wieder zurückkehrte."

Zu seinem Mitarbeiter gewandt sagte Stora:

„Das ist wirklich alles merkwürdig, aber ich danke ihnen vielmals für die gute Arbeit, die sie geleistet haben."

„Das ist nicht allein mein Verdienst, einen Großteil hat Kurt Konda herausgefunden. Er hat wohl spezielle Kontakte, die es ihm ermöglichten, schnelle Ergebnisse zu erzielen", erwiderte dieser.

Ich kann mir lebhaft vorstellen, welche Kontakte das sind, legal sind sie nicht, dachte Stora.

In die Runde hinein gab er jedem eine Aufgabe, die zur Aufklärung des Mordes an Frau Lutec beitragen sollte.

„Ich kümmere mich um eine spezielle Sache, die ich alleine erledigen muss. Wenn Konda vor mir wieder hier ist, bitten sie ihn auf mich zu warten."

Mit diesen Worten verabschiedete sich Stora und machte sich auf den Weg zu Sandra.

Als er dort ankam, schlief sie immer noch zusammengekauert im Sessel. Zum ersten Mal wusste er nicht, wie er weiter vorgehen sollte, sie aufwecken oder nicht. Den Schlaf hatte sie nötig, keine Frage. Er hatte ihr einiges zugemutet. Aber er musste so hart vorgehen, um Informationen von ihr zu bekommen. Sozusagen die fehlenden Puzzleteile, die er benötigte, um seinen Verdacht zu untermauern und die Halsschlinge um die wirklichen Täter endlich zuziehen zu können.

Er hoffte inständig, dass sie ihm verzieh, wenn sie die Wahrheit von ihm erfuhr.

KAPITEL 4

Konda fuhr mit einem mulmigen Gefühl zu seinem ‚Auftraggeber'. Schon von Beginn seiner Polizeitätigkeit an, waren ‚Nebentätigkeiten' für ihn normal. Er besserte sein geringes Gehalt mit Gefälligkeiten auf, die er für Kriminelle jeder Art anbot und das Geschäft lief gut. Zwar hatte er manchmal Bedenken, dass sein Handeln herauskommen könnte und dann gäbe es bei der Polizei keine Zukunft mehr für ihn. Aber diese Zweifel waren unbegründet, das merkte er schnell. Jeder war mit sich selbst beschäftigt. Zum Großteil waren sie alle überfordert und dankbar, wenn man sie in Ruhe ließ, so dass er ungehindert weitermachte

Als man ihm vor einigen Monaten die kommissarische Leitung der Abteilung anbot, verbunden mit einer Erhöhung seiner Besoldung, bot sich ihm die Gelegenheit, diese Nebenjobs nicht mehr nötig zu haben. Er witterte die Chance, dass es nicht bei der kommissarischen Leitung blieb und er dauerhaft die Abteilung führen könnte. Doch sein Traum zerplatzte wie eine Seifenblase. Vor einigen Tagen setzte man ihm diesen Stora vor die Nase, den er von Anfang an nicht leiden konnte, was auf Gegenseitigkeit beruhte. Diese Ungerechtigkeit traf ihn schwer. Er fühlte sich hintergangen und war zutiefst verletzt. Wieder einmal hatte er sich Hoffnungen gemacht, die abermals enttäuscht wurden.

Auf Dauer, das merkte Konda war eine Zusammenarbeit mit Stora, der anders war als die bisherigen Vorgesetzten, nicht möglich. Stora mischte sich überall ein, hinterfragte jedes Detail und unter seiner Aufsicht dauerte es wahrscheinlich nicht lange, bis seine unsauberen Machenschaften auffliegen würden. Konda suchte verzweifelt nach einem Ausweg. Sein selbstverfasstes Kündigungsschreiben lag schon eingetütet auf seinem privaten Schreibtisch, da bekam er einen Anruf, der alles veränderte.

Wenn er sich bereit erklärte, gewisse Informationen über einen bestimmten Fall weiterzugeben, dann bekäme er einen äußerst großzügigen Geldbetrag, mit dem er sich zur Ruhe setzen könnte.

Das unseriöse Angebot wurde ihm von Akono Kanika gemacht, einem Südafrikaner und äußerst erfolgreichem Geschäftsmann, der sein Imperium dank diverser schmutziger ‚Geschäftszweige' ausgebaut hatte, unter anderem mit Folter und Mord. Er war schon des Öfteren ins Visier der Polizei geraten und verhaftet worden. Mangels Beweisen musste man ihn aber immer wieder frei lassen.

Konda war zwar klein aber nicht dumm. Er wusste, wenn ein Mann wie Kanika ihm ein dermaßen verlockendes Angebot machte, war das nicht ungefährlich. Konda ging das Risiko ein. Er hatte keine Wahl, denn für ihn stand fest, dass er seinen Posten bei der Polizei die längste Zeit ausgeübt hatte. Mit Stora als Vorgesetzten gab es dort für ihn keine Zukunft. Bis er sich jedoch endgültig aus dem

Dienst verabschiedete, hatte er noch einige wichtige Aufgaben zu erledigen.

Akono Kanika residierte in einer Art Festung, die von seiner eigenen Sicherheitsarmee bewacht wurde. Sein beeindruckendes Anwesen, eines von vielen weltweit, das, eingebunden in eine wunderschöne Hügellandschaft mit altem Baumbestand lag, war in einem hervorragenden Zustand. Es bot mit seinen fast dreitausend Quadratmetern Wohn- und über sechshunderttausend Quadratmetern Grundstücksfläche viele Unterbringungsmöglichkeiten für ihn, seine Familie, die Sicherheitsleute und Gäste. Der alt eingewachsene Garten bot zahlreiche gemütliche und verwunschene Schattenplätze sowie einen übergroßen Pool mit einer überdachten Terrasse, die eine wunderbare Sicht auf die umliegende Landschaft bot.

Die Sonnenuntergänge waren angesichts dieser exponierten Lage und zauberhaften Bergkulisse spektakulär.

Die vier Einzelhäuser und vielen Außengebäude dienten lediglich als Staffage für Kanika. Er bezog das etwas abseits gelegene alte Kastell, das er vorher nach seinen Vorstellungen renovieren ließ und das mit den neuesten Sicherheitsstandards ausgestattet war.

Wenn jemand etwas von Sicherheitssystemen verstand, dann Kanika. Bevor er sich sein mächtiges Verbrecherimperium aufbauen konnte, verdiente er sich in seiner Jugend als kleiner Ganove hier und da etwas. Aufgrund seiner ‚Größe' war er bestens geeignet für Einbrecherjobs, bei denen man geschickt, gelenkig und klein sein musste, damit man durch schmale Öffnungen passte. Damals war er zwar klein aber noch sehr schlank, was im Laufe der Jahre ins Gegenteil wechselte, ebenso wie sein gesamtes äußeres Erscheinungsbild. Einige ‚Schönheitsoperationen' im Gesicht sorgten dafür, dass es den Akono Kanika in seiner ursprünglichen Form nicht mehr gab.

Durch Zufall geriet er auf einem seiner Streifzüge an einen erfahrenen Gangster, der sich seiner annahm und ihn in diverse illegale Angelegenheiten einführte. Er lernte schnell und übernahm nach kurzer Zeit alle Geschäfte, indem er seinen Sponsor beseitigte und die ‚Unternehmenszweige' weiter ausbaute. Nach außen hin gab er den seriösen Geschäftsmann ab. Die zwei oder drei Mal, in denen er zu Beginn seiner Karriere verhaftet aber niemals verurteilt wurde, verbuchte er unter ‚Lehrgeld zahlen'.

Als Konda das Anwesen sah, spürte er, wie Eifersucht in ihm hochkroch und er dachte bei sich, Verbrechen zahlt sich doch aus, man muss es nur richtig anstellen und darf sich nicht erwischen lassen.

Er folgte einem der Leibwächter. Sie erreichten das Kastell und gingen durch ein Labyrinth aus verwinkelten Gängen, bevor sie zum Büro von Kanika gelangten.

Die Tür stand offen und beide betraten einen riesigen Raum, der einem Rittersaal ähnelte, mit hohen Decken und sichtbaren Holzbalken sowie einem offenen Kamin.

Hinter einem mächtigen Schreibtisch aus massivem Ebenholz saß Kanika auf einem gewaltigen ledernen Chefsessel, der ihn fast in sich einsog.

Konda und er hatten bisher nur telefonischen Kontakt miteinander, so dass Konda sichtlich erstaunt war, als sich Kanika aus seinem Bürosessel erhob und auf ihn zukam. So hatte er ihn sich nicht vorgestellt.

Die Telefonstimme von Kanika klang immer tief und furchteinflößend. Sie passte eher zu einem großen, durchtrainierten Mann. Wer da auf ihn zukam war weder groß noch furchteinflößend, sondern neigte eher zu Adipositas als zur Muskulosität. Das sollte Kanika sein? Konda konnte es fast nicht glauben. Doch dann begrüßte ihn Kanika mit einem süffisanten Lächeln und dieser ihm wohlbekannten Stimme und es bestand kein Zweifel mehr, vor ihm stand der meist gehasste und in aller Welt gesuchte Verbrecher Akono Kanika.

Sandra erwachte nach mehreren Stunden Schlaf im Sessel mit immensen Gliederschmerzen. Sie gähnte und streckte sich. Für einige Sekunden fühlte sie sich orientierungslos. Dann realisierte sie wieder, wo sie sich befand und wer sie hierhergebracht hatte

Blitzartig stand sie auf, blieb jedoch wie erstarrt stehen, als Stora aus der Küche kommend mit einer Kaffeetasse in der Hand auf sie zuging.

„Endlich ausgeschlafen?", fragte er kurz.

„Ja", antwortete sie ebenso knapp, wobei sie sich seinen markanten Gesichtszügen und tiefgründigen Augen nicht ganz entziehen konnte.

„Setzen Sie sich doch wieder hin. Möchten Sie einen Kaffee?"

Er hielt ihr die Tasse hin. Sie zögerte und blickte ihm starr in seine Augen.

„Keine Angst, es ist nur Kaffee, sonst nichts, versprochen."

Sie nahm die Tasse entgegen.

„Danke."

Sandra nahm mehrere große Schlucke des Gebräus zu sich und ließ sich abermals im Sessel nieder.

„Gerne. Ich hole mir auch eine Tasse und dann reden wir. Es gibt viel zu besprechen und gemeinsam werden wir eine Lösung finden."

Langsam erwachte auch ihr Gehirn wieder.

„Warum soll ich mit Ihnen reden und Ihnen helfen, nach allem, was Sie mir angetan haben?", fragte Sandra aufgebracht.

„Weil Sie auch Gerechtigkeit wollen, wie ich", erwiderte er in einem sanften Tonfall, den sie bis jetzt nicht von ihm kannte.

„Gerechtigkeit", wiederholte sie langsam.

„Was verstehen Sie darunter? Gerechtigkeit ist ein Maßstab für ein individuell menschliches Verhalten. Die Grundbedingung dafür, dass ein menschliches Verhalten als gerecht gilt ist, dass Gleiches gleich und Ungleiches ungleich behandelt wird. Wobei ich mir nach den Erfahrungen mit Ihnen nicht ganz sicher bin, nach welchen Wertmaßstäben Sie gleich und ungleich definieren und ob Ihre Definition mit meiner übereinstimmt."

Stora grinste.

„Sie wissen genau, was ich damit meine. Ihr Widerspruchsgeist zeigt mir, dass sie allmählich anfangen, wach und aufmerksam zu werden. Der Schlaf ist Ihnen gut bekommen. Ich erzähle Ihnen jetzt eine wahre Begebenheit und ich bitte Sie, mich nicht zu unterbrechen, auch wenn Ihnen das schwer fällt. Alles ist so geschehen, wie Sie es gleich erfahren werden. Ich sage Ihnen auch, warum ich Sie entführt und festgehalten habe. Wenn ich mit meinen Ausführungen am Ende angelangt bin, können Sie mich alles fragen, was Sie wollen. Können wir uns darauf einigen?"

Sandra nickte.

„Gut, dann fange ich jetzt an und ich versuche, das Geschehene möglichst sachlich darzustellen.

Sie wissen, dass die politische Unabhängigkeit vieler afrikanischer Länder leider nicht zwangsläufig auch eine Verbesserung der Menschenrechtssituationen mit sich brachte. Menschenrechte wurden und werden in Afrika auf unterschiedliche Weise verletzt und nicht nur dort. Es kommt sehr oft zu willkürlichen Festnahmen und Folterungen von Menschen, die ihr Recht auf freie Meinungs- und Versammlungsfreiheit wahrgenommen haben. Ein staatliches soziales Sicherungssystem gibt es nicht. Viele Staatsbedienstete und nicht nur diese, sind korrupt. Der Kampf gegen die Korruption steht schon jahrelang im Regierungsprogramm vieler afrikanischer Länder, aber die Umsetzung in die Tat geschieht viel zu selten, auch wenn vor einiger Zeit mehrere Beamte in hohen Positionen der Regierung festgenommen wurden."

Sandra hörte Stora aufmerksam zu, fragte sich aber, was das mit ihm persönlich zu tun haben könnte. Er erzählte ihr nichts Neues. Sie war vertraut mit all den Missständen, die er gerade aufführte. Ihre letzte Recherche beschäftigte sich ausschließlich mit diesen Zuständen. Sie war demjenigen, der für das Elend in mehreren afrikanischen Ländern verantwortlich war, ganz nah auf den Fersen, doch dann hatte sie diesen beschissenen Zusammenbruch und der brachte sämtliche beruflichen Pläne aus dem Gleichgewicht.

Stora bemerkte Sandras Unruhe.

„Ich komme gleich zum eigentlichen Punkt. Sie müssen aber wissen, dass ich, bevor ich persönlich in die Sache hineingezogen wurde, lediglich meinen beruflichen

Auftrag erledigen wollte. Ich arbeite in der Abteilung ST, dem polizeilichen Staatsschutz und bin mitverantwortlich für den Bereich, der sich mit dem internationalen Terrorismus sowie mit Spionage und Kriegsverbrechen nach dem Völkerstrafgesetzbuch und mit den Ermittlungen zum internationalen Handel mit Betäubungsmitteln, Waffen, Munition und Sprengstoffen sowie der Herstellung von Falschgeld und der Geldwäsche beschäftigt. Es ist ein immens großes Aufgabenfeld.

Im Rahmen der Ermittlungen stießen wir immer wieder auf den Namen Akono Kanika, angeblich ein südafrikanischer Geschäftsmann. In Wahrheit jedoch ein skrupelloser Verbrecher, dem alles Recht ist, um an sein Ziel zu gelangen und das heißt Macht und Geld. Er ist ein Phantom. Niemand weiß, wie er aussieht, da er alle hinrichten lässt, die ihn persönlich kennen und ihm gefährlich werden könnten. Er tritt selber nie in Erscheinung, dafür hat er seine Handlanger. Er ist für viele Auftragsmorde verantwortlich. Deshalb war Abdu-Jabaar Samawati so wichtig für uns. Er gehörte zu meiner Abteilung und wir standen kurz davor, ihn bei Kanika als Sicherheitsmann einzuschleusen. Dann sind sie aufgekreuzt, haben überall nachgefragt, sich eingemischt. Wir haben Samawati auf sie angesetzt. Er sollte sie vom eigentlichen Schauplatz des Geschehens fernhalten, sie auf eine andere Spur locken. Das ist ihm zwar gelungen, aber auch Kanika hat erkannt, dass Samawati ein Spitzel ist. Er muss aus unseren Reihen einen Tipp bekommen haben. Wir fanden ihn, an Händen und Füßen gefesselt, in seiner Wohnung, nachdem er sich tagelang nicht bei uns gemeldet hatte und wir ihn nicht erreichen konnten. Vor seinem Tod wurde er gefoltert.

Aus Sandra platzte es heraus. Sie konnte sich nicht mehr zurück halten. Sie sprang aus dem Sessel und lief unruhig im Raum umher.

„Ich hatte versprochen, Sie nicht zu unterbrechen, aber ich bin so aufgewühlt, ich muss jetzt erst einmal einige Sachen für mich klar kriegen, dann können Sie ihre Ausführungen weiter darstellen. Aus dem, was Sie gesagt haben, entnehme ich, dass Samawati gar keine Kontakte zur Regierung hatte, ist das richtig?"

Stora antwortete nicht, sondern deutete durch ein Kopfnicken an, das dies der Fall war. Sandra schüttelte den Kopf.

„Das war alles ein Fake? Ich kann es nicht begreifen, er machte auf mich einen total authentischen Eindruck, ich habe ihm alles geglaubt, was er mir erzählt hat. Er konnte mir Bilder und Dokumente vorlegen, die absolut echt aussahen, dabei hat er mich die ganze Zeit verarscht!"

Stora unterbrach sie.

„Das war sein Job. Er wurde dazu ausgebildet, so zu handeln, wie er es tat."

Sandra ignorierte diese Bemerkung. Ihr ging so vieles durch den Kopf.

„Der schlimmsten Fehler, den ein investigativer Journalist begehen kann, sich von Dritten instrumentalisieren zu lassen oder in die falsche Richtung geleitet zu werden, ist mir passiert. Ich hätte bei Samawati mehr hinterfragen müssen, vielleicht hätte ich dann erkannt, dass seine Interessen nicht mit den meinen vereinbar waren. Ich war jedoch zu diesem Zeitpunkt körperlich und geistig schon so angeschlagen, dass ich immer mehr die Kontrolle über meine Recherchen verlor. Das darf keine Entschuldigung sein, ich mache mir schreckliche Vorwürfe."

Stora versuchte, sie zu beruhigen.

„Samawati war Spezialist in dem, was er tat. Wäre er nicht aus den eigenen Reihen verraten worden, hätten wir Kanika schon längst verhaften und verurteilen können. Sie trifft keine Schuld, schließlich haben sie ihn nicht verraten, auch wenn ich das anfangs dachte."

„Haben Sie mich deshalb entführt und eingeschlossen?"

„Ja. Sie waren ganz plötzlich verschwunden, Samawati war nicht zu erreichen. Ich habe mit Nachforschungen über Sie begonnen und mich gefragt, warum Sie so eilig das Land verlassen haben.

„Wie haben Sie mich gefunden? Die Privatklinik, in die ich mich zur Behandlung einliefern ließ, gibt sonst keine Informationen über Patienten weiter."

„Normalerweise nicht, aber es gibt immer Mittel und Wege."

Sandra überlegte, ob ihr guter Freund aus Studienzeiten die Informationen über sie herausgegeben hatte. Aber, auch wenn es so gewesen wäre, was nutzte das jetzt? Ihr ging eine ganz andere Frage durch den Kopf.

„Sie haben mir immer noch nicht gesagt, warum Sie persönlich in diese Sache verwickelt sind. Samawati war ein Kollege von Ihnen, das allein wird es wohl kaum gewesen sein, weshalb Sie so rigoros vorgegangen sind."

„Das stimmt. Wenn ein Kollege im Verlauf eines Einsatzes verletzt wird oder stirbt, dann ist dies tragisch, aber wer diesen Job ausübt, der weiß, welches Risiko er eingeht und dass er jeden Tag sterben könnte. Das ist Teil unseres Berufes und das lernen wir auch während der Ausbildung. Was man nicht beigebracht bekommt ist, dass Kriminelle keinen Unterschied machen zwischen der Polizei und wehrlosen, unbeteiligten Personen."

Sandra unterbrach ihn.

„Wie meinen Sie das? Es ist doch schon normal geworden, dass militärische Aktionen einen sogenannten Kollateralschaden mit einzukalkulieren. Bei jedem Terroranschlag nehmen die Terroristen in Kauf, dass Unbeteiligte getötet werden, bei Banküberfällen werden Geiseln genommen und oftmals umgebracht. Ich könnte diese Liste endlos fortführen."

Sie sah zu Stora herüber in dessen Augen sich Tränen bildete, die er verschämt wegzuwischen versuchte. Sandra sollte diese gefühlvolle Seite an ihm nicht sehen. Doch es war zu spät.

„Sie müssen sich meinetwegen nicht wegen Ihrer Tränen schämen. Lassen Sie es einfach geschehen. Es ist in Ordnung."

Dass sie selbst erst während ihres Aufenthaltes in der Reha lernen musste, Tränen keinesfalls als Schwäche anzusehen, sondern ganz im Gegenteil, sich zu keiner Zeit dafür schämen zu müssen, nicht über alles die Kontrolle zu haben, erwähnte sie mit keiner Silbe. Niemand hatte übermenschliche Kräfte und konnte nur stark sein.

Sandra zögerte, sollte sie auf ihn zugehen und ihn umarmen, um ihm so ihre Anteilnahme zu zeigen? Das ginge zu weit. Noch hatte sie ihm nicht verziehen, dass er sie so feindselig behandelt hatte und den wahren Grund dafür wusste sie weiterhin nicht, obwohl er ihr schon so viel berichtet hatte.

Jedoch bauten diese Tränen seltsamerweise zwischen ihnen eine Verbindung auf, die sie niemals für möglich gehalten hätte und die sie nicht erklären konnte.

„Entschuldigung", sagte er fast flüsternd. „Ich dachte, ich hätte es im Griff, aber es überrollt mich jedes Mal wieder, wenn ich daran denke. Ich kann es schlecht kontrollieren, auch wenn ich mich sonst immer beherrschen kann."

„Dieses Ereignis, das Sie dermaßen emotional mitnimmt, ist für Sie sehr schmerzhaft. Weinen ist ein Weg, um diesem Schmerz freien Lauf zu lassen. Danach fühlt man sich oft besser, gereinigt und klar in Gedanken. Je angestrengter Sie versuchen, das Weinen zu unterdrücken, umso mehr Druck baut sich in Ihnen auf. Durch diese Anstauung der Gefühle, schießen die Tränen oft in den ungünstigsten Momenten in die Augen, so wie jetzt."

Genauso ist es, dachte er. Sie sieht alles so eindeutig und kann es sofort erklären, bewundernswert. Ich habe ihr Unrecht getan und ihr Leid zugefügt. Ich muss ihr endlich erklären, warum ich so gehandelt habe.

Kanika begrüßte Konda mit einem festen schraubstockartigen Händedruck. Sie standen sich in Augenhöhe gegenüber, zwei kleine dicke Männer, die lieber jeder ein athletischer Tiger statt eines molligen Hauskaters sein wollten. Schon früh im Leben hatten beide gemerkt, dass sie mehr leisten müssen, als ihre größeren Artgenossen. Das Gefühl klein zu sein und zu bleiben, machte sie in gewisser Weise paranoid und misstrauisch. Überall fühlten sie sich von den Leuten angestarrt und missverstanden.

Deshalb entwickelten sie, jeder von ihnen auf seine Art, einen bestimmten Ehrgeiz, gepaart mit hoher Ausdauer und starker Zielstrebigkeit, um wenigstens so Erfolg, Anerkennung und Macht zu gewinnen.

Verglich man beide Männer miteinander, erkannte man sofort, wem von ihnen all dies besser gelungen war.

„Mein lieber Konda, endlich lernen wir uns persönlich kennen, wie schön, ich freue mich."

Um größer zu erscheinen, betonte Kanika seinen Oberkörper. Er besaß eine ausgeprägte Schulter- und Brustpartie. Sein Herrenschneider hatte gute Arbeit geleistet, der maßgeschneiderte Anzug saß perfekt. Das Einstecktuch als Farbtupfer lenkte ebenfalls den Blick weg von seiner unvorteilhaften Figur, hin zu seinem Gesicht. Sein Lächeln wirkte unecht, wie eingefroren, was auch an seinen vielen Gesichtsoperationen lag.

Konda wurde plötzlich unwohl. Nicht nur, dass er sich Kanika gegenüber kleidungsmäßig unterlegen fühlte, von der Körperlichkeit ganz zu schweigen. Ihm wurde bewusst, dass Kanika in einer ganz anderen Liga spielte als er und er erlebte sich noch kleiner und dicker als bisher.

Hatte er sich zu viel zugemutet, als er anfing, für Kanika Gefälligkeiten gegen Bezahlung zu erledigen? Dieser angebliche Südafrikaner mit seinem scheinheiligen Lächeln machte ihm Angst.

Zögerlich erwiderte Konda seinen Gruß. Kanika legte seinen Arm um die Schulter von Konda.

„Kommen Sie, mein Lieber. Lassen Sie uns nach draußen gehen. Wir setzen uns am besten an den Pool. Gleich geht die Sonne unter und das ist von dort ein fantastischer Anblick. Dort können wir ungestört reden. Ich hoffe, Sie haben gute Nachrichten für mich."

Kanika eilte schnellen Schrittes nach draußen. Er nahm dabei einen anderen Weg, als den, den Konda kannte.

Konda stolperte hinter ihm her und hatte Mühe, zu folgen.

„Sie sind wohl etwas aus dem Training", bemerkte Kanika höhnisch.

„Sehen Sie mich an", als er sprach trommelte er sich wie ein Orang Utah gegen die eigene Brust, „ich bin auch nicht der Größte, aber sportlich. Jeden Tag nehme ich mir Zeit, um mich richtig auszupowern. Das hält mich fit und wachsam. Beides muss ich in meinem Metier sein. Ich kann mir keine Fehler leisten und das erwarte ich auch von meinen Mitarbeitern, fehlerfreie Arbeit."

Über die körperliche Form lässt sich streiten, dachte Konda und betrachtete die unübersehbaren Speckpolster, die Kanikas Körper angesetzt hatte. Er behielt diesen Gedanken jedoch für sich, aus Angst, etwas Falsches sagen zu können, was ihn Kanika dann übel nehmen würde

Am Pool angekommen, der von einer japanisch anmutenden Außenanlage umgeben war, deutete Kanika auf eine Sitzgelegenheit hin.

„So, nehmen Sie Platz und sagen Sie mir, ob Ihre Arbeit für mich ertragreich ist."

Konda schluckte. Jetzt musste er Farbe bekennen, es gab keine Ausrede. Ihm wurde warm, er bekam schlecht Luft und löste seine Krawatte etwas. Wie sollte er seinem Auftraggeber erklären, dass die drei Freundinnen leider noch nicht gefunden wurden.

Aus der Ferne hörte er ein surrendes Geräusch. Es war nicht besonders laut, aber reichte aus, um Kondas Gedanken durcheinander zu bringen.

„Was ist das für ein merkwürdiges Summen?", wandte sich Konda an seinen Auftraggeber.

„Das wird wieder so ein unnützes Spielzeug meines Sohnes sein", gab dieser zurück und schon etwas ungehalten sprach er weiter.

„Lenken Sie nicht ab, Konda. Ich warte immer noch auf eine Antwort bezüglich meiner Frage. Hatten Sie Erfolg?"

Sehr zögerlich und etwas stotternd begann Konda.

„Wissen Sie, es ist so. Die Sicherheitsleute konnten die Damen bis zu einem gewissen Punkt verfolgen, doch dann wurde das Gebiet, in dem sie sich aufhalten, ziemlich unwegsam und sie haben sie aus den Augen verloren. Da es bald dunkel wird, denke ich die Männer sollten zurück beordert werden und wir verschieben die ganze Sache erst einmal auf morgen. Es bringt nichts, wenn sie in der Dämmerung weitersuchen. Das Gebiet ist eine Wildnis, total unwegsam. Wer sich dort nicht auskennt, kann leicht verunglücken. Das ist zu riskant."

„Danke für Ihre Risikoanalyse. Ich bin jedoch anderer Meinung und es ist gut, dass Sie vorher mit mir Rücksprache nehmen bevor sie solche Entscheidungen treffen."

Kanikas Lächeln gefror zu einer Grimasse und er zischte:

„Es ist sowieso äußerst bedauerlich, dass Ihnen dieser Auftrag nicht so leicht von der Hand geht. Ich habe Sie für wesentlich schlauer und in Ihrem Handeln für effizienter gehalten. Es kann doch nicht so schwer sein, drei verwöhnte Großstadttussen einzufangen."

Konda sah in das aufgebrachte, vor Zorn rot angelaufene Gesicht von Kanika und sagte in fast demütigem Ton:

„Wie schon erwähnt ist die gesamte Region dort größtenteils unpassierbar und gefährlich."

„Dann sollten Sie sich dafür eine Lösung einfallen lassen. Sie bekommen von mir viel Geld, um solche Lappalien geräuschlos zu erledigen.

Wieder vernahm Konda dieses unangenehme Surren, dieses Mal viel stärker. Als er nach oben in den Himmel sah, erkannte er eine Drohne. Sie befand sich fast senkrecht über seinem Kopf.

Kanika erblickte ebenfalls das Flugobjekt und er schrie:

„Ugonna, komm sofort her."

Innerhalb weniger Sekunden stand ein dünner, schlaksiger Teenager in einer löchrigen Jeans und mit Statement T-Shirt bekleidet, auf dem fett gedruckt stand ‚Make Love Not War', vor ihnen. Die dunklen Haare fast schulterlang und beide Männer um eine Kopflänge überragend.

Zu Konda gewandt sagte Kanika:

„Auch wenn Sie es nicht für möglich halten, das ist mein Sohn. Er ist in jeder Hinsicht nach seiner Mutter geraten, was den Umgang mit ihm nicht immer leicht macht."

Dann drehte er sich um zu seinem Sohn.

„Ugonna, begrüße unseren Gast und sorge dafür, dass dieses Ding über unseren Köpfen verschwindet. Was ist das für ein unnützes Spielzeug. Wofür hast du schon wieder mein Geld verschwendet?"

Der Sohn befolgte die Anweisungen seines Vaters und als sich die Drohne in seinen Händen befand, erklärte er beiden Männern, dass dies ein sehr nützliches Gerät sein könnte, um die drei Frauen in dem unwegsamen Sektor aufzuspüren.

Kanika hörte sich den Vorschlag seines Sohnes zuerst geduldig an, dann sagte er in einem vorwurfsvollen Ton:

„Du hast unser Gespräch belauscht? Macht man das als wohlerzogener Sohn? Wo bleiben deine Manieren? Was habe ich dir beigebracht?"

„Entschuldige Vater, du weißt, dass ich sonst immer gehorche, aber diese Gelegenheit war zu reizvoll. So konnte ich alle Funktionen der Drohne überprüfen. Sie arbeitet einwandfrei und ist für eine Unmenge an Gelegenheiten einsetzbar."

Kanika begriff sofort die Vorteile dieses sogenannten Spielzeugs und er würde sie zu seinem Vorteil einzusetzen wissen.

„Vielleicht steckt ja doch mehr von mir in dir, als ich bis heute vermutet habe", sagte er zu seinem Sohn gewandt.

Er zeigte auf Konda.

„Du wirst morgen in aller Frühe mit ihm in die Berge fahren und dort kann dein Spielgerät zeigen, ob es wirklich erstklassig arbeitet. Das wird der eigentliche Praxistest für dieses Teil sein. Erst, wenn diese Übung zu meiner Zufriedenheit abgeschlossen wurde, können wir alle wieder beruhigt unserer eigentlichen Arbeit nachgehen. Also, sei ein guter Junge und mach deinem Vater alle Ehre, indem du die morgige Mission begleitest und erfolgreich abschließt."

Kanika holte tief Luft, dann sprach er weiter.

„Kurt, Sie können den Männern mitteilen, dass sie sich vorerst zurückziehen sollen. Erzählen Sie ihnen von unserem Plan und befehlen ihnen, hierher zu kommen. Ich verlasse mich auf Sie. Die heutige Nacht werden Sie in dieser schönen Umgebung verbringen, ich habe ausreichend Gästezimmer zur Verfügung. Mein Butler führt Sie dorthin. Wenn Sie Hunger haben, bereitet man Ihnen noch etwas Leckeres zu. Leider muss ich mich von Ihnen verabschieden, andere dringende Geschäfte warten auf mich. Ich wünsche Ihnen eine gute Nacht."

Die beiden dicken Männer reichten sich zur Verabschiedung die Hände Der Vater ging mit seinem Sohn in Richtung Kastell. Konda folgte dem Butler, der wie aus dem Nichts aufgetaucht war.

Auf dem Weg zu einem der Gästehäuser dachte Konda über die letzten Worte von Kanika nach. Er hatte ihm mit dem Vornamen angesprochen. Wollte er so eine Art Vertrautheit schaffen oder war es von ihm nur raffiniert, weil er ihn in Sicherheit wiegen wollte, um ihn dann zu vernichten?

Konda nahm sich vor, wachsam zu bleiben. Bevor er noch ein Abendessen bestellte, rief er die Verfolger an, um ihnen Kanikas Anweisung mitzuteilen. Nach dem Essen versuchte er einzuschlafen, was ihm nicht so leicht viel.

KAPITEL 5

Die drei Frauen befanden sich seit einigen Stunden in der Hütte. Es dämmerte bereits.

„Wie ist es hier nachts?", fragte Ines mit einem panischen Unterton. Ihr war immer noch kalt und sie wusste nicht, ob das Frösteln von ihrer Müdigkeit oder ihrer Ängstlichkeit kam.

„Es ist stockdunkel, bis auf die Sterne, die du bei klarem Nachthimmel sehen kannst und es ist ganz ruhig. Man hört die Geräusche der Wildtiere, bei Wind das Rauschen der Blätter und das leise Plätschern des Bergbaches", antwortete Penelope.

„Mir wäre das hier alleine zu spooky. Beunruhigt dich das nicht? ", wollte Ines wissen.

„Nein, im Gegenteil. Es ist anders als in der Stadt. Ich schlafe hier immer viel ruhiger und tiefer."

„Willst du dir deshalb ein TinyHouse kaufen?"

„Ja. Ich habe mich viel mit alternativen und nachhaltigen Wohnformen beschäftigt und auch schon den geeigneten Aufstellplatz gefunden. Ich benötige nicht viel zum Leben. Ihr wisst doch, für mich ist weniger mehr."

Mira mischte sich in den Dialog ein.

„Bevor wir nur irgendwie an Schlaf denken, auch, wenn wir alle sehr müde sind, sollten wir uns eine Strategie für morgen überlegen. Sie haben uns zwar noch nicht gefunden, sie suchen aber weiter nach uns und wenn wir keinen guten Plan haben, wie es weitergehen soll, dann finden sie uns, früher oder später."

„Das stimmt."

Penelope erhob sich und während sie in Richtung Türe lief, sagte sie:

„Ines friert, ich finde es ebenfalls kühl hier. Ich werde ein paar Holzscheite für den Kamin hereinholen. Dann mache ich uns ein kuscheliges Feuer und wir denken über die weitere Vorgehensweise nach. Wir müssen nur daran denken, das Feuer rechtzeitig zu löschen, damit unsere Verfolger nicht den Rauch sehen können."

Penelope verließ die Hütte und ging zu dem unter dem Dach aufgestapeltem Holz. Für ein schnelles und warmes Feuer reichten zwei Scheite Holz, die sie quer in den Kamin legen wollte, darauf einen Kaminanzünder, den sie in einer Schublade gefunden hatte. Sie nahm noch zwei weitere Scheite zur Reserve mit. Mit den Spänen des Anzündholzes würde sie dann ein 'Indianerzelt' darüber bauen, so hatte ihr Onkel es ihr beigebracht. Die kleinen Holzspäne würden dann zuerst entfacht und so für eine schnelle Wärme sorgen, während die großen Holzscheite von oben langsam und gleichmäßig runterbrennen würden.

Als sie in den Stapel mit dem Anzündholz griff, der sich geschützt etwas weiter weg befand, stieß sie auf Widerstand. Es ließ sich nicht hinausziehen. Sie legte die großen Scheite zur Seite und versuchte, mit beiden

Händen, die kleinen Holzstücke herauszuziehen. Da es schon dämmerte, griff sie wahllos hinein und entriegelte so einen versteckten Türmechanismus.

Mit einem Quietschen öffnete sich eine äußerst gut getarnte und stabile Eisentür, die in den Holzstapel eingelassen war. Sie war schon alt und im Laufe der Zeit hatte sie, unter dem Einfluss von Feuchtigkeits- und Temperaturschwankungen Rost angesetzt.

Penelope erschrak im ersten Moment und wich zurück. Sie erholte sich jedoch sehr schnell von ihrem Schreck und zog die Tür mit ihrer ganzen Kraft auf. Sie entdeckte einen großen Raum. Innen war es dunkel und ein unangenehmer Geruch stieg in ihre Nase. Sie musste würgen. Da sie nicht erkennen konnte, was sich dort verbarg und wie groß das Ausmaß des Raumes genau war, sammelte sie die Holzscheite auf und lief zurück zur Hütte, um eine Taschenlampe zu holen und ihren Freundinnen davon zu berichten.

Ines und Mira schliefen inzwischen beide fest und Penelope musste sie ordentlich schütteln, damit sie wach wurden.

„Was ist denn los", murrte Ines. „Ich bin müde, lass mich weiter schlafen."

„Genau", stimmte Mira zu.

„Ich habe wahrscheinlich die Lösung für unser Problem gefunden", erklärte Penelope und nahm sich die auf einer Kommode liegende Taschenlampe.

„Kommt mit, ich zeige euch, was ich meine".

Schlaftrunken stolperten sie hinter ihrer Freundin her und blieben mit ihr vor der offenen Eisentür stehen. Penelope leuchtete in den Raum hinein.

Ines und Mira sahen sich verwundert und sprachlos an. Erst nach einer Weile fand Mira als erstes ihre Stimme wieder.

„Was ist das?", fragte sie in Richtung Penelope, die mit ihrer Taschenlampe in den Raum gegangen war, um ihn auszuleuchten. Er war quadratisch, zur hinteren Wand verengte er sich abschüssig und ein Gang wurde sichtbar. Mehrere in die Jahre gekommene Holzkisten standen wahllos herum.

„Das möchte ich auch gerne wissen, vielleicht ein Lagerraum, das würde die Holzkisten erklären. Ich wusste nicht, dass es diesen Raum gibt. Ich sehe ihn wie ihr das erste Mal. Ich schlage vor, wir gehen wieder zurück zur Hütte und versuchen einige Stunden zu schlafen. Unsere Verfolger werden nicht locker lassen. Sicherlich machen sie sich morgen nochmals auf den Weg, um uns zu suchen. Wir sollten in der Morgendämmerung aufbrechen mit einigen Lebensmitteln und etwas zum Trinken. Dann verstecken wir uns hier."

Zaghaft fragte Ines: „Du meinst also, dass sie uns hier nicht aufspüren?"

„Ich meine, hier ist es besser, als in der Hütte darauf zu warten, umgebracht zu werden. Auch, wenn wir hier drinnen ersticken sollten, ist es immer noch besser als von

Fremden getötet zu werden. Ich muss nur noch den Mechanismus finden, mit dem man die Eisentüre von innen wieder öffnen kann."

Kurz vor dem Ausgang schrie Ines plötzlich kurz auf. Der Schrei war jedoch so laut, dass sich die beiden anderen ebenfalls erschraken. Nach einer Schrecksekunde fragte Mira genervt:

„Was ist denn nun schon wieder?"

Ines zeigte zaghaft in Richtung einer der Holzkisten und ihre Stimme wurde immer höher und leicht irre.

„Da liegen Knochen rum. Seht ihr die nicht? Von wem sind die? Ist das hier vielleicht eine Mördergrube, in der ein Massenmörder seine Opfer abgelegt hat?"

Penelope leuchtete mit der Taschenlampe in die angegebene Richtung, sah sich die Knochen genau an und dachte nur, das passiert, wenn verwöhnte Städterinnen, die von der Natur keine Ahnung haben, unverhofft auf Unvorhergesehenes treffen. Dann gab sie die erlösende Entwarnung.

„Das sind lediglich Kaninchenknochen. Das arme Tier muss hier reingelaufen sein, als mein Onkel die Türe offen stehen ließ. Er hat nicht bemerkt, dass es sich hierher geflüchtet hatte und die Türe wieder verschlossen. Es ist wohl verhungert und verdurstet."

Als Anordnung gab sie zu verstehen:

„So, jetzt raus mit euch, damit ich etwas ausprobieren kann. Sollte ich nach zehn Minuten nicht wieder draußen sein, dann müsst ihr mit der Axt, die in der Hütte neben dem Eingang steht, versuchen, die Türe aufzubrechen."

Penelope schloss die Türe von innen. Ines lief vor der Hütte verzweifelt im Kreis umher und murmelte etwas vor sich hin, was niemand verstehen konnte. Mira wartete gespannt vor dem Holzstapel darauf, dass Penelope wieder zum Vorschein kam. Nach einer kleinen Ewigkeit bewegten sich die Hölzer und ihre Freundin kam zum Vorschein.

„Alles o.k., ich weiß jetzt, wie es funktioniert. Wir können ohne Sorge dort für einige Zeit verbleiben."

„Das ist gut. Ines dreht so langsam durch. Wir sollten es so machen, wie du es vorgeschlagen hast."

Zu Ines gewandt sagte Mira beruhigend: „Lass uns in die Hütte gehen, dort legst du dich auf das Sofa und versuchst noch etwas zu schlafen. Der Plan von Penelope ist gut."

Sie umarmte Ines und führte sie in das Holzhaus Richtung Couch. Ines igelte sich sofort ein. Mira deckte sie mit dem neben ihr liegenden Fell fürsorglich zu. Als Penelope ebenfalls den Raum betrat packten beide wortlos einige Lebensmittel und Saft in einen Korb.

„Hier müssen noch irgendwo weitere Taschenlampen und Batterien lagern."

Penelope durchsuchte mehrere Schubladen und Schränke, bis sie alles fand und ebenfalls im Korb verstaute. Sie zündete ein Kaminfeuer an.

„Sollten wir nicht auch langsam mal die Polizei verständigen?", murmelte Ines im Halbschlaf vor sich hin.

„Wir haben hier oben kein Netz. Das muss warten, bis wir wieder unten im Tal sind. Wir müssen wirklich sehr früh aufstehen und das Feuer wieder löschen", sagte Penelope noch einmal mit Nachdruck. Dann machten es sich Mira und Penelope so gut es ging in den Sesseln bequem und warteten darauf einzuschlafen.

Konda hatte eine sehr unruhige Nacht. Es dauerte extrem lange, bis er in den Schlaf hinüber gleitete. Ihm ging so viel durch den Kopf. Konnte er Kanika wirklich vertrauen? Er hatte sich mit einem der schlimmsten Verbrecher und Psychopathen eingelassen, die es gab. Was erwartete ihn?

Auf den ersten Blick erschien er ihm sympathisch und er hinterließ einen positiven Eindruck. Aber Konda merkte schnell, dass hinter der charmanten Fassade ein chronischer Lügner ohne jegliche Gefühle steckte, für den nur eines zählte: Macht, Geld und die Kontrolle über andere Menschen.

Eine weitere Frage beschäftigte ihn: War er selber auch so gestrickt? Ihm ging es schon lange nicht mehr um die Grundwerte, die ihn damals veranlassten, in den Polizeidienst einzutreten. Er hatte in frühen Dienstjahren mitbekommen, wie Machenschaften innerhalb der Polizei- und des Justizapparates funktionierten. Vorteilsannahme und Vorteilsgewährung waren an der Tagesordnung, für die Verletzung von Dienstgeheimnissen schien sich niemand wirklich zu interessieren. Nach einem Gespräch mit seinem damaligen Vorgesetzten, dem er von einem korrupten Kollegen erzählte, zuckte dieser nur mit den Schultern und gab ihm zu verstehen, dass er ohne Beweise vorlegen zu können, keine Chance hätte, mit seinen Anschuldigungen durchzukommen, außerdem sei das System nun einmal so wie es ist und das könnte niemand ändern.

Damals begann Konda mit den ‚kleinen Gefälligkeiten' sein mageres Gehalt aufzubessern. Ohne ein schlechtes Gewissen zu haben, denn schließlich riskierte er jeden Tag sein Leben und wofür? Er konnte sich von dem, was ihm die Polizei für seinen Einsatz bezahlte, eine Zwei-Zimmer-Mietwohnung und einen Mittelklassewagen, den er mit einem Kredit finanzierte, erlauben. Das war in seinen Augen zu wenig, um wirklich davon leben zu können.

Reue und Unrechtsbewusstsein waren Worte, die er von diesem Zeitpunkt an aus seinem Vokabular strich. Mit dem ‚Zusatzverdienst' leistete er sich diverse Kleinigkeiten: mal einen Urlaub unter Palmen, mal eine etwas teurere Uhr, aber alles im Rahmen, damit niemand Verdacht schöpfen konnte. Den Rest des Geldes legte er auf verschiedenen Konten in diversen Ländern an.

Kanikas Denken und Handeln waren vergleichbar, jedoch überstieg sein hinterhältiges, manipulatives und antisoziales Verhalten das von Konda um ein Vielfaches. Genau das bereitete Konda große Sorgen. Wer noch emotionsloser handelte, noch machtgeiler und uneinsichtiger war als er, vor dem musste er sich hüten. Da er aber in weiten Teilen ebenso pervers agierte wie sein jetziger Auftraggeber, dachte er bei sich, dass er letztendlich vorhersagen könnte, was Kanika mit ihm vorhabe und deshalb würde er, Kurt Konda, niemals das Opfer eines Akono Kanikas werden

Es war nicht einmal halb vier Uhr in der Früh, als jemand heftig an seiner Zimmertüre hämmerte und ihm zu verstehen gab, dass der Moment gekommen war, aufzustehen.

Noch ziemlich verschlafen stieg er aus dem Bett, stellte sich, mit dem Gesicht zur Wand, unter die Dusche und ließ das warme Wasser über seinen massigen Körper laufen. Viel zu spät bemerkte er, dass sich das wohltuende Wasser mit seinem Blut mischte und langsam rot färbte. Mit letzter Kraft drehte er sich um und sah in die Augen des Butlers vom Vorabend, der statt der weißen Handschuhe nun dicke, braune Lederhandschuhe trug. Er wunderte sich, bis er in den gegenüber liegenden Spiegelfliesen die mit Widerhaken an der Vorderseite bestückte Metallschlinge sah, die sich um seinem Hals befand. Der Butler ließ sie etwas locker, entfernte sie jedoch nicht, während er das Wasser abstellte.

Kanika, der neben dem Butler stand, trat einen Schritt vor, da er die Gelegenheit nutzen wollte, um letzte Worte an Kurt zu richten. Er wusste aus eigenem Handeln, dass der Tod bei einem Drosselvorgang mindestens vier bis fünf Minuten dauern würde, genügend Zeit, um noch einmal seine Vormachtstellung klar zum Ausdruck zu bringen.

Während Konda in der Duschkabine zusammensackte und in einer gekrümmten Haltung liegen blieb, begann Kanika mit süffisantem Lächeln seinen Monolog:

„Mein lieber Kurt, ich möchte die Gelegenheit nutzen um mich persönlich von Ihnen zu verabschieden. Sie haben überwiegend zufriedenstellende Arbeit geleistet, aber hiermit beende ich unser gemeinsames Beschäftigungsverhältnis. Ich gebe zu, es ist eine einseitige Kündigung. Sie werden kaum dazu fähig sein, Widerspruch einzulegen."

Konda röchelte. Er war nicht mehr in der Lage zu antworten. Sein Gehirn war damit beschäftigt, alles am Leben zu erhalten, das unbedingt notwendig ist zum Leben, vor allem die Atmung. Es gelang ihm nicht. Er wurde von Sekunde zu Sekunde schwächer. Der Blutstrom zum Gehirn war unterbrochen, ihm blieb nicht mehr viel Zeit, das merkte er. Sein ungläubiger Gesichtsausdruck animierte Kanika weiterzureden, wobei er von oben auf ihn herabsah.

„Sie dachten, alles im Griff zu haben, doch Sie haben dieses Mal versagt. Sie waren unfähig, diesen einfachen Auftrag auszuführen. Ich werde meinen Sohn gleich mit einigen meiner besten Männer die Suche wieder aufnehmen lassen und Sie können sicher sein, dass die Sache nun erfolgreich beendet wird, zumindest für mich und das ist das Wichtigste. Sie fragen sich bestimmt, was mit den Leuten ist, die Sie begleiteten? Nun, sagen wir mal so: Sie, mein lieber Kurt, haben etwas länger leben dürfen."

Mit Beendigung des letzten Wortes spuckte Kanika auf Konda, der von all dem nichts mehr mitbekam.

Zu seinem Butler gewandt befahl er in einem äußerst herrischen Ton:

„Jack, kümmere dich um die Beseitigung der Leiche, so wie du es mit den anderen gemacht hast. Ich verlasse mich darauf, dass alles gut geht. Ich will keinen noch so kleinen Hinweis darauf finden, was hier passiert ist. Sollte die Polizei es wagen, hierher zu kommen, muss alles ganz normal aussehen. Ich werde jetzt meinen Sohn und meine Männer instruieren. Du weißt, wie du vorzugehen hast. Ich komme gleich nach, wenn ich den anderen mitgeteilt habe, was sie tun sollen."

Der Butler nickte nur und machte sich daran, den Leichnam über seine Schultern tragend ins Freie zu schaffen und auf einer Schubkarre abzulegen, um diese dann in einen auf dem riesigen Areal gelegenen gut getarnten Bunker zu bringen. Dieser war vorgesehen als Rückzugsort, falls die Polizei das Gelände stürmen sollte. Er war unterteilt in mehrere Räume, in denen man es, dank einiger Vorratslager und einer auf dem neuesten technischen Stand ausgerüsteten Klimaanlage, tagelang aushalten könnte.

Einer der Räume war als sogenannter Entsorgungsraum ausgestattet. Es handelte sich aber nicht um normalen Müll, der hier beseitigt wurde, sondern um, wie Kanika es nannte, ‚humanitäre Resteverwertung'.

Zwei Stunden waren vergangen. Kanika vergewisserte sich immer selber, ob sich die menschlichen Überreste auch wirklich restlos im Säurebad auflösten und Menschen so im wahrsten Sinne des Wortes spurlos verschwanden. Aber, der Bunker musste jetzt erst einmal warten. Sein Sohn und die drei für die kommende Mission extra von Akono ausgesuchten Männer bekamen von ihm in seinem Büro letzte Anweisungen.

„Wir haben nicht viel Zeit, uns mit Formalitäten aufzuhalten. Bald geht die Sonne auf und ihr solltet den Vorteil der frühen Stunde nutzen. Die Frauen müssen sich irgendwo im oberen Teil der Wildnis befinden. Meiner Meinung nach gibt es dort irgendeine Art von Unterschlupf, in dem sie sich versteckt halten. Mit Hilfe der Drohne werdet ihr sie finden und dann bringt ihr sie hierher. Ich will sie lebend. Keiner von euch rührt sie an. Habe ich mich deutlich ausgedrückt?"

Kanika starrte die Männer an und wie im Chor antworteten sie: „Ja, Sir."

„Gut, dann wünsche ich euch viel Erfolg. Wir halten Kontakt."

Er nahm einen tiefen Atemzug und wandte sich seinem Sohn zu.

„Ich will, dass du mich jede halbe Stunde auf dem Laufenden hältst. Ich denke, bis zum Mittagessen ist die Sache abgeschlossen und wir können wieder unseren üblichen Verpflichtungen nachkommen. Enttäusche mich nicht, du bist mein Sohn. Nun kannst du beweisen, dass du es wert bist, mich als Vater zu haben. Wenn du versagst, wird das für keinen von uns beiden angenehm sein."

Er tätschelte Ugonna die rechte Wange und gab den anderen zu verstehen, dass sie schon einmal zu den bereit gestellten Wagen gehen sollten.

„Geh und denk an meine Worte", gab er seinem Sohn mit auf den Weg, der den anderen mit schnellen Schritten folgte.

KAPITEL 6

In der Hütte machten sich die drei Freundinnen ebenfalls daran, alles für ihre Nichtentdeckung in die Wege zu leiten. Auch wenn sie viel zu wenig Schlaf mitbekommen hatten, war ihnen klar, dass sie nur überleben konnten, wenn sie sich in dem außerhalb der Hütte gelegenen Kellerraum versteckten.

Gerade war die Sonne aufgegangen und der Tag versprach schön zu werden, zumindest was das Wetter betraf.

Nach einer - für ihre Verhältnisse - ‚Katzenwäsche' und dem Zurechtrücken der Kleidung löschten sie das Kaminfeuer, zogen ihre Schuhe an und Mira griff sich den gefüllten Weidenkorb. Dann gingen sie zum Unterschlupf. Weil der Weg dorthin relativ eng war, konnten sie sich nur hintereinander fortbewegen. Vorneweg Penelope, dann Mira und am Ende kam Ines.

„Hört ihr das auch", fragte Ines.

Sie blieb stehen und lauschte.

Die beiden anderen schüttelten die Köpfe und Mira gab mit einer Handbewegung zu verstehen, dass Ines nun wohl komplett durchgeknallt wäre.

„Hört doch mal genau hin, da ist so ein komisches Surren. Ich habe doch keine Halluzinationen. Da ist etwas."

Sie schaute nach oben und sah über sich eine Drohne. Sie zeigte darauf.

„Da, seht ihr, dieses Ding da oben verursacht die merkwürdigen Geräusche."

Die beiden anderen blieben endlich stehen und sahen auch in den Himmel.

„Scheiße", rutschte es Penelope raus. „Das ist eine Drohne. Die setzten das Teil ein, um uns damit aufzuspüren. Ist ihnen auch gelungen. Sie haben uns entdeckt. Wir müssen machen, dass wir in das Versteck kommen und hoffen, dass es dafür nicht zu spät ist."

Ja, guckt ihr nur. Ich habe euch entdeckt, dachte Ugonna.

Mein Vater wird stolz auf mich sein, wenn ich ihm berichte, wo ihr seid und noch stolzer, wenn ich euch bei ihm abliefere.

Er befand sich mit seinen Begleitern an der Stelle, wo die drei Frauen ihren Wagen hatten stehen lassen. Das war ein gelungener Ausgangsplatz, um das ‚kleine Spielzeug', wie es sein Vater nannte, starten zu lassen. Er steuerte es direkt in große Höhe, um einen Überblick zu bekommen. Diese, im Verhältnis zu anderen Drohnen, ziemlich kleine Z-PRO ließ sich sehr einfach steuern und bedienen. Dennoch war sie ein Meisterwerk.

Ugonna benötigte lediglich sein Smartphone und eine auf die Drohne abgestimmte App. Er verband Drohne und App miteinander und schon konnte er loslegen. Die Steuerung war kinderleicht. Wohin sie flog, überwachte er mit dem Bildschirm seines Mobiles. Sie machte mit ihrer Minikamera unglaubliche Aufnahmen.

Mehr durch Zufall hatte er die drei nun entdeckt. Ein Begleiter sah auf einer mitgebrachten Straßen- und Geländekarte nach, wo die Stelle sein könnte. Es war keinerlei Hütte eingezeichnet und so konnten sie nur erahnen, wo sich der Zufluchtsort der drei Frauen befand.

Sie waren alle körperlich sehr gut durchtrainiert, doch für diese Entfernung würden sie mindestens zwei Stunden benötigen und auch nur, wenn sie sich nicht verliefen und schnell vorankämen. Das Gelände wurde schon nach wenigen hundert Metern derart unwegsam, dass sie aufpassten mussten, wo sie hintraten.

Ein weiterer Nachteil war, dass die Drohne bereits so früh entdeckt wurde. Sie waren viel zu weit weg, als dass sie schnell zugreifen könnten. Dennoch teilte Ugonna erst einmal seinem Vater mit, dass er wüsste wo sich die drei Frauen aufhielten. Den Rest verschwieg er ihm.

Akono war mit dieser Nachricht äußerst zufrieden und hoffte, dass die positiven Rückmeldungen seines Sohnes anhalten würden. Dann machte er sich mit Jack auf dem Weg zum Bunker, um nachzusehen, in wieweit sich Konda schon verflüchtigt hatte. Jack öffnete noch einmal das Fass, Kanika blickte hinein und sah nichts.

„Sehr gute Arbeit Jack, wie immer. Auf dich kann ich mich wenigstens verlassen. Du bist der einzige Mensch, der mich bis heute nicht enttäuscht hat."

Der Butler war stolz. Eine solche Belobigung von seinem Chef zu bekommen, bedeutete ihm viel.

Stora hatte sich nach seinem kleinen Gemütsausrutscher schnell wieder im Griff. Er holte tief Luft, nahm auf der Sessellehne neben Sandra Platz und führte seine Äußerungen weiter fort.

„Sie wollen unbedingt wissen, aus welchen persönlichen Motiven heraus ich so handle?"

Er blickte Sandra wehmütig in die Augen. Sie sagte nichts, blickte nur still zurück.

„Es geht hierbei auch um meine Familie."

Sandra wurde hellhörig.

„Familie", wiederholte sie. „Sie sind verheiratet und haben Kinder?"

„Die Vergangenheitsform ist hier eher angebracht. Ich hatte eine Frau, war verheiratet und meine Kinder habe ich nie richtig gesehen"

„Was ist passiert?" fragte Sandra neugierig.

Wieder holte Stora tief Luft, dann öffnete er eine Bilddatei auf seinem Smartphone und zeigte Sandra wortlos die abstoßenden Aufnahmen.

Darauf erblickte Sandra eine Schule, oder vielmehr das, was davon übrig geblieben war, nachdem Rebellen sie angezündet hatten. Auf einem Mauerrest lag ein halb verbranntes und von Kugeln durchlöchertes Holzschild, auf dem einst der Name der Schule stand. Jetzt entzifferte sie lediglich die Buchstaben ‚…mary S….ol', was einmal ‚Primary School hieß. Den Ort auf dem Schild konnte sie nicht enträtseln, er war ausgelöscht, wie das ganze Dorf, in dem die Schule vor dem Massaker ansässig war. Alles war in Flammen aufgegangen.

Sie sah verstümmelte Leichen, deren Körperteile überall verstreut herumlagen. Nicht genug, dass diese Menschen erschossen wurden, anschließend hatte man ihnen willkürlich den Kopf und die Arme oder Beine abgehackt.

Ein weiblicher Torso, der zu einer hochschwangeren Frau gehörte, fiel ihr besonders auf, da aus ihm ein Ärmchen herausragte.

Beim Anblick dieses schrecklichen Bildes musste sie würgen. Sie wandte sich ab, wollte wieder hinsehen, aber in diesem Augenblick überkam es sie und sie konnte sich noch soeben in das Bad flüchten, bevor es buchstäblich aus ihr herausbrach. Sie erinnerte sich wieder an ihre schlimmste Zeit in Afrika. Als diese Fotos damals entstanden, hatte sie ihren Zusammenbruch. Alles kam wieder hoch.

Nachdem sie sich wieder einigermaßen erholt hatte, ging sie etwas schwankend und zögerlich zurück in das Wohnzimmer. Stora hatte sich in der Zwischenzeit von der Sessellehne erhoben und stand mitten im Raum, das Mobile noch immer in der Hand.

„Möchten Sie mehr Aufnahmen sehen?", fragte er Sandra verbittert.

Sie schüttelte heftig den Kopf und wehrte mit den Armen ab.

„Ich verstehe jetzt, warum Sie so voller Zorn sind", sagte sie leise.

Sie stockte, dann wurde sie mit jedem Wort lauter

„Wenn ich an Ihrer Stelle wäre, könnte ich mich auch nicht beherrschen. Ich würde mich rächen wollen, auf jeden Fall. Bitte erzählen Sie mir von ihrer Frau. Wer war sie und wo war sie, als dieses Massaker stattfand?"

„Sie haben sie schon gesehen, zumindest einen Teil von ihr", bemerkte Stora.

Sandra überlegte.

„Es war nicht die schwangere Frau, deren …."

Sie wollte weiterreden, aber da antwortet Stora schon mit einem knappen „Doch."

Nun schweigen beide lange, sehr lange. Sandra ergriff als erste wieder das Wort.

„Ich will alles wissen, hören Sie. Ich kann mich an den Überfall auf dieses Dorf erinnern. In den Nachrichten berichtete man nicht viel. Aus Insiderkreisen weiß ich, dass es irgendein Arrangement zwischen der Landesregierung und europäischen Politikern gab, dieses Gemetzel medial nicht an die große Glocke zu hängen. Man wollte verhindern, dass die Rebellen dadurch noch mehr Aufmerksamkeit bekommen. Die Bilder, die sie mir gezeigt haben, waren nicht für die Öffentlichkeit bestimmt. Woher haben sie die Aufzeichnung?"

„Ich war vor Ort."

„Sie haben die Aufnahmen selber gemacht?"

„Ja."

„Und ihre Frau haben Sie auch selber fotografiert?"

„Mir wurde erst später bewusst, dass es meine Frau war. Ich wurde in dieses afrikanische Land versetzt, um in einer international besetzten Sonderkommission gegen Kanika zu ermitteln. Sie war mit mir gekommen, um in dieser Schule als Lehrerin zu arbeiten. Sie lehrte dort erst seit einigen Tagen.

Ihr Kopf war nicht auffindbar, wahrscheinlich ist er in dem Feuer verbrannt. Die Rebellen hatten ihn mit einer Machete abgetrennt und weggeschleudert. Ihre Arme und Beine fanden wir ebenfalls weit entfernt von ihrem Torso. An ihrer linken Hand trug sie ihren Ehering, er war eher unscheinbar und nicht sehr kostbar, deshalb hatte sie ihn wohl noch."

Sandra unterbrach ihn.

„Ihre Kinder, ich meine aus dem Torso hing ein Ärmchen heraus. Lag Ihre Frau in den Wehen, als die Schule überfallen wurde?"

„Der Pathologe hat festgestellt, dass sie entgegen der Errechnung des Geburtstermins kurz vor der Entbindung stand und während der Abschlachtungen …"

Stora stiegen wieder Tränen in die Augen. Er konnte nicht weiter erzählen.

„Sie müssen nichts sagen, ich kann mir alles Weitere auch ohne Ihre Schilderungen vorstellen."

Sandra verzog vor lauter Abscheu das Gesicht.

„Kanika steckt also dahinter. Er versorgt die Rebellen mit Waffen und allem, was sie benötigen, um weiter ihre Untaten verüben zu können. Wir müssen also unbedingt herausbekommen, wo er sich versteckt hält."

„Ja und obwohl es einen internationalen Zusammenschluss von Polizeiorganisationen gibt, konnten wir bis heute seine Transportwege und hochrangigen Verbündete nicht ausfindig machen. Der Internationale Strafgerichtshof in Den Haag sucht Kanika wegen Kriegsverbrechen und Verbrechen gegen die Menschlichkeit. Samawati war ganz nah dran an allem, dann sind sie aufgetaucht", brachte sich Stora wieder in das Gespräch.

„Ich weiß, ich fühle mich mitverantwortlich für seinen Tod, das können Sie mir glauben."

Etwas erschöpft sagte Stora:

„Samawati hätte uns viel über den Aufenthaltsort von Kanika mitteilen können. Bis zum damaligen Zeitpunkt hatten wir zwar schon zwei hochrangige Kartellmitglieder Kanikas verhaftet. Sie konnten uns aber seinen Standort nicht verraten, weil er überall auf der Welt verstreut Unterschlüpfe hat und dort unterkommen kann."

„Langsam kann ich auch nachvollziehen, warum Sie mich für mitschuldig hielten. Was ist aus den Schulkindern geworden? Unter den Leichen fand man, bis auf zwei, keine Kinder. Was ist aus ihrer Frau und ihren Kindern geworden?"

Es fiel Stora nicht leicht, zu antworten, er versuchte trotzdem, ruhig zu bleiben und gab ihr eine Erklärung.

„Die Überreste meiner Frau und die ungeborenen Kinder wurden auf dem Friedhof des Nachbardorfes beigesetzt. Dafür habe ich gesorgt. In der Schule gab es zwei körperbehinderte Kinder. Die wurden ebenfalls umgebracht. Ihre Leichen wurden auch auf dem Friedhof beerdigt. Diese Kinder wären lebend für die Rebellen nur unnötiger Ballst gewesen."

„Warum?"

„Für das, was mit den Kindern geschieht, benötigt man halbwegs gesunde Heranwachsende, ohne Makel. Bis heute wurden tausende von Kindern und Jugendlichen von den Rebellen verschleppt, um sie dann als Kindersoldaten oder Sexsklaven zu missbrauchen. Sie werden auch als Wächter, Spione oder Köche eingesetzt und dann gezwungen, enge Freunde oder Angehörige umzubringen. Die Mädchen werden in der Regel zwangsverheiratet, natürlich gegen Geld. Häufig werden sie vergewaltigt oder sexuell ausgebeutet, auch von den Rebellen selber, denn je mehr Kinder für ihre eigenen Reihen gezeugt werden, umso besser.

Es ist auch davon auszugehen, dass die jungen Mädchen beschnitten werden, da dies in diesen Kreisen eine notwendige Voraussetzung für eine Heirat ist. Außerdem wird durch die Genitalverstümmelung eine weitere Kontroll- und Machtfunktion von Seiten der Männer ausgeübt. Frauen werden unter anderem unfähig gemacht, einen Orgasmus zu erleben, der Geschlechtsverkehr wird für die Frau oft schmerzhaft. Die Frau wird auf ihre bloße Reproduktionsfähigkeit reduziert. Ganz zu schweigen von den gesundheitlichen Folgen, die so ein Eingriff haben kann. Da er meistens nicht unter einwandfreien medizinischen Voraussetzungen durchgeführt wird, sondern von traditionellen Beschneiderinnen, die unter unhygienischen Bedingungen die Beschneidung vornehmen. Es interessiert diese Leute einen Dreck, dass sie mit diesem Handeln auch gegen die Menschenrechte verstoßen. Was zählt ist hier ebenfalls nur das Geld."

Sandras Abscheu gegenüber den Schilderungen, aber vor allem gegenüber Kanika wurde immer größer.

„Das ist so unfassbar. Ich erkenne gerade, dass ich damals bei meinen Recherchen nur die Spitze des Eisberges angekratzt habe. Das ganze Ausmaß wird erst nach und nach sichtbar."

Stora wusste nicht, wie er Sandra beibringen sollte, was mit ihrer Informantin bei der Zeitung geschehen ist. Dann platzte es aus ihm heraus.

„Für Sie ist es ebenfalls persönlich geworden."

„Wie bitte?"

Sandra meinte, sich verhört zu haben.

„Ich muss Ihnen leider mitteilen, dass Frau Lutec im Hinterhof eines heruntergekommenen und verlassenen Fabrikgeländes zwischen Bauschutt und altem Müll tot aufgefunden wurde. Der Notarzt konnte sie nicht mehr retten. Er vermutete, dass sie noch nicht lange dort lag. Und, bevor Sie fragen, sage ich es Ihnen lieber gleich: Fundort ist auch gleichzeitig Tatort."

Er wollte weiterreden, kam aber nicht dazu, weil Sandra ihn kopfschüttelnd unterbrach.

„Das kann nicht sein. Dana sollte für mich lediglich eine Hintergrundrecherche zu einem bestimmten Thema durchführen. Das hatte absolut nichts mit Kanika zu tun."

Stora widersprach Sandra.

„Das wussten die Mörder vielleicht nicht. Es kann aber auch sein, dass Ihre Informantin durch Zufall irgendwie auf Kanikas Spur gekommen ist. Sie wollen mir nicht verraten, welche Art von Informationen Frau Lutec für Sie beschaffen sollte?"

Sandra überlegte angestrengt und ging im Wohnzimmer hin und her. Was Stora ihr erzählt hatte klang glaubwürdig und sie hegte nicht den geringsten Zweifel daran, dass sich alles so zugetragen hatte, wie er es ihr gerade schilderte. Langsam musste sie wieder Vertrauen zu ihren Mitmenschen fassen, das fiel ihr jedoch seit ihrem Burn Out mehr als schwer.

Dass Stora sie gekidnappt und einige Tage eingesperrt hatte, machte die Vertrauensfindung zu ihm auch nicht leichter. Da er ihr gegenüber aber menschliche Züge gezeigt hatte, war sie sicher, dass eine Annäherung zwischen ihnen möglich sei. Sie konnte sich indes absolut nicht vorstellen, wie der Tod von Dana in Verbindung mit Kanika stehen sollte.

Sie benötigte frische Luft, um ungehindert nachdenken zu können.

„Ich muss mal kurz raus", erklärte sie ihren Gang zur Haustür.

„Draußen kann ich am besten über einen eventuellen Zusammenhang reflektieren. Die Bewegung bringt mein Gehirn in Gang, ich brauche das jetzt."

Noch ehe Stora irgendetwas entgegnen konnte, war sie verschwunden und er hörte nur, wie die Eingangstür ins Schloss fiel.

Hinter dem einsam gelegenen Haus lag ein kleiner See mit einem Bootsanleger, dahinter erstreckte sich ein Waldgebiet. Sie ging langsam in Richtung Wasser, wobei sie anfing zu schluchzen. Janas Tod berührte sie mehr als gedacht. Jana war nicht nur irgendeine Schreiberin bei einer Tageszeitung. Für Sandra war sie im Laufe der Jahre zu einer Freundin geworden. Beide kannten sich vom Studium und unternahmen schon damals viel gemeinsam. Sie stellten erstaunt fest, dass sie aus derselben Kleinstadt stammten. Dana kam im Grundschulalter mit ihren Eltern aus der Ukraine dorthin. Auch, wenn das schon etliche Jahre zurück lag, sprach sie bis heute immer noch mit slawischem Akzent, was sie irgendwie interessant erscheinen ließ. Nach dem Studienabschluss verloren sie sich zuerst aus den Augen. Sandra bereiste die Welt und machte Karriere. Dana entschied sich, wieder in ihr Heimatstädtchen zurück zu kehren, das sie während der Studienzeit vermisst hatte.

Heimat ist Heimat sagte sie immer zu Sandra. Hier kannte sie Gleichgesinnte aus Jugendjahren und fühlte sich am richtigen Platz.

Sandra nahm von der Rehaklinik aus wieder Kontakt zu Dana auf. Von Dana erfuhr sie, dass die Stelle bei der Tageszeitung vakant war und als sie sich wiedersahen, war es auch für Sandra auf einmal wie ‚Nach-Hause-kommen'.

Und jetzt war Dana tot. Sandra konnte es nicht begreifen. Sollte ihr Tod wirklich im Zusammenhang mit den Nachforschungen stehen, die sie ihr aufgetragen hatte, dann wäre sie schon für den zweiten Mord an einem Menschen mitverantwortlich. Allein aus diesem Grund, durfte es einfach keinen Zusammenhang geben.

Sandras Schritte wurden schneller und sie änderte den eingeschlagenen Weg, indem sie auf den Wald zulief.

Dana sollte doch lediglich herausfinden, wer der neue Eigentümer des tristen Fabrikgeländes ist. Genau auf diesem Areal wurde sie umgebracht. Hatte Stora Recht und es bestand ein Zusammenhang zwischen Kanika, dem Fabrikgelände und dem Mord an Dana?

Sandra blieb stehen. Sie hatte nicht gemerkt, dass sie schon sehr weit vom Haus entfernt war. Ihr Bauch knurrte. Sie sah auf ihre Armbanduhr, die Stora ihr im Wagen wiedergegeben hatte. Kurz vor zwölf und das hieß:

‚HUNGER'. Auf ihren Bauch konnte sie sich verlassen, schon seit Kindertagen meldete er sich regelmäßig alle fünf Stunden, um mit Essbarem versorgt zu werden. Sie hatte ihr Leben darauf eingerichtet, dreimal am Tag langsam und bewusst zu essen, morgens, mittags und abends. Zwischenmahlzeiten gab es nicht. Das strukturierte ihren Arbeitsalltag, eine unbedingte Notwendigkeit und ein Gegenpol zu ihrem oft stressigen und von Chaos gezeichneten Beruf. Dieses Ritual hatte sie kurz vor ihrem Zusammenbruch vernachlässigt und das war ein Riesenfehler.

Als Stora sie in dem dunklen Loch gefangen hielt und ihr Nahrungsmittel hinterließ, teilte sie diese in gleich große Portionen ein und aß immer dann, wenn ihr Magen es ihr signalisierte. Natürlich war es purer Zufall, dass diese Vorgehensweise Erfolg hatte, schließlich wusste sie damals noch nicht, wer hinter ihrer Entführung steckte. Es war ebenfalls ein Ritual für sie, das sie benötigte, um während ihrer Gefangenschaft nicht gänzlich paranoid zu werden.

Sie drehte sich um, joggte wieder zum Haus und verschwand sofort im Badezimmer, um zu duschen.

„Ich habe mir schon Sorgen gemacht. Aus dem ‚mal kurz raus müssen' sind mehrere Stunden vergangen", begrüßte sie Stora.

„Sie wissen doch, Unkraut vergeht nicht", entgegnete sie knapp.

„Ja, ja, diese Frau weiß immer alles besser", nuschelte er vor sich hin und lauter fragte er durch die geschlossene Badezimmertür:

„Ist Ihr Gehirn in Schwung gekommen? Verraten Sie mir nun endlich, woran Frau Lutec gearbeitet hat?

„Einen Moment noch, darf ich mich vielleicht mal in aller Ruhe frisch machen?" konterte sie.

„Außerdem habe ich Hunger. Gibt es in diesem Haus irgendetwas, das nach Mittagessen aussieht? Wenn nicht, können Sie sich schon einmal Gedanken darüber machen, wie wir möglichst schnell an eine Mahlzeit kommen. Hungrig kann ich keinen klaren Gedanken fassen"

Stora entfernte sich in Richtung Küche und durchwühlte sämtliche Schränke nach Verpflegung, während er darüber nachsann, was sich Sandra noch alles einfallen lassen würde, um endlich mit ihm über Frau Lutec zu reden.

KAPITEL 7

Penelope, Ines und Mira hatten es zwar in ihr Versteck geschafft, wo sie sich nun schon länger befanden. Sie wussten jedoch nicht, ob die Drohne ihren Zufluchtsort filmen und ausfindig machen konnte.

Unterdessen stapften verzweifelt drei Muskelpakete und ein Pubertierender durch das unwegsame Gebiet.

Beim Versuch, den Aufenthaltsort der Frauen herauszubekommen, lief, trotz Drohne, einiges schief.

Da die Hütte auf keiner Landkarte verzeichnet war und sie die Flüchtenden gerade in dem Augenblick aus den Augen verloren, als sich diese im Unterschlupf verbarrikadierten, war die Suche fast aussichtslos.

Einer der Männer wäre fast abgestürzt. Beim Versuch, die anderen auf dem schmalen Pfad zu überholen, rutschte er aus und konnte sich noch soeben an einer alten, verkrüppelten Kiefer festhalten, um nicht in die Tiefe zu stürzen. Dabei verstauchte er sich seinen linken Fußknöchel. Die anderen zogen ihn mühsam hoch, während er vor Schmerzen aufschrie.

Die Gruppe entschied, dass er alleine zum Parkplatz zurückkehren sollte, da er ihnen bei der Suche nicht mehr nützlich sein würde. Auf keinen Fall sollte er Kanika verständigen. Ugonna wollte den Zorn seines Vaters so spät wie möglich auf sich ziehen.

Unerfreulicherweise kam ihnen dann noch, in der ansonsten menschenleeren Landschaft, der für diese Region zuständige Förster, Harald Metsureiden, entgegen. Er hatte am Vortag beobachtet, dass jemand weiter oben am Berg ein Feuer entfacht haben musste. Der Qualm war von seinem Hochsitz aus, der sich auf der anderen Seite des Berges befand, sichtbar und er wollte nachsehen, was es damit auf sich hatte. Er vermutete, dass sich jemand in der Berghütte seines Freundes aufhielt und machte sich auf den Weg dorthin.

In der Hütte fand er jedoch niemanden vor. Lediglich die Überreste der Asche waren im Kamin sichtbar, ansonsten war alles leer und wie immer. Die Fensterläden waren ordnungsgemäß verschlossen, der Schlüssel lag an seinem gewohnten Platz. Er kannte jeden Winkel in diesem kleinen Häuschen. Früher verbrachten er und Penelopes Onkel oft Tage hier. Sie liebten beide die Natur und es war für sie immer wieder schön, sich in den Bergen aufzuhalten. Auch Penelope war manchmal dabei, die den beiden, was das Wissen über die Natur anging, ordentlich Konkurrenz machte.

Metsureiden überlegte, wer sich hier aufgehalten hatte. Da aber nichts gestohlen und alles korrekt hinterlassen wurde, machte er sich an den Abstieg.

Wie aus heiterem Himmel stand er nun vor den Muskelpaketen und Ugonna, sein Jagdgewehr immer im Anschlag. Schon oft hatte er hier Wilderer erwischt. Als er die Männer erblickte, ausgerüstet mit Gewehren und

Macheten, dachte er sofort daran, dass auch diese nur darauf aus waren, sein Wild zu jagen.

An seiner Seite stand ein die Männer fixierender und sie anknurrender Black and Tan Coonhound namens Argos. Er war eine äußerst imposante Erscheinung mit einem feinen Riecher für Ärger jeglicher Sorte.

„Ruhig Argos", beschwichtigte der Waldhüter seinen Hund, doch der fing daraufhin an zu bellen und fletschte die Zähne. Er hatte sofort erkannt, dass diese Männertruppe Übles vorhatte.

Einer der Männer zielte mit seinem Gewehr auf den Hund und ermahnte den Förster:

„Bringen Sie ihren Hund zur Vernunft, sonst …".

„Sonst was?" entgegnete dieser in barschem Ton und gab Argos den Befehl, den Mann anzugreifen.

Der Hund setzte zum Sprung an und verbiss sich im Arm des Mannes. Da ertönte ein Schuss. Der andere Mann hatte auf Argos gezielt und ihn am linken Sprunggelenk gestreift.

Ugonna und der zweite Mann blieben wie angewurzelt stehen, wobei Ugonna versuchte, die Drohne unter Kontrolle zu halten, was ihm nicht so recht gelingen wollte.

Argos heulte auf, ließ aber nicht locker. Im Gegenteil. Seine Zähne bohrten sich noch tiefer in das menschliche Fleisch. Der Mann schrie auf und schüttelte, trotz starker

Schmerzen, seinen Arm so heftig, dass Argos letztendlich locker ließ und zu Boden fiel, wo er regungslos liegen blieb.

Der Förster stürmte auf seinen Hund zu, um zu sehen, wie es ihm ging. Doch der verletzte Mann stellte sich ihm in den Weg.

„Dieses Mistvieh", brüllte er.

„Sehen Sie, was er mit meinem Arm gemacht hat".

Er streckte Metsureiden seinen verwundeten Arm entgegen. Mit wutentbrannter Stimme und Zornesfalten auf der Stirn sagte er:

„Sie haben ihm den Befehl gegeben, mich anzugreifen. Sie sind verantwortlich dafür, dass ich nun diese elenden Schmerzen ertragen muss, ganz zu schweigen von der Narbe, die der Biss hinterlassen wird."

„Genau", zischte der zweite Mann, wobei er mit seinem Gewehr auf den Waldhüter zielte.

Auch der Förster war außer sich und erwiderte zornig:

„Was haben Sie hier zu suchen? Sie streifen mit Gewehren und Buschmessern durch die Gegend. Wonach sieht das aus? Ich habe in letzter Zeit einige Wilderer erwischt. Legitimieren Sie sich, damit ich ausschließen kann, dass Sie zum Jagen hergekommen sind."

Die Männer überhörten das Gesagte und Ugonna, der die Drohne zwischenzeitlich aus der Luft geholt hatte, um sie in der Hand aufzubewahren, mischte sich in das Wortgefecht ein.

„Wir sind keine Wilderer, wir haben Luftaufnahmen von der wunderschönen Gegend gemacht."

Er zeigte dem Förster die Drohne.

„Ich arbeite für ein Magazin. Vielleicht kennen sie es? Es heißt ‚Berg und Tal'. Ich bin immer auf der Suche nach besonders schönen Landschaftsmotiven. Diese Umgebung ist ideal. Unsere Leser werden begeistert sein, wenn sie sehen, wie abwechslungsreich die Fauna hier ist. Die Drohne erleichtert mir die Arbeit, ich kann schlecht auf einen Baum klettern, um solche Superaufnahmen hinzubekommen, wie sie von der Drohne angefertigt werden."

Er sagte es mit einem unschuldigen Lächeln, so dass der Waldhüter keinen Grund hatte, an dem Erzählten etwas Unrichtiges zu erkennen, außer vielleicht, dass der Erzähler in einem so jugendlichen Alter war. Es blieb aber für Metsureiden eine Frage offen.

„Wozu brauchen Sie zwei bewaffnete Männer?"

„Ich habe gehört, dass sich in dieser Gegend wieder Wölfe angesiedelt haben. Meine Begleiter sind eine reine Vorsichtsmaßnahme. Wenn ich die Drohne bediene, kann ich mich im Falle eines Wolfangriffes nicht gleichzeitig verteidigen."

Wieder lächelte er voller Unschuld.

„Gestatten sie mir ebenfalls eine Frage?" warf Ugonna fast beiläufig ein.

„Was möchten Sie wissen?"

„Die Drohne zeigt Aufnahmen von einer Hütte, die sich ganz in der Nähe befinden muss. Könnten Sie uns sagen, wo sie sich befindet und was das für ein Unterschlupf ist?"

Der Förster drehte sich in Richtung Hütte, weg von den Gesichtern der drei Unbekannten. Er zeigte mit seiner Hand, wo sie ungefähr lag. Gleichzeitig erklärte er:

„Die Hütte befindet sich etwa dreihundert Meter in südöstlicher Richtung. Durch den starken Baumbestand kann man sie von unserem Standort aus nicht erkennen. Sie ist gut getarnt. Wenn man nicht weiß, dass sie existiert, läuft man an ihr vorbei. Dort ist niemand, ich komme gerade von oben, sie ist verlassen. Es ist eine private Schutzhütte, nichts Besonderes. Was wollen Sie dort?"

Ugonna lächelte zwar immer noch, ungeachtet dessen gab er dem zweiten Mann zu verstehen, sein Gewehr abzudrücken, wenn sie die Informationen erhalten hätten.

Ohne, dass jemand ein weiteres Wort sagte, schoss der Mann sofort den Waldhüter nieder, als dieser sich wieder umdrehte. Im Reflex schoss dieser zurück und traf den Mann am Oberschenkel, während er selber zusammensackte und leblos liegen blieb.

„Ah, verdammt, verdammt. Er hat mich getroffen", stöhnte der zweite Begleiter und ließ sich auf einem Baumstumpf nieder, um nachzusehen, wie schlimm die Wunde war.

Ugonna kümmerte sich nicht darum. Er überlegte, wie er weiter vorgehen sollte. Mittlerweile waren alle drei Muskelpakete verletzt und an ein Weitergehen durch das schwierige Gelände war nicht zu denken. Alle benötigten eine ärztliche Versorgung. Er machte einige Schritte auf den am Boden liegenden Förster zu, stupste ihn mit seinem linken Fuß an, um zu testen, ob er auch wirklich tot war. Der Förster bewegte sich nicht. Neben ihm lag sein Hund.

Der ist auch hinüber, dachte Ugonna. Er legte seine Drohne ab. Da die anderen aufgrund ihrer Verletzungen gehandicapt waren, um ihn zu unterstützen, zog er die Leiche des Försters mit aller Kraft zum Abgrund hin und stieß sie dann hinunter. Zu seinen Begleitern gewandt stellte er fest:

„ Wir gehen runter zum Parkplatz. Ihr müsst zum Arzt. Vom Parkplatz aus rufe ich meinen Vater an und teile ihm mit, was passiert ist."

Der Einwand eines Begleiters kam sofort.

„Sollten wir nicht erst hoch zur Hütte. Vielleicht sind die Frauen doch dort".

Ugonna fühlte sich plötzlich ganz stark und entgegnete fast im Tonfall seines Vaters:

„Ihr habt gehört was der Waldhüter sagte. Die Hütte ist leer. Erst nachschauen und dann wieder absteigen, das schafft ihr nicht. Das ist zu riskant. Vielleicht sind sie schon wieder abwärts ins Tal unterwegs. Der Förster kam aus einer anderen Richtung. Angenommen, sie haben abgewartet, bis er an ihnen vorbeigegangen ist und dann seinen ursprünglichen Weg eingeschlagen. Wir machen es so, wie ich es gesagt habe."

Wortlos nahm er seine Drohne wieder auf und lief vorneweg, sollten die beiden anderen doch selber sehen, wie sie runterkämen. Er hatte ganz andere Sorgen. Wenn sie unten am Wagen wären, müsste er seinem Vater schonend beibringen, dass die Frauen immer noch nicht ausfindig gemacht werden konnten. Sein Vater würde ihn dafür zur Verantwortung ziehen und ihn bestrafen, soviel war sicher. Angestrengt überlegte er sich einen Plan, damit er einer Strafe seines Vaters entgehen konnte.

Die Frauen kauerten weiterhin in ihrem Versteck. Penelopes Ohr klebte an der Tür.

„Vorhin gab es diesen Krach draußen. Es hörte sich wie Schüsse an. Jetzt ist alles schon minutenlang still. Wir sollten nachsehen, ob sich im Umkreis jemand aufhält und wenn nicht, wird es langsam Zeit, sich auf den Weg zu machen."

„Du bist lustig", bemerkte Ines. „Wohin sollen wir denn gehen? Wir sind doch extra hierhergekommen, weil es in der Hütte angeblich so sicher ist."

„Wir sind hier gelandet, weil wir verfolgt wurden", warf Mira ein.

„Richtig", stimmte Penelope zu.

"Wenn wir gleich keinen Verfolger ausmachen können, werden wir auf der anderen Seite des Berges ins Tal gehen und von dort aus endlich die Polizei verständigen. Das hätten wir von Anfang an machen sollen, statt uns vor lauter Panik jagen zu lassen."

Ines sah das anders.

„Ich finde nicht, dass die Panik unbegründet war. Wir haben eine Leiche gefunden, unsere allerbeste Freundin Sandra ist auf mysteriöse Weise verschwunden und wir werden verfolgt. Da kann man schon mal impulsiv handeln."

Ines wurde mit jedem Wort lauter.

„So, und nun sollten wir da hinausgehen und nachsehen, ob es noch einen Grund gibt, sich weiter zu verstecken", ergänzte sie mutig. Sie erhob sich von einer Holzkiste, auf die sie sich mangels anderer Sitzgelegenheiten niedergelassen hatte und schubste Penelope von der Tür weg. Furchtlos öffnete sie diese und ging hinaus.

Penelope und Mira blickten sich fragend an, folgten ihr dann mit Abstand. Sie hätten nicht erwartet, dass die sonst so zögerliche Ines die Initiative ergreift und unerschrocken die Führung übernimmt.

Ines lief zur Hütte und um diese herum, wo sie wieder auf Mira und Penelope traf.

Erleichtert stellte sie fest:

„Hier ist niemand. Diese komische Drohne hat unseren Verfolgern zum Glück nicht geholfen, uns ausfindig zu machen. Wir können beruhigt die Heimreise antreten. Pen, du weißt, wo es langgeht. Du gehst vor, wir folgen dir. Lasst uns keine Zeit verplempern."

Auch, wenn sie die Verwandlung von Ines ziemlich ungewöhnlich fanden, taten sie genau das, was diese vorgeschlagen hatte.

Der Abstieg entwickelte sich für die Männergruppe schwieriger als erwartet. Sie gingen schweigend hintereinander den mit hohen Stauden und Disteln zugewucherten Steig. Der Weg war, wie schon beim Aufstieg, ziemlich matschig und durch ihre Verletzungen mussten die beiden Muskelpakete noch aufmerksamer sein, um nicht auf den Pobacken im Dreck zu landen. Alles geschah äußerst langsam.

Hinzu kam, dass sich die Abzweigungen häuften und sie mehrmals im Unklaren waren, ob der eingeschlagene Pfad zum Parkplatz führte. Alles sah so anders aus als beim Aufstieg.

„Nur nicht in Panik geraten", murmelte Ugonna vor sich hin und machte sich Mut.

„Es geht genau hier entlang, wir werden unser Ziel gleich erreicht haben."

Diese Worte sagte er wie ein Mantra immer wieder auf. Dann lichtete sich plötzlich der Wald und sie konnten weit entfernt ihre geparkten Wagen erkennen.

„Seht ihr", verkündete er selbstbewusst, „jetzt ist es nicht mehr weit. Wir haben es gleich geschafft. Gut, dass wir meinem Instinkt gefolgt sind, sonst würden wir immer noch orientierungslos umherirren."

Die Begleiter antworteten nicht. Ihre Verletzungen verursachten zu große Schmerzen, als dass sie sich noch mit einem pickeligen Halbwüchsigen auseinandersetzen konnten.

Alle waren froh, als sie nach einigen Minuten den Parkplatz erreichten. Die beiden Muskelpakete machten es sich im hinteren Wagen bequem, in ihm saß auch der dritte Mann, der mit dem Autoverbandskasten seinen angeknacksten Knöchel notdürftig versorgt hatte.

Erstaunt sah er auf die Truppe. Während die Männer ihm schilderten, weshalb sie so mitgenommen aussahen und er ihre Wunden ebenfalls mit Mullbinden aus dem Verbandskasten umwickelte, setzte sich Ugonna in das erste Auto, einem Range Rover. Er nahm sein Mobile zur Hand und wählte schweren Herzens die Nummer seines Vaters.

Wie sollte er ihm begreiflich machen, dass der ihm erteilte Auftrag kläglich gescheitert war. Auf dem Weg runter ins Tal hatte er versucht, einen Plan zu schmieden. Ihm war jedoch nichts eingefallen, was seinen Vater hätte beruhigen können. Sein Versagen war so offensichtlich, keine Ausrede der Welt hätte ihn gerettet.

Es dauerte nicht lange und Kanika meldete sich am anderen Ende. Ugonna holte noch einmal tief Luft und erzählte seinem Vater dann alles. Ohne Punkt und Komma rasselte er das Vorgefallene im Eiltempo runter. Er wollte seine Niederlage möglichst schnell gestehen und hinter sich bringen.

Kanika unterbrach ihn nicht, er wurde aber immer wütender. Nicht nur sein Sohn hatte ihn enttäuscht, auch die extra für diese Mission ausgewählten Männer waren Dilettanten.

Nachdem Ugonna ihm alles mitgeteilt hatte, äußerte sich Kanika:

„Die Sache mit dem Förster hast du gut gemacht. Das ist aber auch das Einzige, was ich dir positiv bescheinigen kann. Wenn du die Schande, die du mir angetan hast wieder gut machen willst, dann hältst du dich jetzt genau an meine Anweisungen. Hast du das verstanden?"

„Ich bereue meinen Fehler und möchte dir auf jeden Fall helfen", gab Ugonna kleinlaut zurück.

Als er aber hörte, was sein Vater von ihm verlangte, wehrte er vehement ab.

Mit bebender Stimme klagte er:

„Das kann ich nicht. Du verlangst zu viel von mir."

Kanika blieb eiskalt.

„Du kannst froh sein, dass ich lediglich das von dir verlange. Du bist auf der Schwelle zum Erwachsenen. Dafür benötigt man Mut. Als ich in deinem Alter war, verlangte man von mir, sieben Tage auf mich gestellt in der Wildnis zu leben. Das war kein Spaß. Lediglich mit einem Backpack, einem Schlafsack und einer Wasserflasche schickten sie mich los. Ich hatte Angst und musste allerlei Entbehrungen aushalten. Unsere Ahnen haben auch dieses Ritual vollzogen, um in den Kreis der Erwachsenen aufgenommen zu werden. Du bist mein Nachfolger. Durch den Auftrag, den ich dir erteile, kannst du beweisen, dass du als mein Sukzessor würdig bist und meine Anerkennung ist dir sicher. Es ist an der Zeit, dass du von heute an intensiv auf deine Lebensaufgabe vorbereitet wirst. Dazu gehört es, auch unangenehme Anordnungen zu befolgen. Du empfindest es jetzt als eine Bürde, glaube mir, es ist der Beginn deines Heranreifens. Solltest du dich weigern, dann brauchst du nicht mehr hierher zu kommen. Dann betrachte ich dich nicht weiter als meinen Sohn. Überlege also gut, wie du dich entscheidest."

Ugonna schluckte. Das Gefühl, nicht mehr Kanikas Sohn zu sein, bedrückte ihn. Ugonnas Mutter starb nach Kanikas Angaben angeblich bei einem Autounfall als er sieben Jahre alt war. Danach wurde er von verschiedenen Kindermädchen erzogen, dann kamen noch diverse Lehrer hinzu, die nach und nach ausgetauscht wurden. Eine Schule hatte er bis heute nicht besucht. Freunde in seinem Alter gab es nicht. Familie im üblichen Sinne kannte Ugonna nicht. Familie, das war Akono für ihn und nur dieser kannte die ganze Wahrheit über den Verbleib seiner Mutter. Auch, wenn Ugonna nicht immer die Vorgehensweise seines Vaters verstand, gehorchte er ihm bedingungslos. So war es auch dieses Mal. Was blieb ihm übrig. Er musste ausführen, was sein Vater ihm befahl. Er hatte keine Wahl. Er seufzte, doch dann überwand er seine Bedenken und fragte knapp:

„Wie soll ich vorgehen?"

„Im Handschuhfach findest du eine Waffe, eine Browning. Sie ist bereits geladen. Du musst nur genau zielen und abdrücken. Das ist nicht schwer. Anschließend wischt du die Fingerabdrücke von der Waffe ab und drückst sie einem der Männer fest in die Hand. Die drei haben mich enttäuscht und durch ihre Verwundungen sind sie anfällig für einen Verrat geworden. Sie dürfen nicht reden. Niemals. Wenn du das erledigt hast, kommst du mit dem Range Rover zu mir. Du bist ihn oft genug auf dem Privatgelände gefahren. Es dürfte dir keine Schwierigkeiten bereiten, ihn zu steuern. Hast du alles verstanden?"

Ugonna sagte nur „Ja."

Wie in Trance beendete er das Telefonat, öffnete das Handschuhfach, nahm die Pistole heraus und lief zum anderen Wagen. Unterwegs entsicherte er sie. Die Männer waren zu beschäftigt, als das sie das herannahende Unheil bemerkt hätten. Ugonna riß die Fahrertüre auf und zielte gut. Mehrere Schüsse hallten durch den Wald. Die Aufschreie der Männer waren kaum hörbar.

Nachdem er sich vergewisserte, dass alle tot waren, führte er noch die letzten Anweisungen des Vaters aus. Dann stieg er in den Range Rover und nahm Kurs auf sein Elternhaus.

KAPITEL 8

Den drei Frauen machte der Abstieg nicht so zu schaffen. Sie verschwanden zwar im dichten Fichtenwald, verloren jedoch rasch an Höhe und stießen schon bald auf einen gut ausgebauten Forstweg, auf dem Ines, obwohl barfuß, gut gehen konnte.

Nun war es Mira, die anfing zu zicken.

„Warum sind wir diesen Weg nicht auch gestern gegangen?"

Bevor Penelope antworten konnte, gab Ines eine Frage an Mira zurück.

„Überlege doch bitte, in welcher Situation wir uns gestern befanden?"

Mira zuckte nur mit ihren Schultern.

„Wohin laufen wir dieses Mal überhaupt?" fragte sie weiter.

Penelope erklärte ihr:

„Ein guter Freund meines Onkels ist Förster. Sein Haus ist nicht mehr weit entfernt von hier. Wir sollten es gleich erreicht haben. Er hilft uns ganz bestimmt weiter."

Penelope war zuversichtlich, dass der Albtraum, in dem sie sich befanden, bald beendet sein würde und Metsureiden ihnen weiterhelfen könnte.

Im Pfad waren zur Erleichterung einige Holzstufen eingelassen. Der Wald lichtete sich und mündete in eine saftige Blumenwiese. Das Tal kam immer näher und sie erkannten, dass sich der Himmel unmerklich mit grauen Wolken zugezogen hatte.

„Wir sollten uns beeilen. Das sieht nach Regen aus", trieb Penelope die beiden anderen an.

Kurz bevor der Wolkenbruch loslegte, erreichten sie das Försterhaus. Die Türe war nicht abgeschlossen, warum auch. In diese Gegend verirrte sich normalerweise niemand. Sie traten ein und waren froh, nicht nass geworden zu sein. Penelope machte sich auf die Suche nach Harald, fand ihn jedoch nicht.

„Vielleicht ist er auf einem Kontrollgang durch sein Revier", bemerkte Ines.

„Ja, vielleicht", überlegte Pen.

Seltsamerweise beschlich sie ein ungutes Gefühl.

„Wir müssen nun endlich die Polizei benachrichtigen", sagte sie und ging entschlossen auf den Festnetzanschluss zu, als sie ein Scharren und Jaulen an der Haustüre bemerkte.

„Was ist das schon wieder?" fragte Mira ängstlich.

Penelope handelte sofort. Sie öffnete die Türe und sah Argos in einem erbärmlichen Zustand vor sich.

„Mein Gott, Argos, wie siehst du denn aus. Du bist verletzt. Was ist passiert?".

Obwohl er sehr schwer war, hob sie ihn mit einem Ruck hoch. Hinter ihr stand Ines.

„Meinst du er antwortet?", bemerkte sie ironisch.

Penelope wurde leicht ungehalten.

„Könnt ihr mir mal helfen. Das ist Argos, der Försterhund. Er ist verletzt und …"

Ines beendete den Satz: „… und er ist alleine zurückgekommen."

„Das bedeutet nichts Gutes Pen, oder?"

„Vermutlich nicht", erwiderte Penelope besorgt.

Gemeinsam hoben sie Argos auf den Küchentisch und Penelope untersuchte, woher das viele Blut kam. Ihn hatte nicht nur eine Kugel gestreift, seine linke Pfote war auch gebrochen. Andächtig sahen Mira und Ines zu, wie Penelope ihn versorgte, da vernahmen sie wieder ein Heulen und Gejaule von draußen.

„Ist die Türe zu?", fragte Penelope fast panisch, denn sie erkannte am Gejaule, dass es Wölfe waren.

„Ich denke schon", antwortete Ines.

„Schaut beide nach, denn dieses Mal stehen keine Hunde vor der Türe", sagte Penelope mit Nachdruck.

Die Türe war glücklicherweise verschlossen und Penelopes Vermutung bestätigte sich. Als Mira durch das kleine, in die Türe eingelassene, Glasfenster sah, erschrak sie und wich zurück. Ines drängte sie zur Seite und erblickte zwei ausgewachsene, angriffsbereite und zähnefletschende Wölfe. Sie waren der Blutspur von Argos gefolgt und hatten den günstigsten Moment, ihn als Beute zu erlegen, verpasst.

Beim Anblick der aggressiven Wölfe schloss Ines die Augen.

„Ich dachte, im Unterschlupf wäre es schlimm. Unsere momentane Situation toppt das bedauerlicherweise um ein Vielfaches."

Wie immer behielt Penelope als einzige die Ruhe.

„Die Wölfe werden uns nicht angreifen. Hier im Haus sind wir sicher. Sie haben zwar keine Scheu vor Menschen, halten trotzdem Abstand, zumindest normalerweise. Argos war ihre Beute und sie haben zu lange gewartet. Aber warum ist der Hund für sie eine Mahlzeit? Eigentlich bevorzugen sie Rothirsch, Reh oder Wildschwein. Argos war wahrscheinlich durch seine Verletzung am einfachsten zu jagen. Wie auch immer, ich versorge den Hund und währenddessen kann eine von euch die Polizei anrufen."

Mira hielt den Hörer schon in der Hand.

„Wo befinden wir uns? Wenn sie nach der Adresse fragen, was sage ich dann?".

„Sag ihnen, dass wir uns im Haus des Revierförsters aufhalten. Dann wissen sie Bescheid", gab Penelope zurück.

Innerhalb weniger Sekunden wurde Mira mit der Polizeistation der Kleinstadt verbunden und ein Beamter meldete sich.

„Hier ist Staatsanwältin Mira von Bickenbach. Ich befinde mich im Haus des Revierförsters, mit dem irgendetwas geschehen sein muss. Sein Hund kam alleine und verletzt nach Hause. Er wurde von Wölfen verfolgt, die nun vor dem Haus stehen und uns den Weg versperren. Bitte schicken Sie schnell einige von Ihren Beamten, die sich um die Wölfe kümmern."

Der Polizist reagierte sofort. Er gehörte zum Team von Stora und wusste, dass Mira und die Freundinnen vermisst wurden.

„Frau von Bickenbach sind Ines Maital und Penelope Heldritt bei Ihnen?", hakte er nach.

„Ja. Warum fragen sie?"

„Wir suchen sie und dachten sie wären wahrscheinlich ebenfalls entführt worden."

„Ebenfalls entführt? Was soll das heißen?"

„Ihre Freundin Sandra Eyb ist seit Tagen nicht auffindbar."

Mira merkte, wie ihr schwindelig und gleichzeitig übel wurde, trotzdem versuchte sie, ruhig und sachlich zu bleiben. Über Danas Leiche wollte sie ausschließlich mit einem leitenden Polizisten sprechen.

„Ich rufe nicht nur wegen des Försters an. Wir müssen wirklich ganz dringend mit einem Ihrer Vorgesetzten sprechen. Was wir mitzuteilen haben, könnte mit dem, was Sie mir gerade erzählt haben in Zusammenhang stehen. Wann wird uns jemand abholen?"

„Mein Chef ist gerade unterwegs. Ich schicke Ihnen zwei Streifenbeamte vorbei, die sich in ihrer Nähe aufhalten. Sie werden in etwa fünfzehn Minuten bei ihnen sein."

„Geht das nicht schneller?"

„Nein, bedauerlicherweise nicht."

Der Polizist merkte, dass es Mira nicht gut ging und er redete behutsam auf sie ein, bis sie schließlich anmerkte:

„Gut, wir werden nicht weglaufen, wie auch. Ich danke Ihnen für ihr Mitgefühl. Auf Wiedersehen."

Mira legte den Hörer auf. Sie bekam nicht mehr mit, ob der Polizist sich ebenfalls verabschiedete. Sie stolperte kreidebleich in die Küche, wo Penelope die Versorgung von Argos Wunde beendet hatte. Sie blickte durch das Fenster, an dessen Scheiben der Regen immer noch unaufhörlich prasselte, hinaus auf den Waldweg.

„Unser Verdacht hat sich bestätigt. Der Beamte teilte mir gerade mit, dass Sandra entführt wurde. Wenn das so ist, dann steht das im Zusammenhang mit der Leiche, die wir gefunden haben", konnte sie noch sagen. Dann brach sie in Tränen aus.

Während Sandra längere Zeit im Badezimmer verbrachte, bereitete Stora aus den gefundenen Nudeln, den beiden Thunfischdosen und dem haltbaren Streichkäse eine abgewandelte Form von ‚Spaghetti Carbonara" zu, die sehr schmackhaft war. Eine Flasche Weißwein stellte er ebenfalls auf den Tisch.

„Wenn Gnädigste dann soweit wären, könnten wir essen", schrie er von der Küche aus durch das Haus.

„Ja, ich bin schon da", schrie Sandra zurück und stand im selben Moment vor ihm.

Er hatte den Wohnzimmertisch mit Geschirr eingedeckt und rückte ihr den Stuhl zurecht. Galant goss er den Wein in entsprechende Gläser. Währenddessen schlang Sandra hastig die ersten Bissen herunter.

„Das ist total lecker", stellte sie überraschend fest. „Wo haben Sie so gut kochen gelernt."

„Ernsthaft?"

Er schüttelte den Kopf.

„Was ist?", fragte sie mit unschuldiger Mine zurück.

„Sie wollen doch jetzt nicht wirklich wissen wo ich wann mit wem und warum kochen gelernt habe? Eigentlich möchten sie mir etwas über Frau Lutec und ihren Auftrag für sie erzählen", gab er zur Antwort.

„Ja, genau. Aber Sie kochen wirklich richtig gut", äußerte sie verschmitzt.

Sie nahm noch einen kräftigen Schluck Weißwein und begann dann mit ihren Ausführungen.

„Dana sollte für mich Nachforschungen zu bestimmten Immobiliengeschäften anstellen."

Stora unterbrach sie sofort.

„Gehörte das alte Fabrikgelände, auf dem sie gefunden wurde, dazu?"

Sandra sah ihn verwundert an.

„Ja."

„Warum sollte sie gerade dort nachforschen?"

„Mira, eine andere Freundin von mir, ist Staatsanwältin. Die Staatsanwaltschaft erhob gegenüber dem Käufer der Fabrik Anklage wegen des Verdachts der Geldwäsche und Mira leitete die Untersuchungen. Es gab einige öffentliche Verhandlungstage, bei denen ich anwesend war. Der Beklagte beteuerte immer wieder seine Unschuld und behauptete, dass man ihn arglistig getäuscht hätte und andere für den Tatvorwurf verantwortlich seien. Er deutete an, seriöse Geschäftsleute und Politiker wären in die Angelegenheit verwickelt. Behörden würden sich deshalb wegducken und nicht eingreifen. Er konnte indes keine Beweise dafür vorlegen. Auch, wenn die Staatsanwaltschaft den Käufer für schuldig hielt, Mira hatte so ihre Zweifel und bat mich um Rat, auch deshalb, weil der alte Fabrikbesitzer verstorben war und eine mysteriöse Erbengemeinschaft unverhofft aufgetaucht war."

„Wieso kamen ihr Zweifel?"

„Es sprach einiges dafür, dass dort Geld, das wahrscheinlich aus nicht ganz sauberen Quellen kam, gewaschen wurde. Sie sah sich sämtliche Verträge nochmals an, die mit den Immobiliengeschäften zu tun hatten. Stutzig wurde sie, dass ausgerechnet auf der Fabrikimmobilie, die lediglich als Lagerfläche ihren Zweck erfüllte, eine immens hohe Grundschuld lag. Trotzdem wurden zinslose Darlehen gewährt. Auf einigen Verträgen stand nicht einmal eine Geschäftsadresse. Außerdem wünschte der Käufer des Fabrikgeländes eine Barabwicklung. Die Erbengemeinschaft hätte das melden müssen. Sie tat es aber nicht. Wahrscheinlich in Absprache mit dem Käufer. Als Mira den Käufer danach fragte, sagte er nicht einen Ton. Seine Körpersprache ließ dagegen vermuten, dass er unter Druck gesetzt wurde. Er zitterte vehement und kaute an seinen Fingernägeln. Bis zum letzten Verhandlungstag, an dem das Urteil gesprochen werden sollte, entließ man ihn nach Hause. Zum genannten Gerichtstermin erschien er nicht. Mira veranlasste, ihn zu Hause abzuholen. Die Polizei fand ihn regungslos im Bett. Es sah zuerst so aus, als ob er schlafe. Der Notarzt stellte Herzversagen fest."

Sandra sah wegen des Datums auf ihre Uhr, sprach dann weiter:

„Das geschah in der letzten Woche. Mira glaubte nicht an die auf dem Totenschein eingetragene Todesursache und veranlasste eine Obduktion, die gestern stattfinden sollte. Ich bin gespannt, was dabei herausgekommen ist."

Dahinter kann nur Kanika stecken dachte Stora, ließ Sandra aber weiterreden. Seinen Verdacht wollte er ihr erst später mitteilen, nachdem er ihr die Nachricht über das Verschwinden ihrer Freundinnen beigebracht hätte.

„Dana und ich teilten uns die in den Verhandlungen angeführten Immobilien auf und stellten Nachforschungen über die Käufer an. Wir müssen dabei wohl in ein Wespennest gestochen haben. Das wird mir nun klar. Warum habe ich diese Zusammenhänge nicht schon vorher erkannt? Dana musste meine Unachtsamkeit mit ihrem Leben bezahlen. Das werde ich mir niemals verzeihen können."

Sandra blickte Stora an, so als wolle sie von ihm eine Absolution für ihr Handeln hören. Nichts dergleichen geschah. Was er ihr stattdessen mitteilte, wenn er es auch nicht gerne tat, ließ sie noch mehr an sich zweifeln.

„Wo Sie Frau von Bickenbach gerade erwähnen. Da gibt es eine weitere Sache, weshalb auch Sie nun persönlich in den Fall verwickelt sind. Mira und zwei weitere Ihrer Freundinnen sind wie vom Erdboden verschluckt. Jetzt, da Sie mir einige Details beschrieben haben, vermute ich, dass ihr Verschwinden mit dem Tod von Frau Lutec zusammenhängt."

Sandra konnte es nicht glauben. Was redete er denn? Es war doch nicht möglich, dass plötzlich alle Menschen, die ihr nahestanden getötet wurden oder verschwanden. Sandra fragte verzweifelt:

„Handelt es sich bei den beiden anderen um Ines und Pen?"

Stora nickte und Sandra bemerkte:

„Wenn die Obduktion für gestern angesetzt war, Mira jedoch seit gestern mit den anderen nicht auffindbar ist, dann wurde die Obduktion vielleicht verschoben. Mira muss als leitende Staatsanwältin anwesend sein."

Stora nickte abermals, da klingelte sein Smartphone und ein Beamter seiner Ermittlungsgruppe meldete ihm, dass sich die vermissten Frauen gemeldet hatten und ein Streifenwagen unterwegs sei, um diese abzuholen und auf die Wache zu bringen. Er erzählte ihm auch in Kurzform von dem Förster, dessen Hund und der Situation, in der sich die drei befanden. Stora bedankte sich für die Information und kündigte ebenfalls sein Kommen an. Zu Sandra gewandt sagte er:

„Es gibt zumindest eine gute Nachricht in all dem Chaos. Ihre Freundinnen haben sich telefonisch bei der Polizei gemeldet. Es scheint ihnen gut zu gehen. Sie werden in Kürze dort eintreffen. Ich muss mich dort ebenfalls blicken lassen. Ich überlege aber, ob es klug ist, dass Sie mit mir kommen."

Sandra war schon während des Gesagten aufgesprungen, um sich die Jacke überzuziehen, die Stora ihr im Wagen gegeben hatte.

„Sie wollen mich nicht mitnehmen? Ich habe Ihnen doch alles berichtet, was ich weiß."

„Sie und Mira sind deshalb in Gefahr. Es ist besser, wenn ich Ihre Freundinnen hierher bringe. Bevor ich zur Wache fahre sorge ich für Nachschub an Lebensmitteln. Ich bedauere es, aber Sie, ihre Freundinnen und ich, wir werden uns in diesem Haus noch eine ganze Weile aufhalten müssen, wenn wir weiterleben wollen. Aber, so ungemütlich ist es hier ja nicht und genügend Platz ist ebenfalls vorhanden. Ich fahre jetzt los. Wenn ich zurück bin, machen wir uns Gedanken darüber, wie es weitergehen soll."

Sandra gestand sich ein, dass es für alle besser war, so vorzugehen, wie er es vorgeschlagen hatte. Er startete schon den Motor, da rannte sie hinter ihm her und rief ihm nach:

„Ich wette, Sie wissen, wer hinter all dem steckt!"

„Ja, ich kann es mir zumindest denken", murmelte er vor sich hin, um seinen Verdacht nochmals zu unterstreichen. Schon viel zu lange war er auf der Suche nach dem wahren Schuldigen.

„Ich werde dieses Schwein und seine Handlanger zur Strecke bringen, das bin ich meiner Familie schuldig, sagte er leise und ballte dabei seine rechte Hand zu einer Faust.

Auf dem Weg zum Polizeirevier kaufte Stora ein. Das war besser, um keine Spuren zu hinterlassen. Hätte er diese Unmengen in der kleinen Stadt besorgt, wäre das sofort aufgefallen. Der Kofferraum seines Wagens war bis oben hin angefüllt mit Obst, Gemüse, Fleisch, Brot und verschiedenen Getränken. Das reichte aus, um eine bestimmte Zeit autark zu bleiben. Sogar Hundefutter vergaß er nicht. Die Frauen und er mussten sich möglichst schnell einen sehr guten Plan ausdenken, um endlich einen Schlussstrich unter die Angelegenheit ziehen zu können. Die Angelegenheit dauerte schon viel zu lange. Es musste etwas geschehen, um zum Ende zu gelangen.

KAPITEL 9

Die Dienststelle reichte hinsichtlich der Raumausstattung normalerweise aus. Außer Kleinkriminalität gab es dort nichts zu bearbeiten. Die wenigen Zeugenaussagen dazu konnte man getrost auf den bereitgestellten Quadratmetern vornehmen. Die großen Verbrechen fanden woanders statt. Mit dem Mord an Frau Lutec änderte sich das jedoch. Der Leichenfund hatte sich mit rasanter Geschwindigkeit rumgesprochen. Als Stora die Wache betrat, musste er sich durch eine Ansammlung von Menschen hindurchzwängen. Angeblich hatten sie alle etwas, den Mord betreffend, gesehen und wollten es schnell mitteilen.

Stora sah sich fragend um und erblickte den Kollegen, mit dem er telefoniert hatte, inmitten des Menschenauflaufs. Er zog ihn zu sich heran.

„Wo sind die Frauen, ich kann sie hier nirgendwo entdecken", fragte er aufgeregt.

„Ich habe sie in dem winzigen Nebenraum untergebracht. Es ist doch auch in ihrem Sinn, wenn sie von niemandem gesehen werden", teilte der Kollege mit.

Endlich jemand, der mitdenkt, dachte Stora und überlegte.

„In welchem Nebenraum? Sie meinen doch nicht die Besenkammer am Ende des Flurs?"

„Genau die. Schauen Sie sich um", der Mitarbeiter machte eine ausladende Handbewegung, „das war der einzige Ort, an dem sich sonst keine Person aufhält. Sie sollten beim Öffnen der Tür vorsichtig sein. Der Hund des Försters ist dort ebenfalls, ein Riesenvieh. Also, erschrecken sie sich nicht."

„Erschrecken Sie sich nicht", äffte Stora auf dem Weg zur Abstellkammer kaum hörbar nach. Was könnte ihn noch erschrecken, bei all dem Grauen, das er schon erlebt hatte.

Dann drehte er sich nochmals um und teilte dem Kollegen mit:

„Ich werde alle, auch den Hund mitnehmen. Ich bringe sie für die nächste Zeit an einen sicheren Ort. Nur Sie wissen davon. Aber auch ihnen werde ich nicht mitteilen, wo dieser Ort ist. Verstehen Sie das bitte nicht falsch. Solange wir nicht wissen, wer hinter den Frauen her ist, sind diese weiterhin in Gefahr. Dass der Försterhund ohne Herrchen aufgetaucht ist, gefällt mir ebenfalls nicht. Was ist denn aus den Wölfen geworden?"

„Sie mussten leider erschossen werden, da sie so aggressiv waren. Die Kollegen schilderten, dass die Wölfe sich sofort nach ihrer Ankunft auf den Polizeiwagen stürzten. Ich habe bereits veranlasst, dass ihre Kadaver zum Bezirksveterinär überstellt werden. Er soll sie untersuchen und herausfinden, warum sie so angriffslustig waren. Es besteht der Verdacht, dass sie die Tollwut hatten."

„Das haben Sie sehr gut gemacht", lobte Stora seinen Mitarbeiter.

„Sobald es neue Informationen gibt, melden Sie sich bei mir. Ich habe mein Mobile Tag und Nacht an. Versuchen

Sie erst gar nicht, es zu orten. Es wird Ihnen nicht gelingen. Haben Sie in der Zwischenzeit etwas von Kurt Konda gehört? Er wollte doch laut Ihrer Aussage noch Einiges nachprüfen und sich dann melden."

Der Ermittler verneinte.

„Komisch", bemerkte Stora. „Geben Sie mir Bescheid. Sobald er anruft oder hierher kommt möchte ich informiert werden."

Es kam ein kurzes Kopfnicken des Ermittlers, dann öffnete Stora die Tür des Abstellraumes und ein Gestank aus Putzmitteln, getrocknetem Blut und Angstschweiß strömte ihm entgegen. Er rümpfte die Nase bevor er sich umsah. Auf dem Boden gekauert saßen drei Frauen in einem Halbkreis, in dessen Mitte sich ein riesiges braunschwarzes Fellknäuel befand, das angestrengt atmete. Die Frauen sahen ziemlich erschöpft und mitgenommen aus. Sie schienen aber nicht wesentlich verletzt zu sein. Ines fiel ihm mit ihrem Chanel Kostüm und den hohen Hacken sofort auf und er fragte sich, wie man auf diesen Schuhen laufen konnte, vor allem in unwegsamem Gelände. Anscheinend hatte sie es geschafft. Das fand er wiederum beeindruckend.

Er begrüßte alle und stellte sich vor, hielt jedoch wegen der Ausdünstungen Abstand und blieb im Türrahmen stehen.

„Mein Name ist Maximilian Stora. Ich bin der Chef der Sonderkommission und schon sehr gespannt, was sie mir zu sagen haben. Ich bin äußerst froh, dass es ihnen gut geht, jedenfalls soweit ich das auf den ersten Blick erkennen kann. Ich möchte sie davon in Kenntnis setzten, dass es ihrer Freundin ebenfalls gut geht. Wir werden uns hier nicht unterhalten, das ist viel zu gefährlich. Solange wir nicht wissen, wer hinter ihrer Verfolgung steckt, müssen wir vorsichtig sein. Deshalb nehme ich sie dorthin mit, wo sich Sandra aufhält."

Die drei erhoben sich schlagartig. Penelope streckte sich erst einmal, Ines rückte ihre Kleidung zurecht. Alle waren zwar glücklich, endlich aus der engen Rumpelkammer heraus zu kommen und froh zu hören, dass es Sandra gut ging. Mira blieb allerdings skeptisch. Seitdem sie die Wache betreten hatte, war sie wieder ganz in ihrem Element als Staatsanwältin, die Fremden gegenüber immer distanziert auftrat.

„Zeigen Sie uns erst einmal ihren Ausweis. Wir kennen Sie nicht. Sie können viel behaupten", forderte sie Stora auf.

Der grinste nur, zog seinen Dienstausweis aus der Gesäßtasche seiner Jeans und hielt ihn Mira vor ihr Gesicht. Er konnte nachvollziehen, dass sie so misstrauisch reagierte.

„Bitte schön."

Mira sah sich den Ausweis ganz genau an.

„Zufrieden?"

„Ja, danke."

Sie überreichte Stora wieder den Ausweis, der sie länger als üblich fixierte.

„Sie müssen Mira von Bickenbach sein, die Staatsanwältin", stellte er fest.

„Wie kommen Sie darauf?", entgegnete sie.

„Nennen Sie es Intuition", gab er verschmitzt zurück und identifizierte auch Ines und Penelope richtig. Dann klatschte er in die Hände und deutete an, sich zu beeilen.

„Gut. Jetzt wissen wir wenigstens alle, wie wir heißen und können endlich von hier verschwinden. Es wird Zeit. Ich werde den Hund tragen. Wir verlassen alle zusammen die Dienststelle und zwar durch den Hinterausgang und den abgeriegelten Hof. So fällt es eventuellen Verfolgern schwerer, unsere Spur aufzunehmen. Lassen sie mich vorangehen."

Bevor er Argos hochhob, übergab er Mira den Autoschlüssel, damit sie damit den Jeep öffnen konnte. Der Mitarbeiter vergewisserte sich, dass draußen alles in Ordnung war. Dann gab er ein Zeichen und sie gingen los.

„Sie müssen den Hund mit auf die hinteren Sitze nehmen, der Kofferraum ist bereits sehr voll", gab er zu verstehen."

Penelope reagierte etwas angesäuert:

„Der Hund heißt Argos und ich hätte ihn niemals in den Kofferraum verfrachtet. Das ist ein lebendiges Wesen, zudem verletzt, und keine Ware, die mal eben irgendwo abgestellt wird."

„Da haben sie mich gründlich missverstanden", versuchte Stora zu beschwichtigen.

Ines mischte sich in das Gespräch ein. Zu Stora gewandt sagte sie:

„Pen macht sich große Sorgen. Argos ist für sie nicht irgendein Tier, es ist der Hund des Försters, der wiederum ein sehr guter Freund ihres Onkels ist und auch ihr Freund."

„Ich verstehe das. Es ist auch schon ein Suchtrupp wegen Herrn Metsureiden unterwegs. Wir hoffen alle, dass ihm nichts zugestoßen ist. Wenn ich sie jetzt bitten darf, im Wagen Platz zu nehmen."

Stora deutete auf die Sitze hin. Mira setzte sich auf den Beifahrersitz. Ines und Penelope nahmen Argos auf der Rückbank in ihre Mitte.

Nachdem sich alle angeschnallt hatten, fuhr er los. Erst einmal absichtlich in die falsche Richtung, um so zu kontrollieren, ob sie verfolgt wurden. Als er vollkommen sicher war, dass niemand hinter ihnen her fuhr, steuerte er den nächstbesten Rastplatz an.

Verwundert sagte Mira:

„Wir sind doch noch nicht da?"

Auch Ines und Penelope fanden den Stopp merkwürdig, insbesondere, als Stora aus der Mittelkonsole einige Sturmhauben herausnahm und jeder von ihnen eine aushändigte.

„Sorry, meine Damen. Natürlich sind wir noch nicht da. Unser kommender Aufenthaltsort ist geheim und soll es auch bleiben. Deshalb setzen sie jetzt diese Hauben mit den Öffnungen nach hinten auf und lassen sie solange über ihre Köpfe gezogen, bis ich ihnen erlaube, sie wieder abzunehmen", befahl er ihnen und zwar so, dass keine von ihnen noch eine weitere Frage stellte. Stumm befolgten sie seine Anweisung.

Er vergewisserte sich mit den üblichen Handzeichen, dass sie nichts sehen konnten und fuhr dann wieder los. Dieses Mal mit direktem Kurs auf das Haus, wobei er abwechselnd langsam und dann wieder äußerst schnell fuhr, damit die Frauen nicht abschätzen konnten, wie viele Kilometer sie in welcher Zeit bis zum Ziel zurückgelegt hatten.

Nach einer halben Ewigkeit verlangsamte Stora wieder die Fahrt und seine Insassen bemerkten, dass die Straße holpriger wurde und schließlich in einen Schotterweg mündete, dann hielt der Wagen an.

„So, sie können die Hauben wieder abnehmen. Wir haben unser Ziel erreicht", hörten sie Stora.

Ines meckerte gleich los: „Na endlich, das Teil stinkt. Außerdem habe ich immer weniger Luft darunter bekommen. Hätte die Fahrt noch länger gedauert, wäre ich bestimmt erstickt."

„Glauben Sie mir, so schnell erstickt man nicht", äußerte sich Stora und sammelte die Hauben ein. Die drei Frauen stiegen schnell aus dem Wagen.

Sandra, die sich einen Stuhl zum Sitzen ans Küchenfenster gestellt hatte, um so die Gegend besser im Blick zu haben, wartete voller Ungeduld auf die Ankunft ihrer

Freundinnen. Als sie am Motorengeräusch Storas Wagen erkannte, stürmte sie wie der Blitz aus dem Haus und lief auf alle zu.

Die Wiedersehensfreude war riesig und die Frauen umarmten sich stürmisch. Ines, Mira und Penelope wollten alles über Sandras Entführung und deren Rettung wissen. Sandra vertröstete sie jedoch auf späte. Sie gingen ins Haus. Zurück blieben Stora und Argos, der noch immer ziemlich mitgenommen auf dem Rücksitz verharrte.

„Na komm mein Lieber", sprach Stora warmherzig zu ihm, „ich trage dich herein und wir werden drinnen ein schönes, schnuckeliges Plätzchen für dich finden."

Im Haus breitete er vor dem Kamin eine große, alte Decke aus und legte Argos darauf. Sanft streichelte er ihm über den Kopf, was sich der Hund mit einem leichten Heulen gefallen ließ.

„So, von hier hast du den besten Überblick", erklärte er ihm. Dann leerte er den Kofferraum und räumte die Sachen in die Küchenschränke und den Kühlschrank.

Nachdem die Begrüßungszeremonie beendet war, verwies Stora darauf, dass sie sich waschen könnten und in einem der Schlafräume im ersten Obergeschoss Ersatzkleidung für jede von ihnen bereit lag. Diese sollten sie sich anziehen, um endlich aus den mittlerweile stinkenden Klamotten rauszukommen.

Gemeinsam liefen alle Frauen in den besagten Schlafraum und jede suchte sich aus den bereit gelegten Kleidungsstücken das für sie passende aus, wobei das für

Ines ein Problem war, da es kein einziges Designerstück gab. Missmutig griff sie nach einer Jeans. Gut, dass sie die High-Heels dazu tragen konnte.

„Ich kann mich nicht erinnern, wann ich so ein Teil letztmalig getragen habe. Ich glaube da war ich Teenie", bemerkte sie abfällig und das war nicht die einzige ablehnende Bemerkung von ihr. Nachdem sich alle neu ausstaffiert im Wohnraum versammelt hatten, monierte sie:

„Das ist eine ziemlich verlassene Gegend hier. Ich habe die Nase voll von einsam gelegenen Häusern, auch wenn das hier einen ganz passablen Eindruck auf mich macht. Gibt es wenigstens hier Strom und fließendes Wasser?"

Stora bemerkte die unterschwellige Aggressivität von Ines ganz genau, er bemühte sich aber so neutral wie möglich zu antworten.

„Da kann ich Sie beruhigen. Uns dient als Energiequelle ein Notstromaggregat und das Wasser beziehen wir über eine Leitung aus dem See. Er wird von einer unterirdischen Quelle gespeist. Haben Sie sonst noch Fragen?"

Natürlich hatte Ines noch Fragen, jedoch gerade in dem Moment, als sie weitere stellen wollte, klingelte Storas Mobile.

Er verließ den Raum und erfuhr von seinem Mitarbeiter, dass ausgerechnet in dem Gebiet, in das die Frauen geflüchtet waren, von Bergwanderern drei männliche Leichen in einem geparkten Wagen aufgefunden wurden. Er konnte aber keine Angaben zu den Verstorbenen machen, da niemand von ihnen Ausweispapiere bei sich trug. Sie mussten abwarten, bis die Leichen identifiziert sein würden, bevor sie weitere Schritte unternehmen konnten.

Stora erkundigte sich, ob sich Konda in der Zwischenzeit gemeldet hätte. Von ihm fehlte weiterhin jede Spur.

Während Stora telefonierte, fragte Sandra hastig ihre Freundinnen:

„Wo sind wir hier? Konntet ihr auf dem Weg hierher herausbekommen, wo wir uns befinden?"

„Leider nicht", sagte Penelope. „Wir mussten schon früh Sturmhauben aufsetzen, natürlich mit den Schlitzen nach hinten. Wir konnten absolut nichts erkennen."

„An der ich fast erstickt wäre. Schrecklich dieses Ding", warf Ines schnell ein und war total perplex, als Sandra nur bemerkte:

„So schnell erstickt man nicht."

Mira konnte sich ein Lachen nicht verkneifen.

„Genau das hat Stora auch gemeint."

Sandra wollte mehr erfahren. Solange er noch telefonierte, konnte er nicht mitbekommen, worüber sie sich unterhielten.

„Welchen Eindruck habt ihr von ihm? Ich will, dass jede von euch ganz schnell sagt, was sie von ihm hält."

Penelope machte den Anfang.

„Ich denke, er ist nett. Zuerst habe ich gedacht, er wäre arrogant. Aber habt ihr gesehen, wie warmherzig er vorhin mit Argos umgegangen ist?"

Ines warf ein:

„Du hast ihn bezüglich Argos auch schon ganz schön zurecht gewiesen."

„Wie meinst du das", wollte Sandra wissen.

„Ach, vergiss es", wehrte Penelope ab. „Das ist nicht so wichtig. Also, ich denke, er ist nett."

Sandra sah zu Mira und wartete auf deren Einschätzung.

„Ja, ich weiß nicht. Er ist der Chef dieser speziellen Sonderkommission. Ich habe mir seinen Ausweis zeigen lassen. Der scheint in Ordnung zu sein. Nur irgendetwas stört mich an ihm. Ich kann es nicht beschreiben, es ist so ein Gefühl."

„Ich finde ihn furchtbar. Er hätte mich bestimmt ersticken lassen", echauffierte sich Ines. „Ich habe unter dem Teil fast keine Luft bekommen. Und seine Rechtfertigung, dass dieses Haus ein geheimer Ort ist, kann mir auch gestohlen bleiben."

Zu Sandra gewandt ergänzte sie:

„Und ich verstehe nicht, wie du seiner Meinung sein kannst."

„Das bin ich nicht. Ich werde nicht schlau aus ihm. Er kann sensibel sein und im nächsten Augenblick sehr hart.

Ich habe von ihm sehr persönliche Dinge erfahren, dennoch verhält er sich weiterhin reserviert."

Sandra wollte noch weiter sprechen, ihren Freundinnen erklären, dass er derjenige war, der sie entführt hatte. Doch er betrat wieder das Wohnzimmer und sie zog es vor, zu schweigen.

„Der Ermittler, den sie von der Wache her kennen, teilte mir gerade mit, dass Bergwanderer drei Leichen auf dem Parkplatz gefunden haben, auf dem auch ihr Wagen abgestellt ist. Könnte es sich hierbei um ihre Verfolger handeln?"

Ines kullerte mit den Augen.

„Wir haben nicht gesehen, wie viele Männer es waren. Es könnte aber sein."

Penelope zuckte mit den Schultern.

„Wer sollte es sonst sein?"

Mira kam auf den Punkt:

„Wenn sie es sind. Warum wurden sie erschossen?"

Stora stimmte ihr zu.

„Eine Superfrage, die wir beantworten werden, darauf können sie sich verlassen. In diesem Zusammenhang muss ich ihnen mitteilen, dass ein Mitarbeiter meiner Abteilung unauffindbar ist und ich frage mich, was mit ihm geschehen ist. Ich vermute, dass dies alles irgendwie zusammenhängt."

Penelope erkundigte sich, ob der Polizist etwas zum Verbleib des Försters mitgeteilt hatte. Stora verneinte.

Mira nahm ihr Mobile zur Hand. Sie wollte sich bei der Staatsanwaltschaft melden und mitteilen, dass sie sowie ihre Freundinnen sicher untergebracht seien und man sich nicht um sie sorgen müsse. Sie sah auf die Akkuanzeige und bemerkte, dass der Akku leer war.

„Mist, ohne Strom kann ich nicht telefonieren", keifte sie laut.

Als Stora das Mobile sah, reagierte er sofort.

„Ich bedaure, aber hier ist ohnehin kein Empfang. Wir befinden uns in einem Funkloch."

„Warum konnten Sie dann vorhin telefonieren?", fragte Ines skeptisch.

„Ich besitze zwei Handys, da ich Beruf und Privates strikt trenne. Beruflich benutze ich ein spezielles Sattelitentelefon, mit dem habe ich vorhin telefoniert. Wen wollten Sie denn anrufen?", erkundigte er sich neugierig.

„Meinen Chef, er muss doch wissen, dass es mir und den anderen gut geht."

„Das hat mein Mitarbeiter schon erledigt. Die Staatsanwaltschaft ist bereits informiert. Haben sie ein Aufladekabel dabei?"

„Nein, das ist zu Hause", antwortete Mira. Sie sah flehentlich zu ihren Freundinnen.

„Von euch hat auch niemand ein Kabel dabei?"

Alle schüttelten ihren Kopf und Stora bot sich an:

„Wenn sie mir ihre Handys geben, dann lade ich sie gerne auf."

Bereitwillig hielt er beide Hände zur Entgegennahme der Geräte auf.

Ohne Argwohn gaben alle ihre Smartphones ab.

„Das sind nur drei. Wo ist das von Frau Lutec?", wollte er in einem äußerst barschen Ton wissen. Er bluffte. Die Frage war ein Versuchsballon. Nachdem bei der Leiche kein Handy gefunden wurde und es auch sonst unauffindbar war, vermutete er, dass es eine der Frauen an sich genommen haben musste.

Ohne, dass die anderen sich einmischen konnten, entgegnete Penelope:

„Wir wissen nicht, wo es ist. Vermutlich bei der Leiche."

Eindringlich nahm sie Augenkontakt zu Mira und Ines auf und bedeutete ihnen, nichts zu erwidern.

„Da wurde es nicht gefunden. Sie haben die Tote entdeckt. Hatte sie kein Mobile dabei?"

Jetzt antwortete Ines rasant schnell und schüttelte sich dabei:

„Ich habe die Leiche nicht angepackt. Ich fummle doch nicht an Toten rum, das ist abartig. Igitt."

Stora wandte sich an Mira:

„Sie als Staatsanwältin sind es gewohnt, Leichen zu sehen und unter Umständen auch anzufassen. Was ist mit Ihnen?"

Mira räusperte sich bevor sie sich äußerte.

„Nun ja, das stimmt. Seit kurzem habe ich beruflich öfter mit Leichen zu tun. Wenn ich zu einem Tatort komme, bin ich immer auf das Schlimmste gefasst und vorbereitet. Bei Frau Lutec war das hingegen anders. Ich habe nicht damit gerechnet, sie leblos aufzufinden und ich war, wie Ines und Pen auch, dermaßen geschockt, als ich sie sah, dass ich mich sofort abgewandt habe. Wer kommt denn auf die Idee, nach einem Handy zu suchen, wenn jemand regungslos am Boden liegt?"

Sie versuchte möglichst gelassen zu bleiben, damit er ihre Lüge nicht erkannte.

Sandra hingegen bemerkte sofort, dass die drei irgendetwas verheimlichten. Sie fand es ebenfalls merkwürdig, dass Stora ihre Freundinnen mit einem dermaßen befehlerischen Nachdruck anging und sie fühlte sich zurück versetzt in ihr düsteres Loch, in dem er sie gefangen hielt.

Hatte sie sich von ihm täuschen lassen? Sie brauchte Gewissheit. Um die Situation zu entschärfen, warf sie wie beiläufig in die Runde ein:

„So, ich brauche einen Kaffee. Wir wollen schließlich einen Plan für unser weiteres Handeln aufstellen. Das gelingt mir nur, wenn ich hundertprozentig aufnahmefähig bin. Ohne Kaffee geht das nicht. Pen, würdest du mir in der Küche helfen. Du kannst die Riesenbecher aus dem oberen Schrank nehmen. Max, haben sie auch Plätzchen mitgebracht, sind die auch im Schrank? Etwas Süßes als Nervennahrung schadet nicht und kurbelt das Gehirn an."

Stora war zwar überrascht, dass auf einmal alle so agil waren, er schöpfte aber keinen Verdacht und bejahte Sandras Frage.

Während Ines im Begriff war, den Wohnzimmertisch frei zu räumen, gab Sandra Mira ein Signal.

„Gut, dann sorgst du für die leckeren Kekse."

Argos, der zwischenzeitlich eingeschlafen war, wurde von der Unruhe geweckt und machte durch Winseln auf sich aufmerksam. Stora eilte sofort zu ihm, um ihn zu beruhigen.

„Ich glaube, er muss mal seine Blase erleichtern. Ich trage ihn raus und kümmere mich um ihn. Sie sind ohnehin alle beschäftigt."

Kaum hatte er das Haus verlassen, versammelten sich die Frauen in der Küche. Mit verschränkten Armen und wippendem Oberkörper sprudelte es aus Sandra nur so heraus.

„Was ist mit Danas Handy? Ich kenne euch. Ihr wisst etwas darüber. Eure Körpersprache verrät euch. Ihr sagt mir jetzt sofort, was da vorgefallen ist. Also, wer fängt an?"

Penelope begann.

„Du hast mal wieder ins Schwarze getroffen. Ich habe das Handy an mich genommen."

Sandra beruhigte sich immer noch nicht und bohrte weiter.

„Wo ist es? Warum hast du es Max nicht gegeben?"

Penelope blieb gelassen.

„Findest du es nicht merkwürdig, dass er unsere Mobiles einkassiert hat? Er wird wohl kaum für jedes Modell ein Aufladekabel besitzen. Wir haben uns von ihm überrumpeln lassen. Wenn jetzt etwas passiert, können wir niemanden benachrichtigen."

Sandra entgegnete:

„Erstens können wir doch sowieso nicht telefonieren. Ich sage nur Funkloch. Zweitens hättest du dich weigern können, es abzugeben. Drittens, was soll denn passieren? Ich habe hier in seiner Abwesenheit jeden Raum, einschließlich Hauswirtschaftsraum und den Keller durchsucht. Auch den Schuppen. Es gibt nichts Auffälliges. Und viertens nochmal meine Frage: Wo ist es jetzt?"

Gerade in dem Moment, als Pen das Versteck verraten wollte, betraten Stora und Argos wieder das Haus. Sie konnte Sandra nur noch „Später.", zuflüstern.

KAPITEL 10

Ugonna zog sich seine Baseballcap tief in das Gesicht. Er konnte gerade noch die Fahrbahn erahnen. So wollte er verhindern, erkannt zu werden. Er war zwar groß und einige Bartstoppeln breiteten sich bereits in seinem Gesicht aus. Dennoch hätte jeder auf den ersten Blick erkennen können, dass er noch nicht volljährig war und ohne Führerschein fuhr.

Er musste unauffällig an sein Ziel gelangen.

Der Weg dorthin war lang genug, um über einige Vorfälle, die sich in den vergangenen Tagen ereignet hatten, nachzudenken und über sie zu reflektieren.

Dass sein Vater kein seriöser Geschäftsmann war, hatte er sich aufgrund verschiedener Ereignisse schon immer gedacht. Zu oft kamen Menschen zu Besuch und verschwanden dann spurlos. Auf Nachfragen bekam er immer dieselbe Antwort von seinem Vater:

„Sie müssen für mich einen dringenden Auftrag erledigen und deshalb schnell wieder los."

Bei dem kleinen dicken Kommissar, war sich Ugonna ganz sicher, dass er auch verschwinden würde. Zu ihm war sein Vater überdurchschnittlich freundlich. Zu freundlich für Ugonnas Empfinden, denn er kannte das Verhalten seines Erzeugers zu gut. Ugonna hatte sich vorgenommen, den Verbleib des Gastes zu beobachten, da für ihn fest stand, dass sein Vater mit dem kleinen dicken Mann etwas vorhatte.

Sein Gefühl sollte ihn nicht täuschen. Er überwachte das Gästehaus, in dem der Dicke untergebracht wurde, ganz genau. Er musste sich dafür nicht einmal in der Nähe der Unterkunft aufhalten. Versteckt in dichtem Gebüsch, platzierte er seine Drohne so geschickt vor dem Fenster, dass er alles mitbekam, was sich im Inneren abspielte.

Als er erkannte, wie bestialisch Konda umgebracht wurde, musste er sich übergeben und konnte die Drohne nicht steuern. Nachdem er sich wieder beruhigt hatte, war niemand mehr im Gästehaus. Er ärgerte sich über sein mimosenhaftes Verhalten und wollte die Observation schon aufgeben, da erblickte er die vom Butler geschobene Schubkarre, in der der Leichnam von Konda lag.

Neugierig folgte er dem schaurigen Gespann bis zum Bunker. Dieser war eigentlich absolutes Sperrgebiet für ihn. Sein Vater machte ein riesiges Geheimnis um dieses Gebäude. Er hatte ihm immer wieder eingehämmert, dass es dort viel zu gefährlich für ihn sei und er solle sich nicht mal in der Nähe des Bunkers aufhalten.

Nun bot sich Ugonna endlich die Gelegenheit, dieses Geheimnis zu enträtseln.

Unauffällig schlich er hinter dem Butler her, als dieser in das Innere des Bunkers trat und damit beschäftigt war, die Karre in der Spur zu halten, damit die Fracht nicht herausfiel.

Ugonnas Augen mussten sich erst an das dort herrschende Dämmerlicht gewöhnen. Dann erkannte er, dass er sich in einem schmalen Gang befand, an dessen Wänden sich in gleichmäßigem Abstand kleine Lampen befanden, die für eine minimale Beleuchtung sorgten. Er lief einige Meter geradeaus und dann nach links. Er hatte den Eindruck, dass er wieder zurückging, doch der Gang machte einen Knick nach rechts. Unvermittelt stand er in einer Art Halle, die mit vielen Türen versehen war. Er konnte gerade noch erkennen, wie der Butler in einen der hinteren Räume verschwand.

Einige Türen waren aus Stahl, andere aus Holz. Auf den ersten Blick waren die Materialien äußerlich nicht voneinander zu unterscheiden. Alle Türen hatten einen mittelgrauen Farbanstrich

An den Türen waren Schilder angebracht, auf denen die Bezeichnung der einzelnen Räume stand. Er kam vorbei an einem Energieraum, an einem Sanitätsraum und an einer Küche mit Vorratsraum.

Sollte ein, wie auch immer gearteter Notfall eintreten, wäre man hier unten für eine längere Zeit vollkommen autark.

Dann stand er vor der Türe, hinter der der Butler sich aufhalten musste. Er betrachtete das Schild ganz genau. ‚Entsorgungsraum' konnte er entziffern.

Das ist makaber dachte er. Dennoch erkannte er mit dieser Bezeichnung den typischen, zynischen Humor seines Vaters.

Vom Inneren des Raumes drangen blecherne Geräusche nach außen. Es hörte sich an, als würde mit Fässern hantiert.

In diesem Raum entledigte er sich all jener Menschen, die für ihn gefährlich werden könnten oder nutzlos geworden waren.

Für Ugonna stand fest: Auch, wenn sein Vater nicht selber Hand angelegt hatte, so war er in Ugonnas Augen verantwortlich für Kondas Tod und dessen ‚Auflösung'.

Ugonna hatte genug gesehen und gehört. Auf dem Rückweg durch die Halle glaubte er, eine Stimme zu hören. Da gleichzeitig aber die Türe des Entsorgungsraumes geöffnet wurde, beschleunigte er seine Schritte. Er wollte unter keinen Umständen dem Butler begegnen.

Dieser Mann war Ugonna suspekt und er machte ihm Angst. Schon seine massige Gestalt war furchteinflößend. Er überragte seinen Vater um mehr als zwei Kopflängen und seine Livree, die er auf Befehl seines Vaters immer zu tragen hatte, wurde speziell für ihn in Größe XXL angefertigt. Und er lächelte nie. Gefühlsregungen waren ihm gänzlich fremd. Insofern passte er ideal zu seinem Vater, dem er treu ergeben war.

Jack befand sich schon lange vor Ugonnas Geburt im Dienst von Kanika und er war mehr als nur dessen Diener. Er fungierte ebenfalls als dessen Leibwächter, Chauffeur, Übersetzer und Beseitiger von Problemen aller Art, wie beispielsweise Kondas Auflösung.

Woher er kam, wusste Ugonna nicht. Einmal fragte er seinen Vater, wie er und der Butler sich kennenlernten. Sein Vater ignorierte die Frage und Ugonna traute sich nicht, nochmals nachzuhaken.

Jetzt saß Ugonna im Range Rover und überlegte angestrengt, ob er damals wirklich eine Stimme gehört oder ob er sich das alles eingebildet hatte.

Hätte er seinen Vater danach gefragt, wäre herausgekommen, dass er über dessen ‚Entsorgungswesen' informiert war und dass er die Regeln seines Vaters nicht eingehalten hätte. Das wiederum hätte für ihn, Ugonna, schmerzliche körperliche Erfahrungen mit sich gebracht, denn für eine Tracht Prügel war sein Vater immer zu haben.

Jedoch ging ihm die Stimme nicht aus dem Kopf. Er nahm sich vor, bei der nächstbesten Gelegenheit, die sich ihm bot, noch einmal in den Bunker zu gehen, um dort nachzusehen.

Auf dem ihm entgegenkommenden Straßenschild konnte er erkennen, dass er bald das Anwesen seines Vaters erreicht haben würde. Warum fuhr er nicht direkt zur Polizei und erzählte dort alles, was sich in den letzten Tagen ereignet hatte?

Der Gedanke war verführerisch.

Stora kam fast heiter gelöst mit Argos zurück. Lag es daran, weil der Hund seine Hilfe benötigte oder weil er einfach nur zuhörte, wenn er ihm etwas erzählte? Endlich jemand, der keine Einwände hatte, keine Widerworte gab. Endlich jemand, der ihn nur mit seinen großen, dunkelbraunen Augen ansah und ihm damit signalisierte: ‚Alles wird gut'.

Die Frauen hatten sich um den Wohnzimmertisch mit Kaffee und Keksen versammelt und unterhielten sich anscheinend ungezwungen.

Stora schöpfte nicht den geringsten Verdacht, dass noch vor wenigen Sekunden ein konspiratives Gespräch stattgefunden hatte.

„Ist noch ein Tässchen übrig?", fragte er beschwingt.

„Selbstverständlich, für starke Männer immer", antwortete Ines mit leicht sarkastischem Unterton, den Stora zwar nicht bemerkte, dafür aber Penelope.

Nachdem auch Stora mit Kaffee und Plätzchen versorgt und abgelenkt war, bedeutete sie ihr deshalb, mit auf den Flur zu kommen.

„Solange wir noch nicht eindeutig wissen, ob er auf unserer Seite ist, verhältst du dich ihm gegenüber neutral. Ich weiß, dass du sauer auf ihn bist. Es ist aber für uns alle von Vorteil, wenn wir uns erst einmal loyal zeigen", wies sie Ines zurecht. „Wir müssen an das Handy von Frau Lutec ran. Das bedeutet, du lenkst ihn gleich ab, während ich versuche, an das Handy zu gelangen. Halte ihn auf jeden Fall von Argos fern. Ich benötige drei Minuten."

„Wie soll ich das denn machen? Wenn ich unvermutet ein Gespräch mit ihm beginne, schöpft er auf jeden Fall Verdacht. Dafür habe ich mich ihm gegenüber zu offensichtlich feindselig gezeigt.", versuchte sich Ines aus der für sie unangenehmen Situation zu befreien.

„Dann wäre eine Entschuldigung deinerseits ein guter Anfang", gab ihr Pen als Ratschlag mit.

Angesäuert beugte sich Ines Penelopes Vorschlag und setzte sich im Wohnzimmer auf einen der beiden Sessel. Sie nahm sich das auf dem Beistelltisch liegende Buch und täuschte vor zu lesen, während sie ihre übrigen Mitmenschen beobachtete.

Mira und Sandra unterhielten sich. Stora blickte geistesabwesend in seine Tasse, so als ob er darin die Wahrheit für all seine Probleme finden würde.

Wenn er nur so herumsitzt, muss ich ihn nicht ablenken, bewertete Ines die Situation. Andererseits hat er von seinem Platz aus den Hund im Blick und davon soll ich ihn abbringen. Sie überlegte angestrengt, wie sie das anstellen könnte. Innerlich fragte sie sich, ob schon eine Minute vorbei war.

Sie ließ noch ein wenig Zeit verstreichen, dann erhob sie sich aus dem Sessel, legte das Buch wieder ab und bewegte sich auf Stora zu. Sie räusperte sich.

„Pardon, Herr Stora?"

Er zuckte und blickte zu ihr hoch.

„Ja?"

Von allen Frauen hier, war Ines diejenige, die ihm gehörig auf die Nerven ging mit ihrem Rumgezicke.

Ines stellte sich so vor ihm auf, dass sie ihm die Sicht in Richtung Argos versperrte.

„Ich möchte mich für mein Verhalten Ihnen gegenüber entschuldigen. Es war nicht richtig von mir, mich so hysterisch zu benehmen. Ich kann nachvollziehen, wenn Sie auf mich sauer sind und mich für völlig überdreht halten. Ich sehe ein, dass ich mich Ihnen gegenüber wirklich zickig benommen habe. Das kommt nicht wieder vor. Versprochen."

Sie streckte ihm zur Unterstreichung des Gesagten ihre Hand entgegen.

Stora überlegte. Konnte diese Frau Gedanken lesen? Warum war sie so überraschend bereit, zu bereuen. Er ignorierte ihre versöhnliche Geste.

„Vergessen Sie es", platzte es aus ihm heraus.

Ines wurde ansatzweise erneut ungehalten, hatte sich jedoch direkt wieder im Griff. Trotzdem stemmte sie ihre Arme beidseitig in ihre Hüften.

„Wie jetzt? Soll ich meine Entschuldigung vergessen oder Sie vergessen mein unangebrachtes Verhalten?"

Stora wollte keinen Ärger, jetzt nicht. Ärger würde noch früh genug kommen.

„Wenn es Ihnen so wichtig ist, nehme ich Ihre Entschuldigung an", entgegnete er deshalb möglichst ruhig.

Während die beiden diskutierten näherte sich Penelope dem Hund. Sie hatte das Lutec Mobile geschickt als Schiene zur Ruhigstellung des Sprunggelenkes benutzt und jede Menge Mullbinden herum gebunden, die sie nun möglichst schnell abwickeln musste, um an das Mobile heranzukommen. Hastig wickelte sie die Binden ab, nahm das Mobile und steckte es in ihre Hosentasche.

Keinen Moment zu früh, denn Stora stand vor ihr. Er hatte ein Jammern von Argos gehört und das Gespräch mit Ines sofort beendet.

„Was ist los?", fragte er Penelope aufgeregt.

„Nichts, ich habe mir nur seine Verletzung angesehen. Die Wunde darf weder nässen noch eitern. Deshalb werde ich den Verband wechseln", erklärte sie ihm seelenruhig.

„Wie gehen wir denn weiter vor?", erkundigte sich Ines, um Stora von Penelope wegzulotsen.

Das gelang ihr auch, denn Stora sprang sofort auf das Thema an.

„Das weiß ich noch nicht genau. Ich benötigte unbedingt nähere Informationen über die Immobiliengeschäfte. Diese Geldwäscherbande ist so gut organisiert, dass wir nicht eindeutig nachweisen können, wie sie ihre Gewinne aus Drogengeschäften, Waffenschmuggel und

Menschenhandel hier in Deutschland durch Immobilien rein wäscht."

Mira fühlte sich angesprochen.

„Ich erinnere mich an einen Anwalt, der im Verdacht steht, zu dieser kriminellen Organisation Verbindungen zu haben."

„Wie ist sein Name?", erkundigte sich Stora.

„Das möchten wir auch gerne wissen. Meine Kollegen haben zwar bei einer Razzia eines verdächtigen Maklers Dutzende Geheimverträge, Urkunden, Grafiken, Fotos und Grundbuchauszüge gefunden. Aus ihnen geht hervor, dass der mysteriöse Anwalt beteiligt war, mehrere Millionen Euro nach Deutschland zu transferieren. In unterschiedlichen Teilbeträgen, unter anderem über einige Briefkastenfirmen aus Liberia, Ghana und Botswana. Der Name des Anwalts wurde aber nie erwähnt.

Da der Immobilienmarkt mit rund einer Million Transaktionen jährlich der zweitgrößte Wirtschaftszweig in Deutschland ist, wird schnell klar, dass hier unbemerkt viel Geld aus der Organisierten Kriminalität gewaschen werden kann. Das ist ein Superversteck für Gewinne aus jeglicher Art von kriminellen Errungenschaften. Allein in Berlin wurden im vergangenen Jahr etwa 15 Milliarden Euro für Häuser und Grundstücke gezahlt und in ganz Deutschland rund 50 Milliarden Euro an schmutzigem Geld gesäubert.

Erschwert werden die Nachforschungen durch die Globalisierung der Märkte. Da auch ausländische

Investoren ihr Geld in unserem Land anlegen, werden die mit dem Immobilienmarkt verbundenen Geschäftsbeziehungen schwerer zu durchschauen."

Mira hörte gar nicht mehr auf, zu reden.

„Der Makler, bei dem die Razzia stattfand, wurde übrigens auch für den Verkauf des Fabrikgeländes engagiert. Das konnten wir nachweisen. Hier besteht auf jeden Fall ein Zusammenhang zwischen ihm und dem Käufer. Apropos Käufer, was hat denn die Obduktion ergeben? Ist er eines natürlichen Todes gestorben oder hatte ich mit meiner Vermutung recht, dass er ermordet wurde?"

Stora formulierte äußerst vorsichtig, dass die Obduktion in ihrer Abwesenheit noch nicht stattfand und stieß bei Mira auf Unverständnis.

„Auch ohne mich, wäre sie möglich gewesen. Mein Stellvertreter wäre dann dabei gewesen. Das ist doch gar kein Problem. Es muss einen anderen Grund geben", klärte sie die Anwesenden auf.

Stora widersprach:

„Das mag schon sein, nur können wir das von hier aus nicht klären. Wir müssen uns auf wichtigere ungeklärte Punkte fokussieren.

Mira ließ nicht locker.

„Die Obduktion ist wichtig. Sollte er umgebracht worden sein, dann ist das ein weiteres Indiz dafür, dass wir auf der richtigen Spur sind und diese weiterverfolgen sollten."

Sandra hielt sich zunächst mit Äußerungen zurück. Sie hörte zu, beobachtete und überlegte, was ihr an Miras Ausführungen nicht gefiel. Und das war eine Menge.

Kurz vor ihrer Entführung durch Stora hatte Sandra ein Gespräch mit Mira geführt, da sie noch weitere Informationen über den Käufer benötigte, bevor sie ihren Artikel veröffentlichen konnte. Auch, wenn Mira damals Sandra um Hilfe bat, verhielt sie sich ihr gegenüber sehr verschlossen, äußerte sich nur vage. So sah sich Sandra gezwungen, Dana einzuweihen und diese zu bitten, weitere Auskünfte einzuholen. Diese Aktion bezahlte Dana mit ihrem Leben.

Nun plauderte Mira lustig drauf los, als ob das ganz normal wäre.

Irgendetwas stimmte hier nicht. Warum machte Mira nun detaillierte Angaben zu Sachverhalten, die sie ihr damals vorenthalten hatte? Mira wusste viel mehr, als sie zugab. Sandra musste unbedingt herausbekommen, was es mit all dem auf sich hatte.

Wenn Mira mit einem Mal so gut Bescheid wusste, warum hatte sie dann Sandra überhaupt um Hilfe gebeten. Die Sache wurde immer komplizierte und undurchschaubarer.

KAPITEL 11

Ugonna verwarf die Idee, sich bei der Polizei zu melden. Sein Vater verlangte von ihm ein Mann zu werden. Das konnte er haben. Er würde seinem Vater gegenüber wie ein Mann auftreten und so handeln.

Denn, auch wenn er ihm, aufgrund der genetischen Voraussetzungen, Respekt erweisen musste, fiel es ihm seit den jüngst vorgefallenen Ereignissen schwer, sich seinem Vater gegenüber angemessen zu verhalten.

Wozu hatte sein Vater ihn gebracht? Was hatte er in seinem Auftrag getan? Wozu war sein Vater noch fähig? Kann er ihm noch vertrauen? Konnte er ihm jemals vertrauen? Gab es die Stimme im Bunker wirklich oder war es lediglich eine Halluzination aufgrund seiner damaligen aufgeregten Verfassung?

Auf all diese Fragen benötigte er eine zufriedenstellende Antwort. Sein Bauchgefühl gab ihm zu verstehen, dass er sich in irgendeiner Form absichern müsse, bevor er das väterliche Grundstück wieder betrat. Deshalb parkte er den Wagen in einer abgelegenen Seitenstraße. Hier gab es lediglich drei alte leerstehende Jugendstilvillen auf riesigen Grundstücken, die leer standen. Obwohl sie sich, baulich betrachtet, noch in einem ordentlichen Zustand befanden, sollten sie abgerissen werden und Platz schaffen für ein ambitioniertes Bauprojekt, an dem die Kommune viele Millionen Euro verdienen wollte. Die ehemaligen Besitzer wurden großzügig abgefunden und wohnten längst woanders.

Das große Vorzeigeschild, auf dem abgebildet war, wie das Grundstück später gestaltet sein würde, gab es schon. Als Großinvestor stand der Name seines Vaters unter der Gebäude-Illustration. Hier wollte er als seriöser Geschäftsmann glänzen, auch wenn er dabei wieder mal im Hintergrund blieb. Der Beginn des Bauvorhabens verzögerte sich regelmäßig aus den verschiedensten Gründen. Seitdem die Staatsanwaltschaft ermittelte, ruhte das Projekt.

Ohne dem Ganzen noch weitere Aufmerksamkeit zu widmen, stieg Ugonna aus dem Wagen und öffnete die linke Türe der Rücksitze.

Dort lag sein Laptop, eingepackt in eine Plastiktüte. Auf ihn überspielte er immer die Aufnahmen der Drohne. Er nahm ihn heraus, übertrug hastig die Aufnahmen und steckte ihn wieder in die Tüte. Er war sicher, sein Vater würde die Handyaufnahmen löschen, wenn er sie gesehen hatte. Dann gab es keine Beweise mehr. Man würde ihm nicht glauben, dass er die Männer nur auf Befehl seines Vaters erschossen hatte. Die Bilder auf dem Laptop und die Sprachaufnahme des entscheidenden Telefonats mit seinem Vater, sollten seine Versicherung für das Vorgefallene sein.

Dann lief er auf das Grundstück des rechten Hauses zu. Er kannte sich dort gut aus, da er die ersten Drohnenaufnahmen hier erstellt hatte. Dieses Haus war ein Rückzugsort für ihn. Wenn sein Vater auf ‚Geschäftsreisen' war, zog er sich immer hierher zurück. Die Sicherheitsleute und den Butler trickste er jedes Mal aus.

Zielsicher steuerte er den Keller an, in dem noch allerlei Gerümpel der Vorbesitzer stand. Durch Zufall hatte er bei einer seiner Erkundungstouren entdeckt, dass es hinter einer Wandverkleidung einen gut getarnten Hohlraum gab. Dort versteckte er seinen Laptop. In einem geeigneten Moment würde er ihn wieder hervorholen.

Erleichtert ging er zum Wagen zurück, steckte die Drohne in seinen Rucksack und fuhr zu seinem Vater.

Dieser erwartete ihn schon in seinem Arbeitszimmer. Selbstgefällig saß er hinter seinem massiven Schreibtisch und blieb auch dort sitzen, als sein Sohn den Raum betrat. In sicherem Abstand vor dem Schreibtisch blieb Ugonna stehen.

„Du kommst spät", begrüßte Kanika ihn streng.

Ugonna überlegte, ob er seinem Vater direkt Paroli bieten oder lieber abwarten und eine bessere Gelegenheit nutzen sollte.

Er entschied sich für Letzteres.

„Ich durfte nicht auffallen. Deshalb bin ich vorsichtig gefahren. Das war doch auch in deinem Sinn", entgegnete er sachlich.

„Du denkst mit, das gefällt mir. Wenn du mir weiterhin beweist, dass du kein Dummkopf bist, werde ich dich langsam in meine Geschäfte einweisen, obwohl es mit der Verfolgung der drei Frauen nicht so geklappt hat, wie es vorgesehen war. Von den Privatlehrern hast du genug gelernt. Ich werde dir zeigen, wie das richtige Leben aussieht."

„Wie du meinst, Vater."

Ugonna zeigte sich nach außen hin demütig, in seinem Inneren brodelte es. Zu gerne hätte er ihn angeschrien und mitgeteilt, dass er ihn für sein gewalttätiges Handeln gegenüber anderen sowie seine Lieblosigkeit ihm gegenüber verachtet. Er wollte zu seinem Vater aufschauen, von ihm anerkannt und geliebt werden. Doch sein Vater belohnte ihn nur, wenn er in dessen Sinne funktionierte. Er gab ihm nie das Gefühl, als eigenständige Person wertvoll zu sein. Um das eigene Überleben zu sichern, seine eigene Würde zu retten, blieb ihm nichts anderes übrig, als diese Position hinsichtlich seines Vaters einzunehmen.

Kanika ahnte nichts von den Gedankengängen seines Sohnes und er nickte zufrieden.

„Übrigens", warf er beiläufig ein und verharmloste so die Ermordung seiner Angestellten, „die drei Sicherheitsleute wurden gefunden. Bergwanderer haben sie entdeckt."

„So schnell?"

Ugonna konnte es nicht glauben. Woher wusste sein Vater davon? Er wollte testen, in wieweit sein Vater ihm die Wahrheit sagte und fragte deshalb:

„Wer hat es dir gesagt? War es der kleine, dicke Kommissar, den ich gestern kennen gelernt habe? Ich fand ihn ganz amüsant."

Ugonna versuchte, ein unschuldiges Gesicht aufzulegen. Das gelang ihm offensichtlich, denn Kanika antwortete ohne jeden Argwohn:

„Genau, mein Sohn, er ist euch in sicherem Abstand gefolgt. Erst auf meinen Befehl hin sollte er, wenn notwendig, eingreifen. Du hast deine Aufgabe jedoch meisterhaft erledigt, so dass dies nicht notwendig wurde."

Sein Vater log ihn eiskalt an, ein weiteres Mal. Ugonnas Verachtung für ihn wurde immer größer.

Was war sein Vater noch alles, außer ein Mörder und Lügner?

Und das war schon schlimm genug.

Ugonna überlegte. Da Konda seinen Vater nicht über die drei Leichen informiert haben konnte, musste Kanika bei der Polizei einen weiteren Spitzel deponiert haben, der ihn über die laufenden Ermittlungen unterrichtete.

Er wurde ruckartig aus seinen Überlegungen gerissen, weil sein Vater weitersprach.

„Deine Drohne hat alles aufgezeichnet und du hast Fotos von den erschossenen Sicherheitsleuten gemacht?"

„Ich habe alles so ausgeführt, wie du es mir aufgetragen hast."

Kanika machte eine unruhige Handbewegung.

„Gut. Zeig mir die Bilder, damit ich sie anschließend vernichten kann. Nur, wenn alle Spuren beseitigt sind, können wir sicher sein, nicht mit diesen Angelegenheiten in Verbindung gebracht zu werden."

Ugonna übergab seinem Vater sein Smartphone. Kanika sah sich die Szenen genüsslich an. Seine Mimik spiegelte Zufriedenheit wider, als er die Bilder löschte. Doch das war nicht genug.

„Ich weiß, dass du jede Kleinigkeit auch auf deinem Laptop speicherst. Gib ihn mir, damit ich dort ebenfalls die Dateien vernichten kann."

Ungeduldig wartete Kanika darauf, dass sein Sohn die Anweisung befolgte.

Ugonna druckste herum. Er musste glaubwürdig wirken.

„Ich habe ihn nicht mehr", teilte er ihm leise mit.

„Warum nicht, wo ist er?"

Kanika wurde noch ungehaltener. Erneut wurde Ugonna Zeuge, wie die Stimmung seines Vaters von einer auf die andere Sekunde umschlug. Ihm musste eine gute Ausrede einfallen.

„Er ist mit in den Abgrund gefallen, als ich den Förster dort runter gestoßen habe.

„Das soll ich dir glauben?"

„Das ist keine Glaubensfrage, sondern eine Tatsache."

„Besteht eine Chance, den Laptop zu bergen? Es hängt sehr viel für uns davon ab, ihn dort unten zu belassen"

Ugonna war erstaunt, denn sein Vater sprach nun von ‚uns'. Er ließ sich aber nicht nochmals von seiner vorgetäuschten väterlichen Besorgnis täuschen und verhielt sich weiterhin cool.

„Ich gehe davon aus, dass dies nicht möglich ist. Es geht dort mindestens vierhundert Meter senkrecht in die Tiefe. Die Leiche des Försters wird dort ebenfalls auf ewig verborgen bleiben. Das Gelände ist viel zu unwegsam, um ihn bergen zu können."

Zufrieden nickte Kanika.

„Gut, dann hoffen wir, dass es so sein wird. Ich habe keine Lust, dafür geradezustehen."

Nichts anderes hatte Ugonna erwartet.

Penelope schloss sich mit dem Lutec Handy in das Badezimmer ein.

Jetzt saß sie auf dem geschlossenen WC-Deckel und starrte unentwegt auf das Handy. Da sie es nicht ausgemacht hatte, als sie es damals an sich nahm, betete sie leise, dass sie es benutzen konnte. Inständig hoffte sie, dass Dana brauchbare Informationen hinterlassen hatte. Sie schaute auf die Akkuanzeige.

„Mist, fast leer. Ich muss mich entscheiden, welche Datei ich öffne", brummelte sie vor sich hin. Instinktiv tippte ihr rechter Zeigefinger auf eine Fotoreihe.

Auf einem der Bilder war eindeutig Mira mit einem Mann zu erkennen. Sie saßen in einem Restaurant. Sie wollte noch weitere Bilder betrachten, da machte der Akku schlapp.

Verflixt, gerade jetzt, dachte sie und wunderte sich, warum Dana ausgerechnet Mira mit dem unbekannten Mann fotografiert hatte.

Während sie das Handy zwischen Toilettenpapierrollen versteckte, überlegte sie, ob Sandra wusste, wer der Mann war. Mit dem Vorsatz, sie sofort zu fragen, verließ sie das Bad.

Sandra beobachtete immer noch das Gespräch zwischen den anderen.

Penelope gab ihr durch Handzeichen zu verstehen, mit in die Küche zu kommen.

„Was gibt es denn so Wichtiges?", fragte Sandra genervt, da sie weiterhin Mira bespitzeln wollte.

„Ich habe mir gerade ein Foto auf Danas Handy angesehen", antwortete Penelope aufgeregt, "und darauf ist Mira mit einem mir fremden Mann abgebildet. Ich dachte, du kennst ihn vielleicht."

Jetzt wurde die Sache für Sandra interessant.

„Du bist also an das Handy ran gekommen. Wo hattest du es versteckt?", wollte Sandra wissen.

Sandra wurde lauter und Penelope beschwichtigte sie, damit niemand im Wohnzimmer ihr Gespräch mitbekam. Penelope schluckte und entgegnete dann leiser und ruhiger:

„Das ist doch jetzt unwichtig. Mir geht dieser Typ nicht aus dem Kopf. Normalerweise erzählen wir uns alle immer unsere neuesten Liebesgeschichten. Das heißt, dieser Mann muss beruflich etwas mit ihr zu tun haben."

„Wie sah er aus?"

„Da die Aufnahme beide in einem Restaurant sitzend zeigt, konnte ich lediglich erkennen, dass er schwarze Haare und einen gepflegten Bart hatte sowie einen Anzug trug."

Sandra grübelte angestrengt und es dauerte lange, bis sie etwas sagte. Zu lange für Penelope.

„Und? Was ist?", erkundigte sie sich neugierig. Kennst du ihn?"

„Ich kenne diesen Mann nicht. Aber Mira verhält sich in letzter Zeit wirklich merkwürdig", reflektierte sie.

„Wie meinst du das?"

„Das wirst du gleich erfahren. Komm mit. Ich muss in einigen Dingen endlich Gewissheit haben."

Hastig stürmte Sandra aus der Küche in das Wohnzimmer, Penelope hatte Mühe, ihr zu folgen, konnte sie aber immerhin bitten, die Handyaufnahmen nicht zu erwähnen.

Mira und Stora waren noch immer in ihr Gespräch über Immobilien vertieft, was Ines konzentriert verfolgte.

„Hat die Staatsanwaltschaft herausbekommen, warum die Behörden nicht eingreifen?", wollte Stora wissen.

„In diesem Fall muss man nicht lange suchen. Es ist ganz einfach so, dass die Kommunen die Investoren nicht abschrecken wollen, ihr Geld bei ihnen zu lassen. Die Landesbehörde wiederum, die für die Überwachung der Makler zuständig ist, hat Bedenken, gegen das undurchschaubare Problem vorzugehen."

„Was meinst du mit ‚undurchschaubares Problem?", hakte Ines nach.

„Damit meine ich natürlich die internationalen Geldtransfers und die organisierte Kriminalität. Wenn ihr euch vorstellt, dass alleine in Deutschland heute über hundert unterschiedliche Institutionen für die Geldwäscheaufsicht im Immobilienbereich verantwortlich sind, dann ist die Verfolgung des Geldflusses wirklich nicht leicht. Die einzelnen Staatsanwaltschaften sind einfach total überfordert. Es gibt zu wenig gute Mitarbeiter."

Wieder mischte sich Ines ein, bevor Stora etwas sagen konnte.

„Über hundert?", sie musste lachen.

„Das ist in meinen Augen übertrieben", ergänzte sie.

Stora war anderer Meinung.

„Keineswegs. Selbst das BKA verliert langsam die Übersicht. Wenn man sich mit Kommunen, Bezirksregierungen, Landesverwaltungsämtern und Regierungspräsidien auseinandersetzten muss, bevor man handeln kann, ist es für die Geldwäscher natürlich einfach, ihre Straftaten in aller Ruhe zu begehen. Zumal Kriminelle, die selbst Geld waschen, nicht bestraft werden können, da das Einschleusen in den legalen Finanzkreislauf nur als Folge des ursprünglichen Delikts beurteilt wird – zum Beispiel eines Drogenvergehens. Das deutsche Recht ist hier nicht auf dem neuesten Stand. Selbstgeldwäsche sollte, laut EU strafbar sein, damit auch Strohmänner und Tarnfirmen dekuvriert und zur Rechenschaft gezogen werden können."

Ines ergriff die Gelegenheit nachzufragen.

„Wie könnte dieses Problem gelöst werden?"

„Das müsstest du unseren Experten fragen. Er ist bei einer Sondereinheit des BKA beschäftigt", konterte Mira.

„Ich will es aber von dir wissen", beharrte Ines.

„Das BKA fordert schon lange, dass der Bund die Geldwäsche-Kontrolle für alle daran beteiligten Branchen übernimmt. Doch der Bund lehnt ab, weil er sich auf die im Grundgesetz bestehenden Paragraphen stützt, in denen steht, dass dies Ländersache ist. Selbst der Druck aus Brüssel auf die Bundesregierung hilft nicht. Eigentlich müsste jeder Grundstücks- und Hausverkauf gnadenlos transparent gemacht werden", erklärte ihr Mira.

Sandra, die genau zugehört hatte, atmete tief ein, ehe sie das Wort ergriff.

„Bevor es hier noch politischer und unübersichtlicher wird, habe ich mal eine ganz andere Frage an dich, Mira. Erinnerst du dich an unser Gespräch, kurz bevor ich verschwunden bin?"

Sandra vermied absichtlich den Begriff ‚entführt wurde'.

„Natürlich erinnere ich mich."

Miras Tonfall wurde eisiger, denn sie merkte sofort, dass Sandra sauer und genervt war.

„Es ging um dasselbe Thema. Ich habe dir Fragen gestellt, insbesondere zu dem Käufer des Fabrikgeländes. Du hast so gut wie keine beantwortet. Angeblich wusstest du nicht die Einzelheiten. Deshalb hast du mich gebeten, Nachforschungen anzustellen und mir versprochen, dass ich dafür die Exklusivrechte an der Story bekomme. Heute hast du seltsamerweise ganz viele Informationen. Dana kann sie dir nicht gegeben haben, ich auch nicht. Woher hast du sie? Hat du noch jemanden beauftragt, Nachforschungen anzustellen?"

Mira antwortete nicht sofort, sondern überlegte sich eine plausible Geschichte. Ihre Freundinnen waren nicht dumm und würden merken, wenn die Geschichte unrealistisch wäre. Sie durfte unter keinen Umständen einen Fehler machen. Schnell fand sie eine passende Lösung.

„Die Staatsanwaltschaft hat in der Zwischenzeit ermittelt und Details herausgefunden, die damals noch nicht öffentlich waren", log sie eiskalt.

„Wenn das so ist, dann müsste ich auch davon wissen. Mir ist jedoch nichts dergleichen bekannt", konterte Stora.

Mira war verwirrt. Mit einer solchen Reaktion von Stora hatte sie nicht gerechnet.

„Mir ist nicht klar, warum ausgerechnet sie sich gegen mich stellen. Wir sind doch auf derselben Seite."

Stora schüttelte ungläubig den Kopf.

„Auf welcher Seite? Wie darf ich das verstehen?"

Penelope warf Mira einen verächtlichen Blick zu und mischte sich dann ein.

„Ich vermute, dass sie denkt, Sie seien ebenfalls ein Spitzel, so wie sie einer ist."

Zu Mira gewandt sprach sie weiter:

„Denn das bist du, ein mieser, hinterhältiger Spitzel. Diese Unverfrorenheit, die du uns hier erzählst ist der Gipfel deines Lügengerüstes. Wie konnten wir alle nur so blauäugig sein und auf dich reinfallen? Du hast uns allen etwas vorgemacht. Bravo. Als Schauspielerin würdest du für diese Vorstellung eine Nominierung zum Oscar bekommen."

Sandra war zugleich fassungslos und erleichtert. Penelope sprach genau das aus, was sie schon lange vermutet hatte, sich aber weigerte zu glauben. Schließlich waren sie alle miteinander befreundet. Wie konnte eine von ihnen dann dermaßen hinterhältig handeln.

War Mira wirklich so abgezockt?

KAPITEL 12

Der Butler kam herein und erkundigte sich, ob Kanika und Ugonna etwas zu essen oder trinken wünschten?

Ugonna hatte zwar Hunger, da sein Vater aber beides verneinte und er sich keine Blöße geben wollte, lehnte er ebenfalls ab.

Der Butler erinnerte Kanika daran, dass dieser noch einen Gast erwarte und fragte nach, ob dafür weitere Vorrichtungen, außer den üblichen, die bereits getroffen wurden, vorgesehen seien. Er übergab Kanika eine Art Checkliste, auf der alles Wesentliche aufgeführt war.

Kanika überprüfte die Liste, strich den angegebenen Wein durch und ersetzte ihn durch einen anderen. Anschließend überreichte er die Liste dem Butler und befahl:

„Dieser Gast verdient etwas Besseres. Im Bunker ist noch eine Kiste des hervorragenden Chateau d'Ampuis 2014. Ich benötige in zwanzig Minuten zwei Flaschen davon. Ich möchte ihn eigenhändig karaffieren. Das benötigt Zeit. Ich freue mich schon sehr, diesen hervorragenden Wein selber zu kosten."

Als Kanika das sagte, rieb er sich zufrieden die Hände.

Obwohl es noch nicht Abend war, erklärte Ugonna seinem Vater, dass er sich nach den ereignisreichen letzten Stunden zurückziehen wolle, da er müde sei.

Der Vater hatte ein Einsehen und so ging Ugonna auf sein Zimmer. Bevor er sich auf sein Bett legte, öffnete er ein kleines Holzschränkchen, das mit alten Getränkedosen beplankt war. Es stammte aus dem Senegal und sein Herz hing sehr daran, da es nur aus Recyclingmaterial bestand und ein Unikat war. Hier versteckte er oft heimlich Lebensmittel, die er vorher aus der Küche entwendete, wenn sich dort niemand aufhielt.

Er nahm einen großen, rotwangigen Apfel sowie einen Schokoriegel und grübelte darüber nach, wie er noch einmal, ohne aufzufallen in den Bunker gelangen könnte. Er musste unbedingt herausfinden, ob die Stimme, die er dort vernommen hatte nur Einbildung war oder zu einem realen Menschen gehörte.

Da anscheinend nur zwei Zugangsschlüssel existierten, von denen sich einer am Schlüsselbund seines Vaters befand, der andere vom Butler genutzt wurde, musste er an der schwächeren Stelle ansetzen. Das war eindeutig der Butler. Ihn hatte er schon einmal ausgetrickst. Warum sollte das nicht ein weiteres Mal gelingen? Sein Vater hatte ihm dazu geradewegs eine Steilvorlage geliefert.

Ugonna sah auf sein Handy, dass er auch als Uhr benutzte. Wenn er sich wie beim letzten Mal Zugang zum Tunnel verschaffen wollte, musste er sich beeilen.

Schnellen Schrittes ging er aus seinem Zimmer und versteckte sich dort, wo er auch letztmalig untergeschlüpft war. Er musste nicht lange auf den Butler warten und folgte ihm mit einigem Abstand.

Die Lagerung des Weines geschah in einem der hinteren Räume des Bunkers. Die Stimme hatte Ugonna damals aus dem Raum neben der Küche, die näher am Ausgang lag, vernommen. Das war von Vorteil. Während Jack weit weg von ihm die richtige Kiste Wein auswählte, horchte Ugonna an besagter Tür, die aus Holz bestand.

Von innen konnte er keine Geräusche, geschweige denn eine Stimme hören. Sollte er sich damals so geirrt haben? Er zweifelte.

Er war schon dabei, wieder in Richtung Ausgang zu gehen, da vernahm er ein ganz leises „Hallo? Bitte helfen sie mir."

Also doch. Hier war jemand eingesperrt.

„Hallo?", fragte Ugonna zurück.

„Wer sind Sie? Warum sind Sie hier?"

„Ich heiße Abebi Kanika und mein Mann hält mich hier schon seit Jahren gefangen."

Ugonna wusste nicht, was er antworten sollte. Diese Frau behauptete, Abebi Kanika zu sein. Dann wäre sie seine Mutter. Aber, seine Mutter war doch tot. Das hatte sein Vater immer behauptet.

Bevor er die Situation begreifen konnte, hörte er, wie sich der Butler näherte. Schnell sagte er:

„Ich hole Hilfe. Versprochen. Das kann aber einige Zeit dauern."

Dann entfernte er sich schnell.

Mira sah erschrocken in die Runde, war jedoch innerlich äußerst gefasst. Was wussten diese blöden Puten schon von ihr. Sie taten immer alle so verbindlich. Wenn es aber darauf ankam, hatte jede von ihnen nur ihre eigenen Vorteile im Sinn. Ihr musste eine gute Ausrede einfallen.

„Das ist alles nicht so, wie ihr denkt", versuchte sie sich zu rechtfertigen.

„Dann bist du kein Spitzel?", wollte Penelope wissen.

Miras Blick fiel auf Stora.

„Warum sehen Sie mich so an? Sie machen die ganze Zeit merkwürdige Andeutungen. Was soll das? Was erwarten Sie von mir?", erkundigte er sich irritiert.

„Dann ist das Ganze ein Missverständnis und Sie arbeiten nicht für Kanika?"

Jetzt war Mira verzweifelt. Sie dachte, Stora wäre der Verbindungsmann der Polizei zu Kanika und aus diesem Grund konnten ihr die anderen nichts anhaben. Er würde sie schützen.

„Natürlich nicht. Ich bin bei der Sondereinheit des BKAS angestellt. Das erwähnten sie bereits selbst. Wenn sie jedoch der Meinung sind, ich würde ebenfalls wie sie Herrn Kanika Dienste erweisen, dann gibt es wirklich einen Informanten in meinen Reihen. Das habe ich schon lange vermutet und ich bin mir jetzt sicher, dass ich weiß, wer es ist."

Stora nahm sein Satellitenhandy und wählte die Nummer des Polizeireviers. Am anderen Ende der Leitung meldete sich der zuverlässige Mitarbeiter.

„Können Sie mir sagen, ob Kurt Konda sich mittlerweile gemeldet hat?", wollte Stora wissen.

„Leider immer noch nicht", bekam er zur Antwort.

„Gibt es sonst irgendwelche Neuigkeiten hinsichtlich unseres Falls?"

„Auch da muss ich Sie enttäuschen. Wir kommen einfach nicht weiter. Alle Spuren verlaufen ins Nichts."

Stora war enttäuscht.

„O.K. Ich melde mich wie verabredet wieder bei ihnen. Lassen sie nicht locker. Sie müssen jedem Hinweis nachgehen. Auch, wenn er Ihnen nichtssagend erscheint. Ich verlasse mich auf Sie."

Er beendete das Telefonat und wandte sich Mira zu, die nun immer unruhiger wurde. Seine Körperhaltung veränderte sich. Er spannte die Muskeln an und erschien so noch größer. Sein Blick wurde böse, seine Stimme durchdringend.

„So, nun unterhalten wir uns mal richtig. Bis jetzt war das alles nur Gefasel, sozusagen das Vorspiel. Sie können zwar versuchen, mich weiterhin anzulügen und hoffen, dass ich ihre Lügen nicht erkenne. Ich muss Sie jedoch warnen. Während meiner Ausbildung wurde ich auf Lügner vorbereitet. Die Informationen, die Sie bereits gegeben haben, sind meiner Meinung nach zum Großteil korrekt.

Sie haben aber noch nicht alles mitgeteilt. Es ist besser, sie sagen endlich die ganze Wahrheit und erleichtern sich damit selber, denn ich sehe, dass es ihnen nicht gut geht. Sie schwitzen, ihre Stimme vibriert vor Angst, ihre Körpersprache verrät Sie."

Mira erkannte, dass Stora es ernst meinte. Er war richtig wütend. Genauso wie ihre Freundinnen, die sie die ganze Zeit nur prüfend beobachteten und eine räumliche Distanz zu ihr geschaffen hatten. Es kam ihr so vor, als würden alle jeden Moment über sie herfallen, und sie verprügeln. Wenn sie noch weitere Details ausplaudern würde, wäre das mit Sicherheit ihr Todesurteil, da Kanika auch in der Staatsanwaltschaft noch weitere Informanten platziert hatte. Was nicht verwunderlich war, denn das System war nicht in der Lage, seine Staatsdiener angemessen zu entlohnen. Oftmals verdienen Kleinkriminelle mehr als jemand, der mit ‚summa cum laude' seinen Abschluss in Rechtswissenschaft absolviert hatte. Irgendetwas lief da gewaltig schief im gesamten Gesellschaftssystem.

Sie musste deshalb versuchen, ihre Freundinnen wieder für sich zu gewinnen und sie gegen Stora aufzuwiegeln, um so mindestens einige Verbündete auf ihrer Seite zu haben.

Die eigentlichen Beweggründe für ihr falsches Verhalten, nämlich mangelnde Anerkennung und somit Rache am Staat, wollte sie weiterhin verschweigen. Mag sein, dass sie die Tätigkeit einer Staatsanwältin nicht realistisch genug eingeschätzt hatte, als sie sich für das Jurastudium entschied. Sich für Gerechtigkeit einsetzen und für das Gute kämpfen. Das waren die dringlichsten und äußerst idealistischen Beweggründe ihrer Berufswahl. Leider erlebte sie schon schnell, dass Realität und Wunschvorstellung sich nicht miteinander vereinbaren ließen. Statt große Fälle verhandeln zu dürfen, saß sie in einem Minibüro, umgeben von meterhohen Aktenregalen, mit Fällen von Alltagskriminalität, Kleinkriminalität und Kavaliersdelikten, deren Anzahl sich von Tag zu Tag mindestens zu verdoppeln schien. Hin und wieder, wenn Kollegen krank oder verreist waren, musste sie in dringenden Fällen einspringen und durfte dann auch mal einen Mord bearbeiten.

Gegen die Verbrechen anzukämpfen war, aufgrund chronischer personeller Unterbesetzung und schlechter Ausstattung der Abteilung, so gut wie aussichtslos. Überstunden wurden vorausgesetzt, Freizeitausgleich war nicht vorgesehen.

Hinzu kamen die nicht gerade üppige Besoldung für dieses Übermaß an Arbeit und der permanente Frust, wenn mal wieder ein Täter aus Mangel an Beweisen freigesprochen wurde. Aus der einst so engagierten und zupackenden Staatsanwältin, die stets souverän in Gerichtsverhandlungen auftrat, wurde mittlerweile eine frustrierte und vom System enttäuschte. Ideal für Kanika, der auf solche Menschen angewiesen war, wenn es um seinen eigenen Vorteil ging.

Über einen Kontaktmann ließ er Mira wissen, dass sie es nicht bereuen würde, wenn sie ihm hin und wieder behilflich sei in ‚bestimmten Angelegenheiten'. Sie willigte ein. Dann gab man ihr die Chance, diesen Immobilienfall zu bearbeiten und nun saß sie in der Falle. Dass sie irgendwann einmal auffliegen würde, hatte sie einkalkuliert, als sie Kanikas Angebot annahm. Nicht vorgesehen in ihrer Rechnung war, dass sie bereits jetzt enttarnt wurde und das auch noch unter den Augen ihrer Freundinnen. Irgendwie musste sie ihre Haut retten, egal wie.

Sie setzte einen unschuldigen, mitleiderregenden Gesichtsausdruck auf und stammelte dann absichtlich:

„Ich kann Ihnen nicht mehr sagen. Ehrlich, ich habe schon alles offenbart."

Penelope fühlte sich als erste angesprochen.

„Warum hast du dich kaufen lassen?"

Mira spürte instinktiv, dass sie mit ihrer Mitleidstour bei Penelope genau ins Schwarze getroffen hatte. Sie durfte jetzt nicht locker lassen und musste diese Schiene weiter ausbauen. Sie musste das durchstehen und sich weiterhin als Opfer darstellen.

„Ja, wie konnte das soweit kommen. Das fragt ihr euch leider zu spät. Wir sind schon lange nicht mehr wie eine Seele in vier Körpern. Wir teilen schon lange nicht mehr unser Frühstück oder verteidigen uns gegenüber anderen. Jede von uns macht ihr Ding. Wir gehen schon lange nicht mehr durch dick und dünn. Die gemeinsamen Treffen sind doch nur noch eine lästige Pflicht. Wo ist denn unser gegenseitiges Vertrauen geblieben? Aus unserer Freundschaft ist ein reines Zweckbündnis geworden, ohne Tiefe."

Unbeabsichtigt, aber dennoch passend, um dem Gesagten den gebührenden Nachdruck zu verleihen und sich weiterhin als Unschuldslamm auszugeben, flossen einige Krokodilstränen bei Mira.

Penelope, der das Ganze sichtlich peinlich war, versuchte, sich und die drei anderen zu verteidigen.

„Unsere Lebensbedingungen haben sich verändert. Das ist nun mal so, wenn man erwachsen wird. Wir teilen zwar noch unsere Kindheitserinnerungen, aber nicht mehr einen gemeinsamen Lebensstil. Wir haben wohl alle nicht gemerkt, dass wir uns, aufgrund der räumlichen Distanz auch emotional voneinander entfernen. Das war ein schleichender Prozess. Wir haben uns immer seltener gesehen, vergessen auf Nachrichten zu antworten. Die Probleme der anderen waren nicht so wichtig. Die eigenen gingen vor."

Ines konnte das alles nicht mehr mit anhören.

„Ist es nicht legitim, sich in verschiedene Richtungen zu entwickeln? Es war doch klar, dass wir nach dem Abi alle etwas anderes studieren. Sandra war schon immer sensationshungrig, Journalismus ist maßgeschneidert für sie. Du Mira, warst unsere Gerechtigkeitsfanatikerin. Was lag da näher für dich, als Jura zu studieren. Penelope, unsere Naturliebhaberin hat merkwürdigerweise nicht Biologie, sondern Sprachen studiert und ich IT-Wissenschaften, weil es für mich nichts Spannenderes als Informationstechnologie gibt. Auch wenn ich aussehe wie ein Modepüppchen, liegen meine Vorlieben in einem ganz anderen Bereich. Unsere Interessen gingen und gehen in verschiedene Richtungen. Nochmal: Was ist so schlimm daran?"

Mira glaubte, auch Ines auf ihre Seite ziehen zu können.

"Das müsstest du mit deinem IT-Studium doch am besten wissen. Wir hatten einfach keine Kommunikationsebene mehr. Das war schrecklich für mich. Als Sandra wieder in unsere Stadt kam, wurde unsere Freundschaft endlich etwas wiederbelebt."

Nun fühlte sich Sandra genötigt, auch endlich etwas zu sagen.

„Das stimmt. Mir ist auch erst aufgefallen, wie sehr wir uns auseinander gelebt haben, als ich wieder hierher zurückgekehrt bin. Irgendwie wusste ich gar nichts mehr aus eurem Leben. Mir fehlen da einige Jahre. Wir haben uns damals immer alles erzählt, weil wir Vertrauen zueinander hatten. Wo ist das geblieben? Wir hätten schon eher das gemeinsame Gespräch suchen müssen. Mir ist auch aufgefallen, dass etwas nicht stimmt. Aber, anstatt unser eigenes Verhalten zu reflektieren, haben wir einfach in unserem Trott weitergemacht. Ich finde es ebenfalls schade, dass wir so wenig Zeit miteinander verbracht haben, warum auch immer."

Ines hingegen ließ sich nicht von Miras Rechtfertigungstiraden beeinflussen und konfrontierte diese sofort mit ihren Überlegungen. Sie war fassungslos von Miras Habsucht und Geldgier.

„Wie wir sehen, teilt eine von uns schon lange nicht mehr dieselben Moralvorstellungen und Werte mit uns. Und tu bloß nicht so scheinheilig. Ich denke gerade darüber nach, wann deine, nennen wir es ‚Nebentätigkeit' angefangen hat, denn du warst nicht immer so. Ich weiß auch die Antwort. Es begann vor ungefähr drei Jahren."

„Warum ausgerechnet vor drei Jahren?", fragte Penelope verblüfft.

Ines lief zur Hochform auf, jetzt war sie ganz in ihrem Element. An Mira gerichtet, fing sie an zu reden wie ein Wasserfall.

„Weil von da an ein Wagen teurer als der andere wurde, du Geld für Luxusreisen hattest und dir Designerklamotten leisten konntest, obwohl du über meine immer abschätzige Witze gemacht hast."

Mit einem mehr als ironischen Unterton sprach sie weiter: „Außerdem hast du dir im letzten Jahr diese megageile Dachgeschosswohnung gekauft. Ich habe mich damals gefragt, wie ausgerechnet du an eine so tolle Wohnung gelangen konntest. Heute wundert es mich nicht mehr, bei deinem Kontakt zu diversen dubiosen Zeitgenossen. Die kriminellen Verhaltensweisen dieser Leute sind auf dich abgefärbt.

Und von wegen, der BMW, in dem wir verfolgt wurden, ist ein Leihwagen von der Werkstatt, weil deiner zur Inspektion musste. Er ist deine neueste Errungenschaft. Deshalb hast du dich auch mit den Kieferzweigen bei der Abdeckung des Wagens so angestellt. Wir sollten bloß keinen Kratzer machen. Denkst du wirklich, wir nehmen dir dein dämliches Geschwafel der Freundschaftsverherrlichung ab? Du ziehst unsere Freundschaft damit in den Schmutz anstatt sie zu würdigen."

Plötzlich wurde auch der gutgläubigen Penelope so manches klar und sie schloss sich der Meinung von Ines an.

„Wenn du ausnahmsweise jetzt einmal ehrlich bist, dann gibst du zu, dass Ines mit ihren Ausführungen richtig liegt. Mir ist dein aufwendiger Lebensstil auch aufgefallen. Ich habe mir aber nichts dabei gedacht. Damals war deine Patentante gestorben und ich dachte, sie hätte dir etwas vererbt. Sie besaß aber nicht so viele Reichtümer, dass du dir das alles nur vom Erbe hättest leisten können. Du kannst dein Verhalten nicht damit rechtfertigen, dass du dich von uns vernachlässigt gefühlt hast. Indirekt machst du uns Vorwürfe, dass wir unsere persönliche Selbstverwirklichung in den Vordergrund gestellt haben, statt unsere Freundschaft. Damit machst du es dir zu einfach. Denn im Grunde genommen bist du es, die sich von uns abgewandt und in Schwierigkeiten gebracht hast."

Sandra konnte einen ironischen Lacher nicht unterdrücken.

„In Schwierigkeiten gebracht ist gut. Sie ist schuld an unserer derzeitigen misslichen Situation und wie es aussieht auch für den Tod an Dana verantwortlich. Wobei ich mir gut vorstellen kann, dass Dana nicht die einzige Leiche ist, für die du dich verantworten musst."

Sandra hatte Penelope zwar versprochen, das Foto und somit das Handy von Dana nicht zu erwähnen, sie war aber von Miras Ausreden und deren Abgezocktheit so aufgebracht, dass sie alles auf eine Karte setzte und es aus ihr herausplatzte:

„Wer ist der Unbekannte, mit dem ich dich im Café gesehen habe?"

Zwar hatte Dana die beiden beobachtet, aber das konnte Mira nicht wissen. Diese kleine Notlüge müsste nun endlich Licht ins Dunkel bringen.

Mira zuckte zusammen.

Spielte Sandra gerade auf das Treffen mit dem Makler an, mit dem sie seit kurzem eine Affäre hatte und mit dem sie sich im ‚Stadt Café' traf, um weitere Einzelheiten zu einem wichtigen Insiderhandelsgeschäft zu besprechen?

Mira hatte damals, rein zufällig, bemerkt, dass Dana von außen mit ihrem Handy herumfuchtelte und sie fotografierte. Von Sandra gab es dort keine Spur. War sie mit Dana zusammen auf Recherche? Das konnte nicht sein. Mira war verwirrt.

Die internationale Immobilien AG, deren Vorsitzender ihr neuer Lover war, diente als Strohfirma zur Geldwäsche. Kanika saß im Aufsichtsrat. Nach außen hin wirkte alles seriös. Die Firma war hoch angesehen und hatte bei den Anlegern den Ruf, die höchsten Renditen herauszuholen.

Da die Geschäfte aber in den vergangenen Monaten mäßig liefen, war eine Kapitalerhöhung in Form von Aktien vorgesehen, um die Wirtschaftskraft des Unternehmens zu steigern. Dazu wurde mit einer in Finanzkreisen berühmten Persönlichkeit Kontakt aufgenommen. Sie sollte die Werbetrommel rühren und Käufer anlocken. Von diesem Vorhaben wussten nur drei Personen: Kanika, der Makler Simon Pain und Mira. Als Staatsanwältin kannte sie sich im Vertragsrecht aus und war dafür zuständig, eventuelle Schwachstellen im Vertrag zu erkennen und zu berichtigen.

Um genügend Gewinn aus der zu erwartenden Kurssteigerung abzuschöpfen, mussten die vorhandenen Aktien zu einem möglichst niedrigen Kurs eingekauft werden, um sie bei Bekanntgabe des Vorhabens hochpreisig abstoßen zu können. Mira und Pain wollten so viele Aktien wie möglich für sich dabei abschöpfen. Kanika durfte nichts davon erfahren. Das alles musste geschehen, bevor der Plan offiziell bekannt wurde. Ein Unterfangen, das strafbar war und bis zu fünf Jahren Haft einbringen konnte, wenn es schief lief. Deshalb musste alles detailliert geplant und umgesetzt werden.

Dana hätte mit ihren Beweisfotos diesen hervorragenden Plan zunichtemachen können. Deshalb musste sie weg. Jetzt war Mira unsicher, ob Sandra ebenfalls von dem Plan wusste.

Mit dem Tod von Dana hatte Kanika ausnahmsweise mal nichts zu tun. Der ging ganz alleine auf das Konto von Mira und Pain.

Es war so leicht, Dana auf das Gelände zu locken. Mira führte schon vor dem Treffen mit ihren Freundinnen ein Telefonat mit Dana. Sie erzählte ihr, dass Sandra ihre langjährige Freundin sei und sie eine Überraschung für sie hätte. Sie wolle eine Geburtstagsfeier in einer nicht alltäglichen Location für Sandra geben. Das alte Fabrikgelände schien dafür bestens geeignet. Sie benötigte noch Unterstützung für die Ausführung ihrer Idee und fragte Dana, ob sie Zeit hätte und mithelfen könnte. Dana fand es toll, von Mira in die angebliche Vorbereitungen mit einbezogen zu werden. Ahnungslos fuhr sie zum besagten Treffpunkt, wo Simon Pain sie erwartete und die Vollstreckung, auf telefonische Anweisung von Mira, vornahm. Als er Dana leblos auf dem Boden liegen sah, war er zu erschrocken, um sich um das Handy zu kümmern. Schließlich war das sein erster Mord.

Damals, als sie mit ihren Freundinnen Danas leblosen Körper so ‚überraschend' gefunden hatte, unterlief dann Mira dummerweise ein fataler Fehler. Spätestens dort hätte sie das Handy an sich nehmen müssen, dann gäbe es jetzt keinerlei Hinweis auf ihre Verstrickung in diesen Mordfall. Und nun sagte Sandra ihr, dass sie ebenfalls von Pain und ihr wusste. Vielleicht wollte Sandra sie auch nur in die Irre führen. Sie musste weiterhin gelassen bleiben. Sie durfte sich nichts anmerken lassen.

Wenn das rauskam, war sie ein für alle Mal geliefert, nicht nur als Staatsanwältin, sondern auch bei Kanika. Ihren Job als Staatsanwältin zu verlieren, störte sie nicht weiter. Kanika zum Feind zu haben, wäre indessen fatal und würde sie ihr eigenes Leben kosten. Es sei denn, sie befände sich bei Bekanntgabe des Betrugs tausende Kilometer von ihm entfernt in Sicherheit.

Hier in der Falle zu sitzen, gefiel ihr deshalb gar nicht und sie ging abermals in den Angriffsmodus über.

„Ich weiß nicht, wovon du sprichst", log sie Sandra eiskalt an und ihre Augen bekamen einen starren stechenden Blick.

Penelope mischte sich ein.

„Nicht Sandra sondern Dana hat dich und diesen Mann beschattet. Sie hat Fotos gemacht. Ich habe eines davon gesehen. Du sitzt mit diesem Mann händchenhaltend im ‚Stadt-Café' an einem Tisch, der nahe am Fenster steht. Vor euch liegen Papiere. Mehr konnte ich leider nicht anklicken, da der Akku schlapp gemacht hat, obwohl es noch einige gibt."

Also war das doch nur ein Bluff von Sandra, stellte Mira erleichtert für sich fest. Penelope wollte noch weiter reden, da ergriff Stora kopfschüttelnd und fassungslos das Wort.

„Ich bin jetzt etwas verwirrt. Sie haben das Handy von Frau Lutec? Als ich danach gefragt habe, wurde ich von ihnen allen eiskalt angelogen? Warum haben Sie es mir nicht gegeben? Dann wäre uns das hier erspart geblieben. Holen Sie es sofort hierher. Vielleicht funktioniert eines meiner Ladekabel mit Lutecs Handy. Dann können wir uns noch die restlichen Bilder ansehen."

Penelope verschwand sofort im Bad und kramte das Handy aus den Toilettenrollen heraus, während Stora mit drei verschiedenen Kabeln wiederkam und eines nach dem anderen probierte. Das letzte passte endlich.

Stora sah zwar erleichtert zu Penelope, forderte dennoch sofortige Informationen von ihr hinsichtlich ihres Vorgehens.

„Sie haben mir noch keine Erklärung für Ihr Verhalten gegeben."

Kleinlaut erwiderte Penelope:

„Wir wussten nicht, ob wir Ihnen wirklich vertrauen können. Sie haben es uns nicht leicht gemacht, Sie als Verbündeten zu erkennen. Das müssen sie zugeben."

Stora stimmte zu.

„Ich war mir ebenfalls nicht sicher, ob sie die Wahrheit sagen oder mich nur hinhalten. Für mich stand aber fest, dass eine von ihnen in dieser Sache mit drinsteckt. Jetzt weiß ich auch, wer von ihnen."

Er stellte sich breitbeinig vor Mira auf, die Arme vor seinem Körper verschränkt und sagte ziemlich angewidert zu ihr:

„Leider musste Sandra schreckliche Stunden in einem Verlies verbringen, in das eigentlich Sie gehören. Ich kann Sie ja noch dorthin bringen. Dann lernen Sie mich richtig kennen."

Miras Blick wurde immer abgedrehter.

„Nur, wenn Sie noch genügend Zeit dazu haben, was ich nicht glaube. In wenigen Minuten werden Kanikas Leute hier eintreffen, um mich zu befreien und Sie mitzunehmen."

Mira sah in die Runde.

„Euch ebenfalls, ihr gackernden Hühner. Ihr habt es nicht besser verdient."

Sandra konnte sich, wie die anderen auch, nur schwer beherrschen. Es fiel ihr nicht leicht, in einem einigermaßen normalen Tonfall mit Mira zu reden.

„Woher weiß Kanika, dass wir hier sind? Wir mussten alle unsere Smartphones abgeben."

Auf Miras Gesicht erschien nur ein irres Lächeln. Sandra erkannte als erste, wie der Sachverhalt war.

„Sie muss noch ein weiteres Smartphone bei sich haben. Das ist die einzig mögliche Erklärung."

Mit einer unerwarteten Handbewegung griff sie sich Miras Handtasche und durchsuchte diese. Sie fand ein Smartphone, an dem sich ein Ladekabel befand. Sie hielt es Mira vor die Nase.

„Von wem hast du das?"

Mira drehte den Kopf zur Seite und wollte nicht antworten. Ines, außer sich vor Zorn, knallte ihr, gar nicht ladylike, die rechte Faust ins Gesicht und schrie sie an:

„Antworte gefälligst, sofort", wobei sie zu einem zweiten Schlag ausholte.

Blut tropfe bereits aus Miras Nase und sie hatte Angst vor einem weiteren Faustschlag, deshalb antwortete sie kaum hörbar:

„Ich habe es auf dem Polizeirevier gesehen und mitgenommen. Es war zur Aufladung an der Steckdose. In dem Gewühl habt ihr das nicht bemerkt. Auf der Toilette der Polizeistation habe ich Kanika dann eine SMS geschickt."

Stora, Sandra, Ines und Penelope sahen sich entsetzt an.

„Bist du von allen guten Geistern verlassen? Was hast du getan?", sagte Penelope vollkommen verständnislos. Sie griff sich das Teil und machte es aus.

Ines Kommentar fiel wesentlich schärfer aus.

„Du bist nicht das Letzte, du bist das Allerletzte. Verschanzt dich hinter unserer Freundschaft und versuchst uns mit deiner zur Tränen rührenden Geschichte zu täuschen. Ich möchte dir so gerne noch eine reinhauen. Ich kann nur hoffen, dass du eine wahrhaft gerechte Strafe für all das bekommst. Weißt du eigentlich wie viele Menschen wegen dir in Schwierigkeiten sind? Du weißt das genau und hast immer weiter gemacht. Ich verachte dich und möchte nie wieder etwas mit dir zu tun haben."

Dann wandte sie sich von Mira ab, die stumm blieb. Sandra sagte ebenfalls kein Wort. Sie war wie gelähmt von dem, was sie gerade erfahren hatte.

„Was stand in der SMS?", wollte Stora wissen und äußerst bestimmend sprach er weiter.

„Ich rate Ihnen, mich nicht noch einmal anzulügen. Der Faustschlag von Ines wird sonst der geringste Schmerz sein, den Sie jemals verspürt haben."

Kleinlaut gab Mira zur Antwort:

„Dass wir an einen angeblich sicheren Ort gebracht werden, weil unser Leben in Gefahr ist."

„Was hat er geantwortet?", Storas Stimme wurde noch bedrohlicher.

„Dass ich das Smartphone zur Ortung anlassen soll und er Leute schickt, die mich hier rausholen. Das wird auch schon bald der Fall sein."

Penelope wandte sich verzweifelt an Stora:

„Ich denke, hier kann man uns nicht finden, weil es kein Netz gibt? Haben Sie uns auch verarscht, als Sie das behaupteten? Können Sie mir das mal erklären!"

Ines, als Expertin, wollte Penelope eine Erklärung liefern. Stora war schneller und versuchte, Penelope gegenüber ruhig zu bleiben.

„Gerne. Handys nutzen drei verschiedene Techniken zur Standortbestimmung. Mit Mobilfunkmasten und WLAN's in der Umgebung kann man am ehesten aufgespürt werden. In der Stadt auf bis zu 30 Meter genau. Auf dem Land liegt die Genauigkeit im ungünstigsten Fall bei lediglich 30 Kilometern. Aus diesem Grund greifen

Mobiles zusätzlich auf die traditionelle Satellitenpeilung per GPS zurück. Das funktioniert auf den Meter genau, jedoch nur im Freien. Wir haben also noch Spielraum, bevor Kanikas Leute hier auftauchen. Wir wollen es ihnen nicht allzu leicht machen."

Mit einer Kopfbewegung bedeutete er Ines, Sandra und Penelope den Raum zu verlassen, damit Mira nicht mitbekam, wie sie weiter vorgehen würden. Im Flur gab er Anweisungen, das Haus zu verlassen und Argos mitzunehmen. Er würde Mira noch als ‚Geschenk' verschnüren, damit Kanikas Leute mit ihrer Befreiung etwas länger beschäftigt wären. Über dem Kopf stülpte er ihr, verkehrt herum, eine der Motorradhauben, so dass sie nichts mehr sehen konnte.

Anschließend deponierte er in ihr zweites Smartphone einen unauffälligen Mini GPS-Tracker und steckte es wieder in ihre Handtasche. Auf diese Weise könnte er nun verfolgen, wo Kanikas Leute mit Mira hinfahren würden. Was noch wichtiger war: Er könnte so endlich Kanika aufstöbern. Von seinem Satellitentelefon aus unterrichtete er seine Mitarbeiter und instruierte sie.

Penelope schnappte sich Danas Handy und steckte es in die Vordertasche ihrer Hose. Dann hob sie Argos hoch, ächzte etwas, da er schwer war und trug ihn raus zu der von Stora angegebenen Stelle. Sie hoffte inständig, dass die kurze Ladezeit ausreichte, um noch weitere Fotos zu betrachten.

Sandra setzte sich in den Wagen und versteckte ihn dort, wo Stora gesagt hatte. Durch ihren Spaziergang wusste sie genau, welche Stelle er meinte.

Ines sammelte alle wichtigen Sachen zusammen und verschanzte sich dann zusammen mit den anderen in einiger Entfernung vom Haus, jedoch nahe genug, um das weitere Geschehen mit einem Fernglas beobachten zu können.

KAPITEL 13

Gerade rechtzeitig konnten sie sich in Sicherheit bringen. Ein schwarzer SUV fuhr unmittelbar, nachdem sie das Haus verlassen hatten, auf das Grundstück. Weitere Muskelpakete von Kanika stiegen schwer bewaffnet aus dem Wagen. Zwei von ihnen sicherten die Umgebung während die restlichen das Haus stürmten und nur Mira vorfanden.

Sie befreiten sie aus ihrer misslichen Situation. Laut schnaubend schnappte sie nach Luft, als ihr der Knebel aus dem Mund entfernt wurde.

„Wo sind die anderen?", fragte einer der Männer mit starkem russischem Akzent.

Mira schaltete, so abgebrüht wie sie war, sofort um in den Opfermodus und erklärte mit tränenreicher Stimme:

„Ich weiß es nicht. Ich habe den Wagen gehört. Sie sind bestimmt mit ihm auf und davon gefahren. Bitte bringen Sie mich schnellstmöglich weg von diesem grässlichen Ort. Ich habe wertvolle Informationen für Herrn Kanika. Er erwartet mich."

Das Muskelpaket ließ sich nicht von ihren Krokodilstränen beeindrucken.

„Ich werde das abklären", erwiderte er kurz und rief Kanika an, dem er den Sachverhalt erläuterte.

Kanika war außer sich vor Wut, dass Stora und die Frauen entkommen konnten. Es folgten mehrere Schimpftiraden, die das Muskelpaket ehrfürchtig über sich ergehen ließ und der Befehl, auf dem schnellsten Weg mit Mira zurück zum Anwesen zu kommen.

Dem Befehl gehorchend verfrachteten sie Mira in den Wagen und fuhren zu ihrem Boss.

Während die Muskelpakete Kurs auf Kanikas Anwesen nahmen, machte sich Stora mit Argos und den drei Frauen auf den Weg zum versteckten Fahrzeug. Zuerst prüfte Stora, ob der Mini-Tracker funktionierte, was der Fall war. Zufrieden lächelte er.

Als alle im Wagen saßen, war Ines wieder die Erste, die voller Ungeduld fragte, wann denn endlich die Verfolgung des SUVs stattfinden würde.

Stora versuchte, sie zu beruhigen:

„Wir müssen uns nicht beeilen. Der Tracker funktioniert einwandfrei, so dass wir immer wissen, wo sich Mira aufhält. Ich leite die Position eben an meine Mitarbeiter weiter und bitte um Verstärkung bei der Verfolgung. Dann möchte ich unbedingt noch die restlichen Fotos auf Frau Lutecs Handy ansehen, bevor wir uns der Verfolgung anschließen."

Stora tippte einige Zeichen in sein Smartphone. Hastig reichte Penelope das Handy von Dana an ihn weiter. Er schloss es in aller Seelenruhe mit einem KFZ-Ladekabel für Smartphones an den Zigarettenanzünder an. Penelope war erleichtert, dass es diese Möglichkeit gab. Als das Handy funktionstüchtig war, wandte sich Stora zu den Frauen und hielt es so, dass alle die Bilder mit ansehen konnten. Dann sagte er:

„So, dann wollen wir mal sehen, ob Frau Lutec für uns noch zusätzliche wertvolle Informationen fotografiert hat."

Gebannt starrten alle auf das Handy. Stora führte seine Überlegungen weiter fort.

„Insgesamt hat sie elf Fotos gemacht. Wir können uns demnach zehn weitere ansehen. Ich schlage vor, wir betrachten sie der Reihe nach."

Die Fotos zwei und drei zeigten neben dem Liebespaar in eindeutiger Pose mehrere amtliche Dokumente. Alle starrten wie gebannt darauf. Dann äußerte sich Sandra:

„Das finde ich sehr interessant. Das sind genau die Dokumente, die ich für meine Story noch benötige. Kann man die Fotos so weit vergrößern, dass sie die Details auf den Papieren zeigen?"

Stora schüttelte den Kopf.

„Nicht hier, das Display ist zu klein, aber auf dem Bildschirm meines PCs auf dem Polizeirevier."

Sandra gab Stora zu verstehen, die nächsten Bilder anzuklicken.

„Ich bin gespannt, was wir noch alles erfahren."

Auf dem vierten Foto sah Mira direkt zu Dana rüber. Wenn Blicke töten könnten, wäre sie da schon tot umgefallen. Sie wusste demnach, dass Dana sie beobachtete und sie musste dementsprechend handeln.

Foto fünf zeigte Mira mit dem Handy am Ohr. Die Bilder sechs und sieben stellten Mira neben dem Beifahrersitz eines Wagens dar. Die Scheibe war unten, sie sprach mit jemandem, der sich im Inneren befand. Man konnte nicht erkennen, wer es war. Mira war alleine aus dem Café gekommen Dann folgten Bilder acht bis elf, auf denen der Wagen an Dana vorbeifuhr, nachdem Mira mit dem Finger in Danas Richtung gezeigt hatte. Somit war eindeutig erwiesen, dass sie von Danas Beobachtungen wusste. Und es kam noch schlimmer.

Bei den letzten drei Bildern wurde Penelope stutzig.

„Noch einmal zurück bitte", sagte sie zu Stora.

Penelope wurde zunehmend hektischer.

„Das ist der Wagen, der uns die ganze Zeit verfolgte. Ich erkenne ihn an dem seitlichen Aufkleber. Es ist das Logo einer Sicherheitsfirma. Das heißt, Mira wusste, wer uns verfolgte. Es waren dieselben Männer, die Dana fotografierte. Wenn die Männer uns damals erwischt hätten, wäre Mira wahrscheinlich lediglich mit einem eiskalten Lächeln und Schulterzuckend vor uns stehen geblieben und hätte zugesehen, wie wir sterben. Sie ist so eine miese Bitch."

Miras Skrupellosigkeit wurde immer deutlicher.

„Das sehe ich auch so", unterstützte Stora sie.

„Deshalb müssen wir ihre Freundin und Kanika unbedingt zu fassen bekommen und dem ganzen Treiben ein Ende setzen."

„Sie ist nicht mehr unsere Freundin", klang es von Sandra, Ines und Penelope gemeinsam wie aus einem Mund in Storas Ohr.

Sandra fügte noch hinzu:

"Mir ist absolut schleierhaft, warum Dana trotzdem auf die Einladung von Mira hereingefallen ist. Ich an ihrer Stelle hätte mich nicht überreden lassen, zu dem Fabrikgelände zu kommen."

"Warum sie dennoch dorthin gegangen ist, werden wir nie mehr erfahren", seufzte Penelope.

Die Stimmung im Wagen war auf dem Nullpunkt angelangt. Um sie aufzulockern, sah Stora abermals nach, wo sich der Wagen mit dem Tracker befand. Mit besänftigender Stimme sagte er:

„Ich denke, Mira hat gerade ihr Ziel erreicht. Der Tracker bewegt sich schon mehrere Sekunden lang nicht mehr. Ich gebe meiner Mannschaft Bescheid, wo sie sich gezielt hinbegeben soll und dann werden wir uns ebenfalls auf den Weg machen."

Die einzige, die einen Kommentar abgab war Ines.

„Gut, dann geht es endlich weiter. Wird auch Zeit, dass das Miststück erfährt, wie es sich anfühlt, hintergangen zu werden."

Storas Vermutung bewahrheitete sich. Mira war auf Kanikas Anwesen angekommen. Er öffnete persönlich die rechte Fondtüre des Wagens und half ihr galant hinaus. Er verlor kein Wort darüber, dass die anderen Frauen nicht bei ihr waren.

Als sie ausgestiegen war, hielt er immer noch ihre Hand und tätschelte sie. Dann hakte er ihren Arm in seinen ein.

Mira sah sich erstaunt um. Das gesamte Anwesen war so unwahrscheinlich einmalig, dass es ihr die Sprache verschlug. Kanika redete dafür umso mehr, als beide in Richtung der Gästehäuser gingen, die sich einige hundert Meter weg vom parkenden Wagen befanden. Dabei musterte er sie von der Seite.

„Herzlich willkommen Frau von Bickenbach. Ich freue mich, Sie in meinem bescheidenen Heim begrüßen zu dürfen. Ich hoffe, die Fahrt hierher war nicht allzu beschwerlich für Sie. Sie müssen mir alles ganz genau erzählen. Vorher sollten Sie sich aber erst einmal frisch machen. In einem der Gästehäuser wurde alles für Sie vorbereitet und ich hoffe, dass ich Ihren Geschmack getroffen habe. Das Kleid, das ich für Sie ausgesucht habe, müsste ihnen ausgesprochen gut stehen. Fühlen Sie sich wie Daheim. Wenn Sie soweit sind, lassen Sie es mich wissen. Sie müssen vom Haustelefon nur die eins wählen, dann sind Sie sofort mit mir verbunden. Mein Butler kommt dann und begleitet sie auf ihrem Weg zu mir."

Erst vor der Eingangstüre ließ er ihren Arm los, gab ihr einen Handkuss und verließ sie mit den Worten:

„Ich erwarte Sie zum Diner. Ich habe mir erlaubt, eine kleine Überraschung nach dem Essen für Sie vorzubereiten und bin schon gespannt, wie Sie Ihnen gefallen wird. Betrachten Sie alles, was Sie im Gästehaus vorfinden als ein Geschenk von mir und erlauben Sie mir, Sie mit ihrem Vornamen anzusprechen, das erleichtert die Konversation. Bitte nennen Sie mich Akono."

Verdutzt antwortete Mira:

„Sehr gerne."

Sie war erleichtert. Er war so überaus charmant und aufmerksam zu ihr. Das hatte sie so nicht erwartet, zumal sie, anders als am Telefon abgesprochen, alleine im Wagen hier ankam. Sie wähnte sich in Sicherheit und verlor alle Scheu und Vorsicht.

Kanika hatte nicht übertrieben. Auf dem Bett des Gästehauses lag ein bezauberndes schwarz glitzerndes Abendkleid, vor dem Bett standen in einem Karton die passenden Schuhe. Im Badezimmer fand sie, fein säuberlich aufgereiht, die teuersten Kosmetik- und Pflegeartikel vor, die es gab.

Mira wählte ihre Favoriten aus und stellte sich unter die Dusche. Sie genoss ausgiebig das warme Wasser auf ihrem Körper. Nach den Ereignissen der letzten Tage hatte sie es ihrer Meinung nach mehr als verdient, verwöhnt zu werden. Anschließend trocknete sie ihren Körper und ihre Haare, schminkte sich und zog die bereit gestellten Sachen an. Zum Abschluss ihres Erfrischungsrituals wählte sie die Eins des Haustelefons.

Sie musste nicht lange warten, bis der Butler an die Türe klopfte und sie zum Haupthaus begleitete, wo sie gemeinsam den riesigen Speiseraum betraten, in dem mittig ein gewaltiger Tisch stand, umgeben von stattlichen Stühlen. Mira zählte insgesamt zwanzig. An den Wänden standen weitere. So ein Raum passt eher zu einem Schloss, ging es ihr durch den Kopf, als sie den Raum durchschritt, um zu ihrem Platz zu gelangen. Am Tisch saß Kanika mit einem Jugendlichen, den er ihr als seinen Sohn vorstellte.

Kanika saß am Kopfende, Ugonna zu seiner rechten Seite.

Obwohl der Tisch so groß war, sorgte die blumenreiche Tischdekoration mit der passenden Tischdecke und dem edlen Geschirr und Besteck dafür, das alles harmonisch zusammenpasste und Mira sich auch dort sehr wohl fühlte.

Der Butler wies Mira den Platz zu Kanikas linker Seite an, rückte ihr den Stuhl zurecht und begann, die Gläser mit Wasser zu füllen.

Es gab sogar eine eigens für diesen Abend vorbereitete Speisekarte mit Kanikas Logo, wobei ihr schon beim Lesen das Wasser im Mund zusammenlief und sie merkte, wie hungrig sie eigentlich war.

Mit einem sarkastischen Unterton, den sie hätte bemerken müssen forderte Kanika sie auf:

„Greifen Sie zu, Mira. Wer weiß, wann Sie so wohlschmeckende Leckereien wieder zu sich nehmen werden."

Sie vernahm nicht, wie zynisch Kanika sprach, sondern war damit beschäftigt, alles für sie Neue in sich aufzusaugen und sich dem Essen zu widmen.

Den Anfang machte ein Seeteufel-Filet im Kräuter-Mandel-Mantel mit Orangen-Safran-Perlgraupen, gefolgt von einem Rinderfilet mit Bärlauchkruste auf Spargel-Morchel-Ragout. Den Abschluss bildeten Himbeeren mit Biskuit und Mascarponecreme. Dazu kredenzte Kanika seinen ausgesuchten Wein und dieser löste Miras Zunge im Handumdrehen.

Sie erzählte Kanika in allen Einzelheiten, den Verlauf der letzten Tage. Zwischendurch unterbrach Kanika sie und wollte noch genauere Details von ihr wissen.

Ugonna schwieg die ganze Zeit zufrieden, denn was sie seinem Vater berichtete, deckte sich haargenau mit dem, was Kanika von ihm erfahren hatte.

Ugonnas Gedanken waren indes mit Wichtigerem beschäftigt. Er dachte die gesamte Zeit an die Frau im Bunker, die dem Namen nach seine tote Mutter war. Wenn das stimmte, lebte sie noch und er musste sie schnellstmöglich befreien. Nur, wie sollte er das anstellen ohne aufzufallen und vor allem, ohne seine Mutter, wenn sie es denn war, abermals in Gefahr zu bringen? Er war unkonzentriert, was jedoch nicht weiter auffiel, da sich sein Vater ausgiebig mit Mira beschäftigte.

Nach Beendigung des köstlichen Mahls erhob sich Kanika und gab zu verstehen, dass Ugonna und Mira ebenfalls aufstehen sollten.

„Mira, ich habe Ihnen eine Überraschung versprochen und ich möchte nun mein Versprechen einlösen. Dazu müssen wir uns in den Kinosaal begeben. Zuweilen benutze ich ihn auch für Theateraufführungen. Sie wären erstaunt, wenn Sie wüssten, wer mir schon alles vorgespielt hat. Wenn Sie mir bitte folgen möchten. Ugonna du solltest mit uns kommen und dir alles genau ansehen, was in den nächsten Minuten geschehen wird. Daraus wirst du einiges für dein späteres Leben lernen können".

Der Klang seiner Stimme wurde frostiger und jetzt lief Mira erstmals ein Schauer über den Rücken. Sie grübelte, weshalb er nun in diesem Tonfall mit ihr redete. Kanika hatte sie herzlich empfangen und ihr das Kleid sowie die Schuhe geschenkt. Das Essen war einmalig. Sie und Kanika hatten sich prächtig unterhalten. Der Sohn hatte nichts gesagt, das war ihr aber auch egal, Kindern waren ihr immer suspekt und sie war froh, keine eigenen zu haben. Aber irgendwie war die Atmosphäre im Laufe des Abends gekippt. Was hatte sie übersehen?

Ugonna kannte diese Stimmungsschwankung inzwischen gut genug um zu ahnen, dass sich etwas Böses ereignen würde.

Da sich das Kino eine Etage tiefer befand, mussten sie einen längeren Weg durch das imposante Haus zurücklegen und durchqueren dabei auch Flure, durch die

Mira schon auf dem Hinweg dem Butler folgte. Die in prunkhafte Goldrahmen eingefassten Gemälde an der Wand, die verschiedene Jagdszenen darstellten und die sie auf dem Weg zum Speiseraum noch überwältigend fand, kamen ihr augenblicklich bedrohlich vor. Sie wollte schnellstmöglich diesem Anblick entgehen.

Endlich standen sie vor der Flügeltüre des Kinosaals. Der Butler öffnete sie und als Mira zögerliche Schritte in das Innere machte, schubste Kanika sie etwas, damit sie schneller ging. Dabei stolperte sie fast.

Ängstlich sah sie sich um. Auch dieser Raum sprengte den üblichen Rahmen. Wie in einem großen Kino war der Weg zu den vorderen Plätzen etwas abschüssig. In fünf Reihen standen pro Reihe zehn äußerst bequeme Sessel, die zu langen Kinoabenden einluden. Pro Seite fünf Sessel, und es war noch genügend Fläche übrig für einen geräumigen Mittelweg. Vor ihr befand sich eine mehrere Quadratmeter große Leinwand, die von einem voluminösen Vorhang halb verdeckt war. Mira sah nach hinten und erkannte den Filmprojektor. Was will er mir wohl zeigen sinnierte sie und wurde von Kanikas Befehlston aus ihren Gedanken gerissen.

„Nicht so langsam meine Liebe. Ich habe die letzten Stunden mit Ihnen zwar sehr genossen, aber auch meine Zeit ist getaktet. Ich habe heute noch Einiges vor und möchte das Kommende schnell hinter mich bringen. Setzten Sie sich hierhin. Von diesem Platz aus haben Sie den besten Überblick über das, was kommen wird. Ugonna du kommst auf diesen Sessel."

Eingekeilt zwischen Kanika und dessen Sohn saß sie zitternd auf dem ihr zugewiesenen Platz in vorderster Reihe und wartete voller Anspannung auf das weitere Geschehen.

Kanika gab seinem Butler ein Zeichen und wie von Geisterhand öffnete sich der Vorhang.

Mira vermutete, eine Filmvorführung über Kanikas nächstes Projekt zu sehen. Stattdessen erschien, flankiert von zwei Sicherheitsmännern Simon Pain auf dem Podium. Er sah ziemlich ramponiert aus. Sein linkes Auge war zugeschwollen, aus seiner Unterlippe tröpfelte Blut. Die Hände waren mit Kabelbinder nach vorne gefesselt. Das vormals weiße Hemd war blutverschmiert und hing zerrissen an seinem Oberkörper, der mit Striemen übersät war. In der Hose befanden sich mehrere Löcher, er lief barfuß. Die Fußgelenke ‚schmückten' Fußfesseln, die es ihm erlaubten, lediglich kleine Trippelschritte zu gehen.

Bei Pains Anblick konnte Mira einen Aufschrei nicht unterdrücken. Sie war auf alles gefasst, aber sein offensichtlich gefolterter Körper erschütterte sie. Ihre Augen füllten sich mit Tränen und sie musste schlucken. Sie sah zu Kanika.

„Warum haben Sie ihm das angetan?", fragte sie zaghaft nach.

Ohne auf ihre Frage einzugehen, sprach Kanika mit einem eiskalten Lächeln:

„Ich sehe, meine Überraschung für Sie ist gelungen. Das freut mich. Ebenso freue ich mich, dass Herr Pain meiner

Einladung gefolgt ist. Wissen Sie Mira, er hat sich zuerst etwas gesträubt mitzukommen. Schließlich wollte er seinen Flug nicht verpassen. Die ‚Argumente' meiner Mitarbeiter haben ihn dann doch umgestimmt."

„Auf dem Flughafen?", wiederholte Mira mit tränenerstickter Stimme.

„Schauen Sie, meine Liebe, ich war genauso verwirrt, wie Sie jetzt, als ich erfuhr, dass Herr Pain sich ohne Verabschiedung nach Macao absetzen wollte. Das konnte ich doch nicht zulassen, da werden Sie mir zustimmen, nicht wahr? Er ist Ihre Tränen nicht wert, schließlich wäre er ohne Sie abgehauen, wenn meine Männer ihn nicht am Flughafen davon abgehalten hätten."

Mira konnte es nicht glauben. Sie wollte aufstehen und zu ihm gehen, wurde jedoch von Kanika zurück gehalten. Zu Pain gewandt, der den Kopf hängen ließ und nicht mehr in der Lage war, alleine zu stehen, flehte sie:

„Das stimmt doch nicht, was er sagt, oder? Antworte mir bitte."

Pain antwortete nicht. Sie vernahm lediglich ein leichtes Achselzucken, so als wolle Pain die Ausführungen von Kanika damit bestätigen. Innerlich kochte Mira vor Wut, ihre Angst war verflogen. Wie konnte er es wagen, sie zu hintergehen? Es war ihr Plan und sie riskierte bei der Sache am meisten. Sie wollte wieder auf das Podium klettern, doch Kanika hielt sie mit einem noch festeren schraubstoffartigen Griff zurück.

„Wir wollen doch jetzt nicht in Sentimentalitäten verfallen", stellte er mit Nachdruck klar.

„Nein, das wollen wir nicht, aber warum meinen alle Männer immer, mich verarschen zu können", gab Mira barsch zurück.

„Ich stelle gerade mit Genugtuung fest, dass Pain nicht gelogen hat."

Mira war immer noch aufgewühlt und entgegnete:

„Wie meinen Sie das. Inwiefern hat er nicht gelogen?"

Um seinem Gesagten mehr Ausdruck zu verleihen, stemmte Kanika beide Arme in seine Hüfte und kam ihr bedrohlich nahe.

„Sind sie wirklich so naiv zu glauben, dass ich von Ihren, nennen wir es ‚Businessplänen' nichts mitbekommen habe? Es war ein Fehler von Ihnen, mir mitzuteilen, dass Frau Lutec etwas herausbekommen hat. Sie glauben wohl, ich hätte meine Männer nur zu Ihrem Schutz vor dem Café postiert. Ich wollte wissen, mit wem Sie sich dort treffen. Als mir dann berichtet wurde, wer Ihr Händchen beim Kuchen essen tätschelt, war mir klar, dass Sie irgendetwas beabsichtigen, das mir schadet. Zu Ihrer Information möchte ich Ihnen mitteilen, dass der Mord an Frau Lutec aufgezeichnet wurde. Das wird ihr und Ihnen zwar nichts mehr nützen, aber mir."

Kanika befahl den Sicherheitsmännern mit Pain vom Podest zu kommen und sich neben ihnen aufzustellen. Das dauerte etwas, da Pain in seinem Zustand nicht schnell von der Stelle kam. Als sie endlich dort standen, wo Kanika es vorgesehen hatte, machte dieser eine Handbewegung zu Jack, der daraufhin den Filmprojektor mit einer Fernbedienung betätigte.

Was Mira und Pain dann sahen, schockte sie abermals, denn in dem dargebotenen Film spielte Pain die Hauptrolle. Zu sehen war, wie Pain Dana Lutec ermordete. Das brutale Geschehen hatte einer von Kanikas Männern unbeobachtet aufgenommen. Pain drehte seinen Kopf zur Seite, was ihm einen weiteren Faustschlag in den Magen einbrachte.

Kanika ergötzte sich an der Darbietung auf der Leinwand und an dem Verhalten von Mira und Pain. Er forderte beide auf:

„Schauen Sie genau hin. Da staunen Sie, was? Ich hatte Sie immer im Blick. Die Polizei wird sich freuen, wenn sie das Material überreicht bekommt. Natürlich werde ich es nicht persönlich überreichen. Trotzdem wird es für Aufsehen sorgen. Wenn herauskommt, dass eine Staatsanwältin in diesen Mord mit verwickelt ist, die so absolut gegen das geltende Recht verstößt, wird das die Menschen sehr aufbringen."

Kanikas Schadenfreude war nicht zu übersehen und er wurde für einen kleinen Moment unaufmerksam. Das reichte jedoch für Mira, um blitzschnell die Waffe eines Sicherheitsmannes zu entwenden, der auf Pain aufpasste. Mit Waffen kannte sie sich aus. Schlagartig hielt sie Kanika die Waffe an die Schläfe. Sofort eilte der Butler auf Kanika zu, um ihm zu helfen, was Mira mit einem gezielten Schuss ins Herz zu verhindern wusste.

Entsetzt schrie Kanika:

„Mira, Sie sind doch irre!"

„Dann sind wir schon zwei, auf die das zutrifft", entgegnete sie schroff.

Erneut hielt sie die Pistole an Kanikas Schläfe, zu allem entschlossen.

„Kommen Sie wieder zur Vernunft und überlegen Sie ihren nächsten Schritt gut", versuchte er sie zu beruhigen.

Geschickt nutzte Ugonna diese Gelegenheit für sich.

Mit erhobenen Händen fragte er Mira, ob er dem Butler helfen dürfe. Mira reagierte amüsiert.

„Ihm ist nicht mehr zu helfen, ich treffe immer zu hundert Prozent die angepeilte Stelle. Aber du kannst gerne nachsehen", erlaubte sie ihm großzügig.

Ugonna beugte sich hinunter und fühlte den Puls des Butlers, wobei er gleichzeitig in die Hosentasche des Toten griff und unbemerkt den Schlüssel für den Bunker an sich nahm.

„Sie haben wirklich gut gezielt, er ist tot", sagte er beim Hochkommen und stellte sich neben seinem Vater auf.

An die Wachmänner gerichtet gab Mira die Anordnungen, Pain von den Fesseln zu befreien, ihre Waffen langsam auf den Boden zu legen und sich einige Schritte zu entfernen.

Nachdem Pain von den Fesseln befreit wurde, rieb er sich die schmerzenden Handgelenke, nahm eine der Waffen auf und wandte sich an Mira.

„Komm, lass uns schnell von hier fliehen. Wir können an jedem anderen Ort der Welt gemeinsam von vorne anfangen und glücklich werden."

Mira sah ihn ohne jegliche Gemütsregung an und ihre Stimme klang leicht wahnsinnig.

„Fliehen wolltest du schon mal, ohne mich und es ist schief gegangen. Warum sollte ich dich jetzt mitnehmen, wo du mich hier zurück lassen wolltest?"

Dabei zielte sie nun auf Pain, der verzweifelt versuchte, sich aus der misslichen Lage zu retten.

„Hör zu, Mira, du glaubst diesem Verbrecher doch nicht. Wir haben genügend Beweise gegen ihn gesammelt, um ihn ins Gefängnis zu bringen. Lass uns den Film vom Fabrikgelände vernichten, dann kann er uns nicht mehr gefährlich werden. Wir binden ihn und seine Männer an den Sesseln fest und dann verschwinden wir von hier."

Mira schüttelte vehement ihren Kopf.

„Nein. Ich habe eine bessere Idee …", begann sie ihren Satz, dann schoss sie Pain nieder und beendete den Satz mit:

„… ich verschwinde alleine von diesem unseligen Ort und du bleibst hier."

„Alle Achtung", hörte sie Kanika sagen.

„Das hätte ich nicht gedacht. Sie haben mehr Mut als so mancher Mann."

„Halten sie den Mund. Ich lege keinen Wert auf ihre Meinung", zischte sie Kanika an.

Dieser ließ sich nicht beeindrucken. Er hatte seine alte Form wieder erlangt.

„Das sollten Sie aber, denn Sie sind nun auf sich alleine gestellt. Mit mir und meinem Sohn befinden sich zwei weitere Männer in diesem Saal. Vier zu eins, ein glatter Nachteil für sie."

„Das werden wir noch sehen", entgegnete sie kurz, sammelte, die Waffen auf und entleerte ein Magazin nach dem anderen. Dabei hatte sie ihre Pistole immer auf Kanika gerichtet und machte den anderen Männern eindeutig klar, dass sie sofort auf ihn schießen würde, sollte sie jemand an diesem Vorhaben hindern. Sie wollte gerade das letzte Magazin leeren, da hörte sie die Sirenen von mehreren Polizeiwagen. Auch die anderen im Saal vernahmen den Alarm.

„Verdammt, die Polizei ist auf meinem Grundstück. Wie ist ihr das gelungen", entfuhr es Kanika äußerst laut.

Einer seiner Wachmänner sah ihn fragend an.

„Was machen wir nun?"

Kanika erteilte beiden Männer den Befehl, nach draußen zu gehen und nachzusehen, was los ist. Wenn nötig, sollten sie mit ihrem ganzen Körpereinsatz verhindern, dass die Polizei noch weiter auf das Anwesen vordrang. Er benötigte Zeit, um seine in Windeseile geplanten Schritte in die Tat umzusetzen.

Die Männer stürmten hinaus. Mira konnte sie nicht aufhalten und war abgelenkt. Das nutzte Kanika aus, um sich aus ihrer unmittelbaren Nähe zu entfernen.

Während er in Richtung Podium lief, sagte er zu Mira gewandt:

„Sie können hier stehen bleiben. Dann wird man Sie sofort verhaften. Sie können auch mit mir kommen. Dann erwarte ich von Ihnen uneingeschränkte Loyalität mir gegenüber. Wir befinden uns bedauerlicherweise gerade in einer Pattsituation. Machen wir das Beste daraus."

Seinem Sohn befahl er ebenfalls, mitzukommen. Ugonna lief rasch hinter ihm her, gefolgt von Mira, die blitzschnell ihre verbleibenden Optionen auslotete und den Vorschlag von Kanika am geeignetsten fand. Sie verschwanden in einer Tür, die sich hinter dem riesigen Vorhang befand und die hinunter in den Keller führte. Der Keller wiederum endete in einem Tunnelsystem. Nach mehreren hundert Metern durch dieses Labyrinth kamen sie wieder an die Oberfläche. Ugonna sah sich um. Er kannte diese Gegend. Sie befanden sich in unmittelbarer Nähe des Bunkers.

KAPITEL 14

Durch das imposante Haupttor des Anwesens fuhren mehrere Mannschaftswagen der Polizei auf das unüberschaubare Gelände. Mit dabei waren einige Spürhunde.

Der Wagen, in dem Stora mit den Frauen saß, traf etwas später ein und war der letzte in der Reihe. Als er stand, wollte Ines sofort aus dem Wagen raus, doch Stora hielt sie zurück.

„Halt, bleiben Sie hier. Das ist viel zu gefährlich. Wir wissen noch nicht, wie viele Leute sich hier aufhalten und vor allem, wo sie sind. Wenn sie einfach hier so rumlaufen sind sie die ideale Zielscheibe. Die Mannschaft ist für solche Fälle ausgebildet, sie weiß genau, wie vorzugehen ist."

Kaum hatte er die Worte ausgesprochen, da feuerte jemand aus dem Haupthaus auf die sich vor dem Haus aufhaltenden Polizisten, die zurück schossen. Es entwickelte sich ein kurzes Feuergefecht, dann trat absolute Stille ein. Sekunden später wurden zwei Polizisten in das Haus geschickt, um nachzusehen. Sie kamen mit der Nachricht, dass zwei Männer tot im Eingangsbereich liegen, wieder heraus. Es handelte sich um die beiden Sicherheitsleute aus dem Kinosaal, die Kanika losschickte.

„Sehen Sie, wie gefährlich es hier ist", bekräftigte Stora nochmals seine Bitte, im Wagen zu bleiben. Dabei drehte er sich zum Rücksitz hin und durchwühlte den restlichen freien Platz auf der Suche nach seinem Rucksack, in dem er eine ganze Menge nützliche Dinge verstaut hatte. Da die Rückbank mit zwei Frauen und einem großen Hund ziemlich voll war, dauerte die Suche etwas.

„Eigentlich hätte ich sie sofort wieder auf das Polizeirevier bringen müssen, statt sie mit nach hier zu nehmen, wo sie erheblichen Gefahren ausgesetzt sind", ergänzte er.

Als er den Rucksack schließlich fand, nahm er einen Klarsichtbeutel heraus, in dem sich ein Kleidungsstück befand.

„Diese Bluse gehört Mira. Als sie sich im Haus alle umgezogen haben, ergriff ich jeweils ein Kleidungsstück von jeder von ihnen und packte es in einen Beutel, schließlich verdächtigte ich zu diesem Zeitpunkt jede von ihnen. Ich werde Miras Bluse dem Hundestaffelführer überreichen, damit die Hunde ihre Spur aufnehmen können. Sie bleiben im Auto. Sie haben miterlebt, wie gefährlich es hier ist. Ich bin schnell wieder bei ihnen. Haben sie das verstanden?"

Ein Kopfnicken von allen dreien reichte Stora aus und er stieg aus dem Wagen. Zielstrebig lief er auf den zuständigen Polizisten zu und übergab ihm den Beutel. Sie unterhielten sich eine ganze Weile.

„Was quatscht der denn so lange mit dem?", meckerte Ines ungeduldig.

„Die sollen sich beeilen, sonst ist Mira über alle Berge."

„Ich denke, es geht hier nicht nur um Mira. Stora ist schon eine ganze Weile hinter Kanika her. Ihn zu fangen ist sein vorrangiges Ziel. Dafür hat er sehr viel geopfert, zu viel, wenn ihr mich fragt", warf Sandra zu seiner Verteidigung ein.

„Dann erzähl doch mal, was du noch so alles über ihn erfahren hast. Ihr wart schließlich über einen längeren Zeitraum zusammen, da wirst du einiges über ihn erfahren haben. Auch, wenn ich es nicht so richtig glauben kann, dass er es war, der dich entführt hat", stellte Ines fest.

„Das ist alles unglaublich, aber es interessiert mich auch", kam es von Penelope.

Sandra berichtete in Kürze das Wichtigste und während sie die beiden über Storas Familie und seinen Einsatz in Afrika informierte, bemerkte sie bei ihnen einen Sinneswandel.

„Wenn ich von Anfang an davon gewusst hätte, wäre ich doch etwas netter zu ihm gewesen", gab Ines am Ende der Ausführungen kleinlaut zu.

„Ja, der arme Mann. Wie kann ein Mensch allein so viel Leid verkraften?", stimmte Penelope zu.

Die Polizeitruppe mit den Spürhunden teilte sich auf. Einige durchsuchten das Haupthaus, andere die Gästehäuser, der Rest das Gelände.

Stora kam zurück. In dem Augenblick, als Stora die Wagentüre wieder öffnete, kam einer seiner Mitarbeiter auf ihn zu und teilte ihm mit, dass im Kinosaal zwei männliche Leichen gefunden wurden.

Die Frauen merkten sofort seine Anspannung.

„Was ist passiert?", fragte Sandra,

„Zwei weitere Männer wurden tot aufgefunden", gab Stora als Information.

„Kann es sein, dass einer davon Kanika ist?", hakte sie weiter nach.

„Das werde ich rausbekommen. Sie bleiben immer noch hier. Egal was passiert!", lautete Storas Anordnung.

„Selbstverständlich Chef, machen Sie sich keine Sorgen. Ich warte hier brav, bis Sie mir etwas anderes sagen", säuselte Ines voller Mitgefühl, was Stora mit Erstaunen zur Kenntnis nahm.

Bevor er dem Mitarbeiter folgte, hantierte er nochmals in seinem Rucksack herum und übergab jeder mit einem Grinsen ihr vollaufgeladenes Handy zurück.

„Kleiner Service des Hauses", bemerkte er, „meine Nummer ist eingespeichert. Falls ihnen etwas Ungewöhnliches auffällt während sie hier sitzen, kontaktieren sie mich sofort."

Erfreut darüber, endlich ihre Mobiles wieder in Händen zu haben, stimmten alle drei zu. Danach folgte er dem Mitarbeiter in Richtung Kinosaal.

Im Kinosaal herrschte großer Trubel. Einige Mitarbeiter waren im Begriff, Spuren zu sichern, was sich nicht einfach gestaltete. Ein anderer zeigte Stora das im Projektorraum gefundene Filmmaterial, das Pain in eindeutiger Mordausübung zeigte.

Obwohl niemand wusste, wie Kanika in Wirklichkeit aussah, erkannte Stora mit einem Blick, dass es sich bei den beiden aufgefundenen Leichen nicht um Kanika handelte. Simon Pain hatte er auf den Fotos von Danas Handy gesehen. Die Livree kennzeichnete den zweiten Toten als Bediensteten, so würde Kanika wohl kaum in seinem eigenen Haus umherlaufen.

Etwas enttäuscht gelangte Stora erneut zum Wagen.

Neugierig und voller Anspannung fragte Sandra:

„Und, war Kanika dabei?"

„Leider nein. Es handelt sich bei den Männern um den Makler und um einen Bediensteten. Das bedeutet, wir müssen weiterhin sehr vorsichtig sein", antwortete Stora.

„Was ist mit dem Miststück Mira?", wollte Ines wissen.

„Keine Spur von ihr. Es wurden zwar andere Leute, die sich hier aufhalten, vorerst verhaftet, zumindest solange, bis ihre Identität eindeutig geklärt ist. Mira ist nicht dabei. Ich bin mir jedoch ganz sicher, dass sich sowohl Kanika als auch Mira hier in der Nähe aufhalten. Vielleicht beobachten sie uns sogar", vermutete Stora.

Wie Recht er mit dieser Annahme hatte, bestätigte sich im Nachhinein.

Kanika war damit beschäftigt, heimlich in den Bunker zu gelangen, um sich dort für einen unbestimmten Zeitraum verstecken zu können. Dafür nahm er auch in Kauf, dass Mira nun Kenntnis von diesem Unterschlupf hatte. Sie würde ihn sowieso nicht lebend verlassen. Schließlich gab es den Entsorgungsraum, dessen Anschaffung sich bezahlt machen musste.

Es gelang Kanika und seiner Begleitung unbemerkt den Bunker zu betreten. Da Kanika nicht wusste, dass Ugonna bereits zweimal in dem Bunker war, bekamen er und Mira eine Schnelleinweisung und Verhaltensmaßnahmen im Notfall von ihm.

Sie gingen auch an dem Raum vorbei, aus dessen Inneren Ugonna die Stimme gehört hatte. Diese Mal blieb alles still.

Ugonna hatte bisher nur die Gänge des Bunkers gesehen und nie die Einrichtung der Räume. Als er in den sogenannten Aufenthaltsraum trat, glaubte er, zu träumen. Das Mobiliar ließ nicht vermuten, sich in einem Unterschlupf zu befinden. Auch hier hatte Kanika nicht an Prunk gespart. Dicke Ledersessel, Tisch und Stühle aus Mahagoni, der Schrank entsprechend. Der Boden war ausgelegt mit Perserteppichen, an den Wänden hingen gestohlene Gemälde. Es fühlte sich fast surrealistisch an, ausgerechnet hier dieses Interieur vorzufinden

Auch Mira war verblüfft. So etwas hatte sie nicht erwartet. Zumal in einem abgeteilten Abschnitt des Raumes eine komplette Überwachungsanlage für das gesamte Anwesen installiert war. Jedes Zimmer und jeder Winkel der

Außenanlagen konnten von hier aus kontinuierlich observiert werden.

Kanika schaltete die Anlage ein und nahm auf dem Chefsessel vor der großen Schaltanlage Platz. Dann drehte er sich um.

„Setzen Sie sich", gab er an Mira gerichtet eine klare Anweisung und zu seinem Sohn:

„Ugonna, sei so nett und hole uns allen aus der Küche nebenan etwas zu trinken, das Schauspiel da draußen macht mich durstig."

Ugonna erfüllte die Bitte seines Vaters, ging in die Küche und öffnete den gigantischen Kühlschrank, der übervoll mit Lebensmitteln und Getränken war. Er wollte gerade eine Flasche Orangensaft entnehmen, da vernahm er ein leises Klopfen an der Tür des angrenzenden Raumes der Küche. Er lief sofort in Richtung des Geräusches und flüsterte:

„Ich versuche alles, um Ihnen zu helfen. Es ist nicht einfach. Sie müssen noch etwas Geduld haben."

Die Stimme antwortet kaum hörbar:

"Ich warte schon so viele Jahre ohne jegliche Hoffnung. Nun habe ich wieder Hoffnung und weiß, dass ich bald frei sein werde."

Seinem Vater dauerte es viel zu lange, bis Ugonna wieder im Aufenthaltsraum war. Voller Ungeduld rief er:

„Wo bleibst du denn? Es kann doch nicht so schwer sein, einige Erfrischungsgetränke zu besorgen."

„Ich suche die Gläser. Wo sind sie untergebracht? Ich kann hier keine finden", rechtfertigte Ugonna seine Verspätung und erschien dann mit zwei Saftflaschen unterschiedlicher Geschmacksrichtungen.

„Na endlich", monierte sein Vater. „Dort sind keine, sie befinden sich hier im Schrank. Du musst die rechte Seite öffnen."

Kanika zeigte auf den Mahagonischrank und Ugonna goss jedem Saft ein, nachdem er die Gläser gefunden hatte. Da er etwas aufgeregt war, zitterte seine Hand dabei und er hatte Mühe, nichts zu verschütten. Um von seiner Nervosität abzulenken, fragte er seinen Vater:

„Was machen wir nun?", und nahm einen kräftigen Schluck Orangensaft.

„Wir warten", antwortete sein Vater.

„Worauf?"

Ugonna ließ nicht locker. Er musste wissen, was sein Vater für Pläne hatte, nur so konnte er eigene für die Befreiung seiner angeblichen Mutter entwickeln.

„Darauf, dass sich die Lage wieder beruhigt und die Polizisten verschwinden", erwiderte sein Vater schon etwas genervter.

„Und wenn das nicht der Fall sein wird?"

Kanika wurde immer gereizter.

„Du gehst mir langsam auf die Nerven mit deiner Fragerei. Ich muss selber erst einmal überlegen, wie ich weiter vorgehen werde. Dafür benötige ich Ruhe. Also, halt deinen Mund und lass mich nachdenken. Beschäftige dich mit irgendetwas und gehe mir nicht auf die Nerven."

Er wandte sich abermals der Überwachungsanlage zu und was er sah, stimmte ihn gar nicht hoffnungsvoll. Überall liefen Polizisten umher. Dann erblickte er Storas Wagen und in ihm Sandra, Penelope und Argos. Wie konnte es sein, dass sie sich auf seinem Gelände aufhielten?

„Ugonna komm sofort her."

Kanika zeigte auf den Monitor.

„Ist das die Töle, die angeblich tot ist?", erkundigte er sich barsch.

Schnell eilte Ugonna zu ihm und sah geschockt, dass Argos lebte.

„Ich kann mir das nicht erklären. Er lag regungslos neben seinem Herrchen. Ich schwöre", stotterte er.

„Schade. Ich kann mich eben doch nicht auf dich verlassen", äußerte Kanika abfällig.

„Wenn wir uns wieder frei bewegen können, werden sich unsere Wege trennen. Du wirst bis zu deiner Volljährigkeit in einem Internat leben. Ich habe schon eines für dich ausgewählt. Dort wirst du lernen, wie ein Mann zu denken und zu handeln. Ich dachte, dieser Schritt wäre nicht notwendig. Dein Verhalten zeigt mir jedoch, dass es nicht anders geht."

Aufsässig erwiderte Ugonna:

„Was du unter Internat verstehst, ist wohl eher eine Einrichtung für Kinder und Jugendliche, die die Erwartungen ihrer Eltern nicht erfüllen und dort umerzogen werden. Was immer das auch bedeuten mag."

Und er rechnete schon mit einer Ohrfeige, deshalb schloss er vorsichtshalber die Augen.

Sein Vater war aber so mit dem Beobachten der Umgebung beschäftigt, dass er nur anmerkte:

„Denk was du willst. Mein Entschluss steht fest."

Ugonnas Stimme wurde noch energischer.

„Wenn ich aus deinem Leben verschwinden soll, dann kannst du mir sicher vorher noch einige Fragen beantworten, die mich schon lange beschäftigen. Ich finde, dass bist du mir schuldig."

„Ich schulde dir gar nichts. Aber, stell nur deine Fragen. Ich entscheide, ob ich sie beantworten werde", gab Kanika selbstgefällig zurück.

Welche lächerlichen Fragen wird er haben, dachte Kanika. Was er dann von Ugonna hörte, verblüffte ihn.

„Kannst du mir noch einmal erzählen, wie meine Mutter ums Leben gekommen ist?", begann Ugonna.

„Wie kommst du dazu, gerade in diesem Moment von deiner Mutter zu sprechen?", konterte Kanika erstaunt und gleichzeitig ging ihm durch den Kopf, dass er für seine

Frau eine Extralösung finden müsste, wenn die ganze Angelegenheit erledigt ist.

„Weichst du mir mit deiner Gegenfrage aus?", fragte Ugonna bockig.

„Nein, ich wundere mich nur."

„Würdest du mir einfach erklären, wie es damals ablief? Ich kann mich nicht daran erinnern. Hast du mir jemals ausführlich erzählt, wie es sich zutrug?"

Widerwillig berichtete Kanika die damaligen Ereignisse, so wie er sie sich zurecht gelegt hatte. Nur er und Ugonnas Mutter wussten, was sich vor Jahren wirklich zugetragen hatte. In einem gelangweilten Tonfall schilderte er den angeblichen Sachverhalt.

„Deine Mutter hatte einen Autounfall. Es hatte tagsüber stark geregnet. Sie wollte abends eine Freundin besuchen, die etwas weiter weg wohnte und ist in einer Kurve von der nassen Fahrbahn abgekommen. Unglücklicherweise ist sie dabei einen steilen Abhang hinuntergestürzt. Jede Hilfe kam zu spät. Sie war auf der Stelle tot. Das ist alles."

„Hat sich das wirklich so abgespielt?" erkundigte sich Ugonna mit Nachdruck.

„Ja, verdammt."

Langsam reichte es Kanika.

„Wurde ihre Leiche gefunden? Und jährte sich nicht vorgestern ihr Todestag?"

Kanika wurde immer ungehaltener.

„Ja. Was soll das Ugonna? Wir haben doch schon einmal über diese Sache gesprochen. Erinnerst du dich denn wirklich nicht mehr daran?"

Ugonna nahm seinen ganzen Mut zusammen, atmete tief durch und es platzte aus ihm heraus:

„Du lügst. Ich habe mir einmal den Wetterbericht des angeblichen Todestages aus dem Internet aufgerufen. An diesem Tag war strahlender Sonnenschein, auch am Tag davor. Es gab keinen Regen. Wie konnte sie dann von einer nassen Fahrbahn abkommen? Ich erinnere mich auch nicht an ein Begräbnis. Gab es keins, weil sie noch lebt?"

Auf diese Vorhaltungen war Kanika nicht vorbereitet. Er war jedoch abgebrüht genug, um alles abzustreiten.

„Junge, du lebst in deiner eigenen Fantasiewelt. Das habe ich nun von meiner Großzügigkeit dir gegenüber. Du bezichtigst mich der Lüge. Was erlaubst du dir überhaupt? Ich bin dein Vater, vergiss das nicht. Mein Entschluss, dich in ein Internat zu stecken, hat dir wohl deine Sinne vernebelt. Geh mir aus den Augen. Ich will dich vorerst nicht mehr sehen."

Amüsiert verfolgte Mira die Szene. Sollten sich die beiden doch streiten. Vielleicht wäre das zu ihrem Vorteil.

KAPITEL 15

Kaum am Wagen eingetroffen, wurde Stora wieder von einem Mitarbeiter weggeholt. Es genügte ein Blick von ihm und Ines versprach:

„Ich bleibe hier sitzen, komme was wolle."

Die beiden anderen legten nur ihren Unschuldsblick auf. Nachdem er außer Sichtweise war, wurde Argos unruhig und machte sich mit einem Murren bemerkbar.

„Ich glaube, er muss mal", folgerte Penelope daraus.

„Dann lass uns nach draußen gehen, bevor er hier alles vollpinkelt oder Schlimmeres veranstaltet", schlug Sandra vor.

„Stora hat gesagt, wir sollen uns nicht von der Stelle rühren und wir haben es ihm versprochen", gab Ines zu Bedenken.

„Du hast ihm versprochen, hier zu bleiben. Pen und ich haben ihn nur angesehen, als er das letzte Mal weg gegangen ist", warf Sandra alle Bedenken über Bord.

Penelope stieg mit Argos, der immer unruhiger wurde, aus. Sandra schnappte sich die Hundeleine und folgte ihnen.

„Wir leinen ihn lieber an, das ist sicherer", erklärte sie Penelope und legte die Leine an Argos Halsband an. Um Stora und den anderen Polizisten nicht zu begegnen, liefen sie in die entgegengesetzte Richtung.

Argos verrichtete humpelnd sein ‚Geschäft'. Er konnte sich schon besser fortbewegen und genoss dies sichtlich. Als Sandra wieder zum Auto gehen wollte, zog er dermaßen an der Leine und schlug dabei einen anderen Weg ein, dass sie fast umgefallen wäre. Argos bewegte sich immer schneller und die beiden Frauen versuchten, mit ihm Schritt zu halten.

„Was ist denn mit ihm los?", wandte Sandra sich fragend an Penelope.

„Es sieht so aus, als ob er irgendeine Witterung aufgenommen hat", versuchte Penelope die Situation zu erklären.

Mittlerweile hielten sie die Hundeleine schon zu zweit fest.

„Es gibt Ärger mit Stora, wenn wir uns zu weit vom Wagen entfernen. Möchtest du das?", fügte sie noch hinzu.

„Ich möchte wissen, wohin er uns führt. Vielleicht bringt uns das weiter", wiegelte Sandra alle Bedenken ab.

Plötzlich blieb Argos wie angewurzelt stehen, fletschte die Zähne und knurrte. Alle drei standen vor dem Eingang eines monströsen Betonbaus, dem Bunker, der teilweise in den Felsen eingelassen war.

„Was ist das für ein Gebäude? Das ist unheimlich", bemerkte Penelope.

„Ich stimme dir zu. Dieses Monstrum passt so gar nicht zu den anderen Gebäuden und ich vermute, dass irgendetwas oder irgendwer da drin ist, das oder den Argos schon einmal gerochen haben muss. Deshalb hat er die Witterung aufgenommen. Das bedeutet nichts Gutes. Wir sollten unverzüglich Stora benachrichtigen und ihm sagen, wo wir uns befinden. Auch, wenn das bedeutet, dass wir Ärger bekommen", schlug Sandra vor.

Stora, der sich erneut auf seinen Wagen zu bewegte, sah schon von weitem, dass etwas nicht stimmte. Wutentbrannt riss er die Fahrertür auf und schrie Ines unwillkürlich an.

„Wo sind die beiden, wo ist Argos?"

„Der Hund musste mal", sagte sie kleinlaut.

„Ja, und?", bohrte er weiter.

„Damit er nicht hier drin sein Geschäft verrichtet, was wohl auch in Ihrem Sinne ist, sind die beiden mit ihm kurz raus", erklärte sie ihm.

„Was heißt kurz? Wie lange sind sie schon weg?"

„Etwa fünfzehn Minuten."

„Das nennen Sie kurz?"

Ines zuckte mit den Schultern.

„Ich glaube es nicht. Warum müssen Frauen immer gegen alle Vernunft handeln und so stur sein?"

Stora schüttelte heftig den Kopf.

„Nicht alle Frauen. Ich bin doch hier. Ich hatte es ihnen versprochen", säuselte Ines zuckersüß.

„Das beruhigt mich jetzt auch nicht. Sandra und Penelope wissen einfach nicht, wie leichtsinnig es ist, sich hier ungeschützt aufzuhalten."

Verzweiflung lag in Storas Stimme. Er sorgte sich sehr, vor allem um Sandra. Ines bemerkte diese Beunruhigung und kommentierte Storas Gefühlslage mit honigsüßer Stimme und wohlwollendem Unterton.

„Sie sind also gar nicht so hart, wie Sie immer erscheinen wollen. Sie machen sich Sorgen. Sie werden mir immer sympathischer."

Stora rollte mit den Augen. Er wollte gerade einen seiner Mitarbeiter anrufen, da klingelte sein Handy.

„Ich bin es, Sandra."

„Wo sind Sie? Sind Penelope und Argos bei ihnen? Geht es ihnen gut?"

Die besorgten Fragen sprudelten nur so aus ihm heraus.

„Wir sind wohlauf. Wir drei sind zusammen und stehen vor einem abartigen Versteck. Es passt überhaupt nicht zu dem restlichen Anwesen."

„Ihr ästhetisches Empfinden lassen wir jetzt mal außen vor. Wo ist das genau? Sie gehen keinen Schritt ohne mich weiter.

Sandra erklärte ihm den ungefähren Weg und er spurtete sofort los.

„Ich melde mich gleich wieder bei Ihnen, nachdem ich die Kollegen informiert habe."

Das Handy immer noch am Ohr, verständigte er die anderen Polizisten und wählte dann Sandras Nummer.

„Ich komme sofort. Versuchen Sie, sich in Sicherheit zu bringen."

„Sagen Sie das Argos, der knurrt die ganze Zeit und bewegt sich keinen Millimeter von der Stelle. Selbst zu zweit können wir ihn nicht wegziehen."

„Dann sind wir auf der richtigen Spur. Er riecht etwas, das mit den Ereignissen der letzten Tage in Zusammenhang steht. Wir können froh sein, dass er überlebt hat. Ich vermute, es befindet sich jemand im Bunker, den er nicht in guter Erinnerung behalten hat. Ich bin gleich bei Ihnen."

Kaum hatte Stora die letzten Worte gesprochen, da stand er mit einigen Polizisten auch schon neben ihnen.

Argos beruhigte sich etwas, als Stora besänftigend auf ihn einredete und streichelte. Fragend schaute er Sandra und Penelope an.

„Geht es Ihnen auch wirklich gut?", erkundigte er sich besorgt und nahm Sandra in seine Arme.

„Danke, ja", antwortete sie und Penelope nickte zur Bestätigung amüsiert.

Sie dürfen mich nie wieder so erschrecken", sprach er erleichtert, ließ sie los, räusperte sich und äußerte nochmals seinen Verdacht.

„Ich vermute, dass sich die Gesuchten hierher zurückgezogen haben. Kanika hat wirklich an alles gedacht."

„Das haben wir ebenfalls angenommen", erwiderte Sandra.

Stora machte Sandra auf die Kameras aufmerksam.

„Er hat über das gesamte Gelände verteilt Überwaschungskameras anbringen lassen. Sie sind gut getarnt. In jedem der Gebäude befindet sich ebenfalls eine ganze Reihe davon. So hat er alles im Auge und weiß genau, wo wir uns befinden. Trotzdem werden wir ihn fassen. So kurz vor dem Ziel gebe ich nicht auf. Dafür jage ich ihn viel zu lange."

Immer noch Argos tätschelnd, zitierte er einen Mitarbeiter zu sich und gab Anweisungen, um in den Bunker zu gelangen.

Der Plan sah vor, eine Sprengladung an der Eingangstür zu postieren. Nach erfolgreicher Sprengung sollte dann eine Stürmung der Schutzräume erfolgen, was eine Verhaftung Kanikas und Mira zur Folge hätte.

Kanika beobachtete alles äußerst konzentriert am Monitor. Was er sah gefiel ihm immer weniger. Er durfte nicht zulassen, dass die Polizei in seinen Bunker gelangte. Sollte sie es dennoch schaffen, würde er den für solche Fälle extra eingebauten Selbstzerstörungsmechanismus in Gang setzen. Dann würde nicht nur der Bunker in die Luft gejagt, sondern auch Teile seines Anwesens. Das störte ihn weniger, er würde es dann sowieso nicht mehr genießen können.

Ugonna nutzte Kanikas Unaufmerksamkeit ihm gegenüber und eilte zum Nebenraum der Küche. Schnell schloss er mit dem entwendeten Schlüssel des Butlers die Türe auf und vor ihm stand ohne Zweifel seine Mutter. Sie war zwar gealtert und er hatte sie anders in Erinnerung, aber sie war immer noch wunderschön.

Beide sahen sich ungläubig an und es dauerte einige Sekunden, bis sie das Unfassbare begreifen konnten. Dann ging Abebi einige Schritte auf ihren Sohn zu.

„Ugonna, du bist es wirklich! Ich kann es nicht glauben."

Sie lächelte ihn an und streichelte über sein Gesicht. Wie weich und zart ihre Hände sind, stellte er fest und ließ es gerne geschehen.

„Mutter, du lebst. Das ist wunderbar. Ich habe dich so vermisst. Vater hat mich die ganze Zeit angelogen, was dich betrifft. Er erzählte mir, du seist tot.

„Akono und die Wahrheit vertragen sich nicht gut miteinander. Das habe ich oft während unserer Ehe erfahren. Ich möchte dir noch so viel erklären, damit du verstehst, warum er meinen Tod vorgetäuscht hat."

„Das kann warten. Wir müssen vorsichtig sein, er darf nicht mitbekommen, dass ich von dir weiß. Vater hat sich hierher zurückgezogen mit mir und einer mir unbekannten Frau. Die Frau hat zwei Männer vor meinen Augen erschossen. Die Polizei ist auf dem Gelände. Sie sucht uns.

Wir sind noch nicht außer Gefahr. Wenn ich dir ein Zeichen gebe, dann läufst du bis kurz vor den Eingang, aber stelle dich nicht direkt davor, ich glaube, die Polizei versucht, in den Bunker zu gelangen. Das funktioniert nur, wenn sie die Eingangstüre wegsprengen."

Aufgewühlt sprach Abebi zu Ugonna:

„Du bist so ein kluger Junge. Ich bin stolz auf dich."

„Ich gehe besser wieder zu ihm", teilte Ugonna seiner Mutter mit.

„Wenn er auch nur den geringsten Verdacht schöpft, können wir deine Befreiung vergessen."

Abebi pflichtete ihm bei und Ugonna gesellte sich abermals zu seinem Vater.

„Siehst du das?"

Kanika zeigte Ugonna auf dem Monitor die Position der Polizei.

„Sie bringen Sprengladungen an. Bevor ich zulasse, dass sie in den Bunker gelangen, sprenge ich ihn lieber selber in die Luft. Ich muss nur diesen Schalter umlegen und dann bleiben noch zehn Minuten Zeit, bevor es einen Riesenknall gibt.".

„Das kannst du nicht machen. Wir werden alle sterben", rief Ugonna laut.

„Und ob ich das kann", brüllte Kanika zurück.

Er wollte den besagten Schalter umlegen, da fiel ein Schuss und traf ihn im linken Rückenteil, direkt von hinten ins Herz. Er schrie kurz auf vor Schmerzen, fiel um und konnte so den Schalter nicht mehr erreichen. Ugonna eilte zu ihm, erkannte jedoch, dass sein Vater bereits verstorben war.

Dann drehte er sich um und sah, wie Mira auf ihn zielte. Sie hatte die Pistole aus dem Kinosaal unbemerkt mit in den Bunker genommen.

„Was soll das?", fragte Ugonna verwundert und hielt instinktiv beide Arme hoch.

„Ich bin nicht bewaffnet. Von mir geht keine Gefahr aus. Sie können mich doch nicht auch noch erschießen. Ich könnte zu ihren Gunsten als Zeuge aussagen. Mir wird man bestimmt glauben, dass Sie meinen Vater in Notwehr erschießen mussten."

„Ich kann keine Zeugen gebrauchen. Der Polizei muss ich glaubwürdig erklären, dass ich nur so gehandelt habe, weil ich dazu von Kanika gezwungen wurde. Das ist für mich kein Problem. Wenn niemand in der Lage ist, meine Aussagen zu widerlegen, habe ich vielleicht eine Chance, halbwegs unbeschadet aus dieser ganzen Sache herauszukommen. Es fällt mir nicht leicht, dich zu erschießen, du bist noch so jung und eigentlich ein netter Kerl, aber es geht nicht anders", äußerte Mira eiskalt.

Sie betätigte den Abzug und der Schuss hätte Ugonna auch getroffen, wenn seine Mutter ihr nicht im selben

Augenblick mit einer Bratpfanne aus der Küche heftig auf den Kopf geschlagen hätte.

Mira sank zu Boden und ließ die Pistole fallen. Der Schuss ging daneben. Ugonna sprintete auf Mira zu und entfernte dabei die Waffe. Er untersuchte sie.

„Sie ist ohnmächtig. Hoffentlich bleibt sie das noch eine Weile", stellte er fest.

Er stand auf und umarmte seine Mutter.

„Danke Mama. Du hast mir das Leben gerettet".

„So wie du meins gerettet hast", wehrte sie ab.

Ugonna nahm den Bunkerschlüssel aus seiner Hosentasche und während er in Richtung Eingangstür lief, gab er seiner Mutter zu verstehen:

„Bevor die Polizei die Türe aufsprengt, werde ich sie lieber öffnen."

Er stieß mit einem kräftigen Ruck die Türe auf, kurz bevor die Sprengladung gezündet werden sollte. Als die für die Sprengung zuständigen Polizisten Ugonna erblickten, wichen sie zurück. Andere, mit speziell ausgerüsteten Gewehren kamen dafür auf ihn zu und hielten ihn fest.

Stora eilte zu ihm und fragte hastig:

„Was ist mit Kanika, ist er da drin?"

Ugonna nickte.

„Er ist tot", ergänzte er.

„Tot?"

Stora war erschüttert und erleichtert zugleich. Zu den Polizisten gewandt gab er den Befehl, den Bunker zu durchsuchen.

„Wer ist noch alles im Bunker?"

„Meine Mutter und diese fremde Frau."

„Deine Mutter?"

„Ja."

Ugonna wandte sich in Richtung des Bunkereingangs.

„Ich muss sie da rausholen."

Er wollte wieder in den Bunker laufen, wurde von Stora aber zurück gehalten.

„Bleib hier. Das erledigen schon meine Leute."

Sandra und Penelope hatten mit Argos, der wieder lauter anfing zu Knurren, als er Ugonna erblickte, alles aus sicherer Entfernung mit angesehen.

„Ich denke es ist vorbei. Wir können uns aus der Deckung wagen", schätzte Sandra die Situation ein und ging einige Schritte zum Bunker. Penelope und Argos folgten ihr, wobei Penelope mit Argos ihre Mühe hatte, ihn festzuhalten.

Polizisten führten eine ihnen unbekannte Frau heraus. Kurz dahinter kam Mira, abgeführt im Polizeigriff. Als sie an ihren Freundinnen vorbeikam, grinste sie diese verächtlich an. Dieses Verhalten animierte Penelope dazu, vor ihr auszuspucken.

„Dein Grinsen wird dir noch vergehen", sagte sie angewidert.

Sandra war distanzierter.

„Das bringt doch nichts. Sie wird ihre gerechte Strafe erhalten und dann grinsen wir."

Kaum hatte Ugonna die Eingangstüre hinter sich gelassen, da riss sich Argos los und stürmte bellend auf ihn zu.

Ugonna bekam einen gewaltigen Schreck und versteckte sich hinter einem Polizisten mit Schutzkleidung.

Stora bemerkte sofort, dass etwas nicht stimmte. Zuerst versuchte er, Argos zu beruhigen, was nicht auf Anhieb gelang und übergab ihn zurück an Sandra und Penelope. Dann nahm er sich Ugonna vor. Er wusste, wenn ein Hund so aggressiv auf jemanden reagiert, dann hat dieser jemand etwas zu verbergen.

„Wie ist dein Name?", begann er das Gespräch.

„Ugonna Kanika", antwortete dieser knapp und stand immer noch zitternd hinter dem Polizisten.

„Komm einmal zu mir", bat Stora und zog ihn gleichzeitig zu sich.

Ugonna ließ das nur widerwillig mit sich geschehen. Er war misstrauisch und ängstlich zugleich. Er starrte in Argos Richtung.

„Irgendetwas hat der Hund gegen dich. Das wirst du nicht bestreiten können. So wie sich Argos aufführt, muss es schon etwas Heftiges sein. Ich werde herausbekommen, was es ist. Du kommst mit auf das Polizeirevier. Dort hast du Gelegenheit, mir alles zu erzählen", ordnete Stora an.

Ugonna fragte verschüchtert:

„Kommt der Hund auch mit?"

„Das liegt an dir. Wenn du mir jetzt versprichst, die Wahrheit zu sagen, werde ich ihn während der Fahrt zum Polizeirevier in einem anderen Wagen unterbringen, als in dem, der dich dorthin fährt. Auf dem Revier versuche ich, ihn in einem Nebenraum des Verhörraumes einzuquartieren. Solltest du lügen, leistet er uns bei der Fahrt und unserem Gespräch Gesellschaft."

Kleinlaut sagte Ugonna:

„Ich werde die Wahrheit sagen, wirklich. Damit sie erkennen, dass ich es ernst meine, wäre es nützlich, wenn ich vorher meinen Laptop aus dem Versteck holen könnte."

„Wo befindet sich das Versteck", wollte Stora wissen.

„In einem abbruchreifen Haus, es steht in der Nähe."

„Es ist wohl am besten, wenn wir das gemeinsam erledigen. Du bleibst hier stehen, bis ich dich abhole. Ich muss noch einige Anweisungen erteilen, dann machen wir uns auf den Weg. Bilde dir nicht ein, du könntest abhauen. "

„Ich bleibe. Was ist mit meiner Mutter?"

„Sie wird ebenfalls verhört. Auch in dieser Angelegenheit gibt es Klärungsbedarf."

Während sie sich unterhielten, wurde die Leiche Kanikas in einem Plastiksack hinausgetragen, vorbei an Stora und Ugonna. Leise, fast nicht hörbar bemerkte Ugonna:

„Ja Vater, hier trennen sich unsere Wege für immer, aber anders, als du es dir vorgestellt hast. Damit hast du nicht gerechnet."

Dann wandte er sich ab.

Stora gab den Leichensackträgern einen Wink, zu ihm zu kommen und den Sack zu öffnen. Wenigstens jetzt wollte er wissen, wie sein Erzfeind Akono Kanika aussah. Zufrieden und gleichzeitig stolz betrachtete er die tote Gestalt. Nichts Besonderes stellte er mit Genugtuung fest. Nur ein kleiner, dicker Mann, der sich maßlos überschätzte. Endlich, dachte er, endlich kann ich in dieser Hinsicht Ruhe finden und einen Schlussstrich ziehen. Dann winkte er Sandra und Penelope zu sich.

„Sie gehen zum Wagen und fahren mit Ines zur Polizeistation. Ich komme mit dem jungen Mann später nach. Wir holen noch ein wichtiges Beweisstück. Ich nehme Argos mit, als Druckmittel, auch, wenn ich es ihm anders gesagt habe. Damit weiß er sofort, dass er die Wahrheit erzählen muss und ich es ernst meine, mit dem, was ich ihm angedroht habe."

„In Ordnung. Wo wird Mira vernommen?", wollte Sandra wissen und übergab Argos.

„Ob sie dem BKA übergeben wird, hängt auch von Ugonnas Aussage ab und der Aussage seiner Mutter. Bis zur endgültigen Klärung, kommt sie mit uns. Sie sitzt schon in einem der Streifenwagen. Ich habe den Kollegen mitgeteilt, dass sie besonders wachsam sein müssen", erklärte er ihr

Dann holte er Ugonna, bei dem abermals der Angstschweiß ausbrach, als er Argos erblickte. Nervös erkundigte er sich:

„Muss er unbedingt in unserem Wagen mitfahren? Ich sage die Wahrheit, ganz bestimmt."

„Ja, muss er. Damit du nicht auf dumme Gedanken kommst. Du kannst dich auf die Beifahrerseite setzen", erwiderte Stora.

Argos machte es sich auf der Rückbank bequem. Endlich konnte er sich hinlegen. Er knurrte leicht und blieb wachsam, vor allem Ugonna gegenüber, den er aufmerksam beobachtete. Nachdem alle im Wagen saßen, fuhren sie zu dem abbruchreifen Haus, aus dem sie das Notebook besorgten. Argos blieb solange alleine im Wagen zurück.

Auch, wenn es noch nicht lange hinter der Wandverschalung verborgen lag, war seine Hülle schon von einer dünnen Staubschicht bedeckt.

„Ein gutes Versteck", lobte Stora.

„Bevor ich meinen Kollegen deine Aufnahmen zeige, möchte ich mir sie ansehen, damit ich sicher sein kann, dass wir genügend Beweismaterial haben. Ich entscheide dann, inwieweit es relevant ist."

Sie gingen die Stufen vom Keller in den Flur des Hauses und setzten sich auf den Boden. Ugonna entfernte die Schutzhülle des Notebooks und gab die Pinnummer ein. Nach einigen Handgriffen konnte Stora die Drohnenaufnahmen begutachten. Die meisten davon waren Naturaufnahmen.

Erstaunlich, wie scharf die Bilder sind, sinnierte Stora.

Es gab wenige Aufzeichnungen, auf denen die drei Frauen zu erkennen waren.

Als Stora betrachtete, wie sie den Bergpfad entlang gingen, musste er unwillkürlich an Sandra denken.

Bei ihrer Entführung empfand er nur Hass für sie, da er angenommen hatte, sie sei für den Tod von Samawati verantwortlich. Doch schon damals bewunderte er ihren Überlebenswillen und ihre Intelligenz. Jetzt erinnerte er sich an ihre Umarmung und wie er sie danach ansah und es kam noch ein weiteres Merkmal dazu: ihre Schönheit. Er gestand sich ein, dass er Probleme hätte, wenn dieser Fall zum Abschluss kommt und er sie nie mehr wiedersehen würde.

„Hallo, Herr Stora? Kann es sein, dass Sie momentan nur physisch anwesend sind?"

Ugonna holte ihn aus seinen Überlegungen zurück.

„Ich habe nur abgewägt, ob es für die polizeilichen Untersuchungen notwendig ist, diese Aufnahmen vorzulegen."

„Wie lautet ihre Entscheidung?"

„Es gibt nur eine einzige relevante Aufnahme."

„Welche ist das?"

Ugonna stellte die Frage, obwohl er genau wusste, was Stora meinte.

„Ich gehe davon aus, dass die Drohne die Szene am Abgrund ohne dein Wissen gefilmt hat. Du ziehst den leblosen Körper des Försters nah an den Abgrund und stößt ihn dann hinunter."

Ugonna bekam erneut Schweißausbrüche. Stotternd versuchte er, sein Handeln zu erklären, dafür war ihm auch eine Lüge willkommen.

„Was ich getan habe, tut mir unendlich leid. Mein Vater gab mir den Befehl dazu. Das war auch alles auf meinem Handy. Die Aufnahmen zerstörte mein Vater jedoch. Ich habe Sie hierher geführt, um Ihnen das Material auszuhändigen. Wenn ich Ihnen nichts erzählt hätte, wüssten Sie gar nicht, dass es diese Aufnahmen gibt."

„Ich bin geneigt, dir zu glauben. Wenn man in einem autoritären Umfeld wie deinem groß wird, das geprägt ist von einem herrschsüchtigen Vater, der vorgibt, die Mutter sei tödlich verunglückt, dann kommt es wahrscheinlich zu solchen ‚Kurzschlusshandlungen'. Dein Handeln erfolgte unter starkem psychischem Druck. Mir ist nun klar, warum Argos sich dir gegenüber so verhält. Er hat mitbekommen, wie du den Förster den Abhang hinunter gestoßen hast. Das wird er so schnell nicht vergessen. Du kannst es ihm nicht verübeln, dass er auf dich so aggressiv reagiert."

Stora hatte Mitleid mit Ugonna. Aber er musste auch den nächsten ungeklärten Sachverhalt lösen.

„Bleibt noch die Frage, wer die Sicherheitsleute, die mit dir die Suche aufgenommen hatten, erschossen hat."

Zu Ugonnas Schweißausbrüchen kamen Tränen. Er schluckte, nahm seinen Laptop abermals zur Hand und spielte die entscheidende Ansage ab. Stora erkannte Kanikas Stimme, die seinem Sohn befahl, die Männer zu töten. Er war schockiert. Dass sich dieser eiskalte, gewissenlose Psychopath nicht an soziale Normen und Gesetze hielt, war die eine Sache, aber wie kann ein Vater so etwas von seinem Kind verlangen.

„Leider kann dein Vater für all seine Verbrechen und für das, was er dir angetan hat, nicht mehr belangt werden. Ich werde mich für dich einsetzen und dafür sorgen, dass dein Strafmaß nicht zu hoch ausfällt. Du hast die Anweisungen deines Vaters ausgeführt und musstest damit rechnen, von ihm ebenfalls getötet zu werden, wenn du dich weigerst. Das ist aus diesen Aufzeichnungen zu ersehen. Du bist noch nicht volljährig, das wird berücksichtigt werden, falls es zu einer Verurteilung kommen sollte. Gemeinsam finden wir eine Lösung, das verspreche ich dir."

Stora hielt ihm seine rechte Hand als Versöhnungsgeste entgegen. Ugonna ergriff sie und hielt sie lange fest. Er war dankbar für Storas angebotene Unterstützung. Auch wenn die Befehle von seinem Vater kamen, umgebracht hatte er die Männer, das wurde ihm erst jetzt, nachdem er die Aufnahmen abermals sah, klar.

Sie erhoben sich nach einer Weile und liefen schweigend zum Wagen, den Stora neben dem riesigen Plakat mit dem Neubauvorhaben geparkt hatte.

Ugonna ging zielstrebig auf das Plakat zu und stieß mehrmals mit den Füßen dagegen, solange, bis es nachgab und umknickte.

„Ich denke, dass dieses Bauprojekt niemals realisiert wird", erklärte er Stora sein Handeln.

Dann stiegen beide in den Wagen und fuhren los.

KAPITEL 16

Auf dem relativ kleinen Polizeirevier herrschte reges Treiben. Das konnten die Freundinnen schon von außen erkennen. Irgendwie hatte die Presse von den Ereignissen auf Kanikas Anwesen erfahren. Sandra wurde von einem Journalistenkollegen, mit dem sie vor einigen Jahren zusammen gearbeitet hatte, sofort erkannt. Er kam aus dem Gebäude und begrüßte sie mit den Worten:

„Wenn du hier bist, dann verbirgt sich hinter der Erstürmung des Kanika Geländes mehr als die Kleingeister da drinnen mir mitteilen wollen."

„Ich weiß nicht, was du meinst", wiegelte sie den Kollegen ab.

„Ich bin hier, weil ich eine Anzeige aufgeben möchte. Mir wurde mein Auto gestohlen", spielte sie ihr Erscheinen herunter und hoffte, dass er ihr die Schwindelei abnahm.

Er sah sie verdutzt an und wusste nicht, ob er ihr glauben sollte oder ob sie die Story, die er hinter all dem Aufwand vermutete, nur für sich ausschöpfen wollte. Penelope mischte sich ein.

„Es wäre gut, wenn wir die Anzeige heute noch aufgeben. Ich habe echt andere Sachen zu erledigen und keine Lust stundenlang auf diesem Revier zu verbringen. Sieh dir mal den Andrang an. Soll ich jetzt als Zeugin aussagen oder nicht?"

„Unbedingt."

Sandra war erleichtert, dass Penelope ihr so geistesgegenwärtig aus der Klemme geholfen hatte. Zu ihrem Ex-Kollegen bemerkte sie:

„Siehst du, es gibt keine Story, nur eine Anzeige gegen Unbekannt.

Auch Ines musste ihren Kommentar abgeben:

„Entschuldigung, dürfen wir mal vorbei oder möchten Sie uns weiterhin wegen Nichts aufhalten?"

Etwas verärgert trottete er davon.

„Danke, dass ihr so schnell reagiert habt", wandte sich Sandra an ihre Freundinnen.

„Das habe ich gern gemacht", wehrte Penelope ab. Ines stimmte mit einem Lächeln zu.

Sandra blickte auf ihre Armbanduhr.

„Ich frage mich, wo Stora so lange bleibt", äußerte sie beunruhigt.

„Du machst dir um ihn genauso große Sorgen wie er sich um dich. Euch verbindet mehr, als ihr zugeben wollt", stellte Ines fest.

„Wann hat er sich um mich gesorgt?" fragte Sandra neugierig nach.

„Auf Kanikas Anwesen. Als ihr zwei die Pinkelrunde mit Argos gedreht habt, ist er ausgeflippt vor Sorgen."

„Er war wegen Argos beunruhigt. Er hat ihn in sein Herz geschlossen. Ist dir das nicht aufgefallen?", wiegelte Sandra ab.

Sie konnte sich nicht vorstellen, das Stora für sie etwas empfand. Wobei, als er sie vorhin in den Arm nahm, fühlte sich das gut an.

„Mach dir nur weiter etwas vor. Ich erkenne, wenn zwei Menschen füreinander bestimmt sind und fertig" schmollte Ines vor sich hin.

„Ich schlage vor, wir gehen erst einmal hinein und suchen uns in dem ganzen Wirrwarr einen einigermaßen ruhigen Rückzugsort, falls es dort so etwas gibt", unterbrach Penelope die Diskussion.

„Gute Idee", pflichtete Sandra ihr bei und ertappte sich bei dem Gedanken, was wäre, wenn sie und Stora zusammen kämen.

Ihre Gedanken schweiften noch weiter ab. Beziehungen waren bis dato nicht ihr Ding. Ihr Beruf war zu unstet dafür. Ständig an neuen Orten, konnte sie keine längerfristigen Bindungen eingehen. Die längste dauerte sechs Monate, so lange, wie sie für eine umfangreiche Recherche benötigte. Damals fühlte sie sich einsam in dieser gottlosen Gegend, in der sie Hinweisen nachging, die für ihren Bericht entscheidend waren. Nachdem sich die Hinweise verifizieren ließen und sie ihren Bericht abschließen konnte, war auch die Beziehung abgeschlossen. Das war kein Drama für sie. Für den Mann, mit dem sie ein Verhältnis eingegangen war, jedoch schon.

Er wollte sie nicht verlieren und als er merkte, dass es keine gemeinsame Zukunft gab, stalkte er sie. Es begann mit merkwürdigen Anrufen, zerstochenen Autoreifen und allem, was sich Männer noch so einfallen lassen, wenn ihr Ego verletzt wird. Er gab erst auf, als sie ihm einen Kleinkriminellen auf den Hals hetzte, der ihr noch etwas schuldete. Dieser verprügelte ihn ordentlich und gab sich als sein ‚Nachfolger' aus. Das wirkte. Er belästigte sie nie mehr. Bis jetzt kam sie ohne Männer besser im Leben zurecht als mit. Wozu brauchte sie einen Mann?

„Sandra? Hörst du mir zu? Hier ist alles voll. Wir gehen am besten wieder in unsere Abstellkammer und lassen die Türe offen. Ohne Argos' Ausdünstungen hält man es dort bestimmt besser aus."

Wie durch einen Nebel nahm Sandra die Stimme von Ines wahr.

„Sobald Stora eintrifft, sorgt er dafür, dass wir angemessen unterkommen", erwiderte sie.

„Ja, dein Superheld wird es schon richten", belustigte sich Ines.

Die einzelnen Büros waren durch Glasscheiben abgeteilt. Auf dem Weg zur Abstellkammer entdeckte Sandra die Mutter von Ugonna. Ein Beamter nahm ihre Personalien auf. Mira war nirgendwo zu sehen, wahrscheinlich befand sie sich in einem separaten Raum ohne Einblick.

Als die drei vor der geöffneten Abstellkammer standen, blieb Sandra entsetzt stehen und kündigte lautstark an:

„Bevor ich mich da reinquetsche, warte ich lieber draußen. Niemand kann von mir verlangen, dass ich dort hinein gehe. Das ist mir zu eng, ich bekomme Platzangst."

Sie drehte sich um und hastete Richtung Ausgang.

„Mist, das ist natürlich zu viel für sie. Wir hätten daran denken müssen, dass sie erst vor kurzem in dem engen Loch gefangen war", merkte Penelope mit schlechtem Gewissen an und rannte ihr hinterher. Auf den Treppenstufen des Ausgangs holte sie Sandra ein.

„Entschuldige bitte, das war dumm von uns", versuchte sie die unangenehme Situation zu retten.

„Schon gut. Ich bin selber überrascht, dass ich so heftig reagiert habe. Ich hätte nicht gedacht, dass mich die Erlebnisse der letzten Tage so mitnehmen", wehrte Sandra ab.

Ihr Blick schweifte in Richtung Parkplatz und ihre Augen leuchteten, als sie Stora erkannte, der mit Ugonna und Argos im Schlepptau auf sie zukam. Hastig eilte sie die restlichen Stufen hinunter.

„Was gibt es Neues?", stürmte sie sofort aufgeregt auf ihn los.

„Wir haben einiges zu berichten. Ugonna möchte jedoch erst einmal mit seiner Mutter sprechen. Wo ist sie denn?", erkundigte er sich.

„Vorhin wurden ihre Personalien aufgenommen. Sie befand sich in einem der Glasfensterbüros.

Ugonna hatte Sandras Bemerkung über seine Mutter mitbekommen und beeilte sich, in das Gebäude zu gelangen, wo er zugleich mit der Suche nach Abebi begann. Er fand sie auf dem Flur stehend, inmitten der Verhafteten.

Das Wiedersehen verlief stürmisch. Nach dem Austausch mehrerer Streicheleinheiten löste sich Ugonna aus der Umarmung seiner Mutter und fragte Stora, der sich inzwischen dazu gesellt hatte, schüchtern:

„Wurde meine Mutter ebenfalls verhaftet?"

„Nein, wir benötigen sie aber als Zeugin. Sie kann uns Informationen über die Machenschaften deines Vaters geben, auch, wenn sie für längere Zeit eingesperrt war. Sie kann für dich aussagen und erklären, wie Kanika als Vater war", erklärte Stora.

„Das beruhigt mich", sagte Ugonna erleichtert.

Stora machte den Vorschlag, dass alle mit in sein Büro kommen sollten, da es dort ruhiger war und man ungestört miteinander reden konnte.

„Bitte folgen sie mir."

Stora löste sich aus der Gruppe und marschierte voran in die erste Etage zu seinem Büro. Er öffnete die Türe.

„Treten sie ein. Ich besorge noch weitere Stühle. Ugonna hilfst du mir?"

„Ja, gerne."

Stora benutzte das Büro nur übergangsweise, bis der Fall abgeschlossen war. Vielleicht war das der Grund dafür, dass es in der Ausstattung einiges zu wünschen übrig ließ.

Auch nicht viel größer als die Büros im Erdgeschoss, hatte es wenigstens ein großes Fenster, das für ausreichend Tageslicht sorgte. Der einsame Kaktus auf dem Fensterbrett schien sich dort wohl zu fühlen. Ein weiterer Vorteil war, dass Stora das Büro alleine nutzen konnte.

Ein absolutes No-Go stellten aber die Büromöbel dar. Der dunkle Schreibtisch bot zwar eine hinreichende Ablagefläche für die Polizeiakten, jedoch erdrückte er das kleine Zimmer, zumal schon die schwarzen Aktenschränke für Beklemmung bei Sandra sorgten. Der Bürostuhl hatte seine beste Zeit längst hinter sich. Wenigstens schien der PC, dem Äußeren nach, auf dem aktuellsten Stand zu sein.

Sandras Beklemmungen wurden immer stärker. In diesem Raum befanden sich eindeutig zu viele Menschen, ganz zu schweigen von dem Hund. Während die anderen damit beschäftigt waren, die herangeschafften Stühle aufzustellen, peilte sie zielstrebig das Fenster an, nahm den Kaktus von der Fensterbank und öffnete es weit.

„Luft", sagte sie, während sie tiefe Atemzüge tätigte.

Sie wandte sich den Anwesenden zu und fragte: „Kann ich das Fenster geöffnet lassen?"

Alle willigten ein. Sie postierte ihren Stuhl vor dem offenen Fenster und nahm Platz.

Nachdem für jeden eine Sitzgelegenheit geschaffen wurde, begann Stora mit seinen Ausführungen.

„Es gab einen guten Grund, weshalb Ugonna und ich einen Umweg fuhren. Er hatte klugerweise sein Notebook mit wichtigem Material in einem Abbruchhaus versteckt, damit es ihm von seinem Vater nicht entwendet werden konnte. Wir haben es von dort geholt. Ich habe schon einmal die Aufnahmen angesehen, nicht alle, aber ich habe einen ersten Einblick gewonnen. Das Wichtigste vorab: Dank Ugonnas Aufzeichnungen wissen wir nun, wo sich Argos ehemaliges Herrchen befindet. Leider lebt Harald Metsureiden nicht mehr."

„Bedeutet das, sie sind sein neues Herrchen?", wollte Ines wissen.

„Wichtiger ist doch, den Förster zu bergen und würdevoll zu beerdigen, finden sie nicht?", konterte Stora.

„Natürlich", antwortete Ines verlegen.

„Wenn Sie sich um die Bergung kümmern, dann veranlasse ich mit meinem Onkel alles für seine Beerdigung. Das sind wir ihm schuldig. Er hat sehr viel für uns getan", schlug Penelope vor, die sichtlich mitgenommen von dieser neuen Nachricht war.

„Das werde ich. Allerdings erfolgt nach seiner Bergung eine Obduktion, um die genaue Todesursache zu klären. Obwohl wir Ugonnas Aufnahmen haben, ist das Vorschrift. Die Beerdigungsformalitäten können Sie schon erledigen, die Beisetzung wird jedoch erst in einigen Wochen stattfinden können."

Auch wenn sich alles verzögerte, war Penelope erleichtert, dass sie über den Verbleib von Metsureiden endlich Bescheid wusste.

Ich möchte meine Ausführungen noch erweitern", fuhr Stora fort.

„Ugonna hat mir auf dem Weg hierher detailliert geschildert, wie Mira den Makler und den Sicherheitsmann im Kinosaal erschossen hat und wie es sich mit der Erschießung von Kanika verhielt. Ich muss sagen, es ist schon mehr als merkwürdig, dass sie den Mann erschießt, mit dem sie eine Affäre hatte. In den kommenden Verhören wird sie uns über ihre Motive sicherlich Auskunft geben. Da Mira dafür gesorgt hat, dass Kanika nicht mehr zur Verantwortung gezogen werden kann, bleiben nur noch sie und Ugonna als Angeklagte übrig. Wenigstens hat Mira durch die Erschießung von Kanika dafür gesorgt, dass wir noch leben und nicht in die Luft gesprengt wurden."

„Ugonna ist nicht volljährig, deshalb wird sein Strafmaß wahrscheinlich gering ausfallen. Was meinen sie", wollte Sandra von Stora wissen.

„Ugonna ist teilweise strafmündig. Wir sollten abwarten und es den Richtern überlassen die Strafe festzusetzen. Jeder, der an diesem Verfahren beteiligt ist, wird die kommenden Aufnahmen sehen und hören", erklärte Stora ihr.

Während seiner Erklärung schloss er Ugonnas Laptop an das Stromnetz an, öffnete die entsprechende Datei und wandte sich wieder den anderen zu.

„Bevor wir uns weiter in Detailfragen begeben, möchte ich ihnen Ugonnas Aufnahmen von seinem Laptop zeigen. So können sie sich ebenfalls ihre eigene Meinung bilden. Ich muss sie warnen, die Bilder sind teilweise äußerst grausam und schwer zu verkraften. Um jede Einzelheit mitzubekommen, müssten sie sich bitte einmal hinter mir aufstellen."

Schnell erhoben sich alle von ihren Stühlen und versammelten sich hinter Stora. Die Aufnahmen, die sie sahen und hörten, erschütterten sie. Nach deren Beendigung nahmen sie abermals schweigsam auf ihren Stühlen Platz.

„Dein Vater war ein Schwein. Er hat dich benutzt. Warum hast du dich nicht geweigert, sich seinen Befehlen widersetzt. Du bist kein kleines Kind mehr und kannst selber nachdenken. Ich denke, es wird schwierig sein, dich als komplettes Unschuldslamm damit durchkommen zu lassen."

Mit ihrer direkten Art sprach Ines das an, was alle dachten. Ugonna verteidigte sich nicht, er zuckte lediglich mit den Schultern und senkte seinen Kopf noch tiefer. Am liebsten hätte er sich irgendwo verkrochen.

Stora war anderer Meinung.

„Vielleicht bekommt Ugonna eine Chance, wenn im Vorhinein klar wird, dass er keine andere Wahl hatte, als den Anweisungen seines Vaters zu folgen."

Zu Abebi gewandt fragte er:

„Mich interessiert etwas anderes. Warum hat Ihr Mann Sie in den Bunker gesperrt und Ugonna in dem Glauben gelassen, Sie seien bei einem Autounfall ums Leben gekommen?"

Nach der langen Dauer im Bunker machte Abebi einen besonders zerbrechlichen Eindruck. Mit verhaltener Stimme begann sie zu erzählen.

„Akono war schon immer ein schlechter Verlierer. Als wir heirateten war ich noch sehr jung und naiv. Ich war mir nicht im Geringsten im Klaren darüber, wen ich heirate. Im Laufe unserer Ehe erkannte ich, dass Akono kein guter Mensch war. Er bot mir ein Luxusleben, aber er erwartete, dass ich seinen Idealvorstellungen zu tausend Prozent entsprach. Wenn ich mich nicht verhielt, wie ich sollte, verprügelte er mich. Er formte mich nach seinen Vorstellungen. Ich war nicht mehr ich selbst. Nach der Geburt von Ugonna wurde es noch schlimmer. Er hatte nun seinen ‚Thronfolger', vergnügte sich mit anderen Frauen und ich fühlte mich als seine Leibeigene. Mein Gesundheitszustand verschlechterte sich zusehends. Ich kam auf ärztlichen Rat in eine Privatklinik und verliebte mich in den behandelnden Arzt. Die Liebe wurde erwidert. Ich war zum ersten Mal in meinem Leben wunschlos glücklich und wollte Akono mit meinem Sohn verlassen.

Ich wusste nicht, dass er mich überwachen ließ und alles erfahren hatte. In der Nacht meiner Flucht ließ er mich durch einen seiner Sicherheitsleute abfangen und seitdem fristete ich mein Dasein in dem Bunker. Hin und wieder kam Kanika, um nach mir zu sehen. Er ergötzte sich aber eher an meinem Schicksal, als sich ernsthaft damit auseinander zu setzen, warum ich ihn verlassen habe. Seinen Butler beauftragte er damit, mich mit Lebensmitteln und anderen wichtigen Sachen für mein Überleben zu versorgen Es wäre ein Leichtes für Akono gewesen, mich nach einigen Monaten aus dem Betonungetüm, in dem schreckliche Dinge vor sich gingen, gehen zu lassen. Er tat es nicht. Sie müssen unbedingt den sogenannten Entsorgungsraum gründlich untersuchen. Es sind dort viele Grausamkeiten passiert. Ich habe nie etwas beobachten können, aber diese grässlichen Geräusche, die ich hören konnte, verfolgen mich bis tief in meine Träume, so dass ich nachts oft schweißgebadet erwache."

Abebi schüttelte sich. Stora versuchte, sie zu beruhigen.

„Meine Kollegen nehmen das gesamte Anwesen genauestens unter die Lupe. Falls es dort etwas Auffälliges gibt, finden sie es. Machen sie sich keine Sorgen. Sie sind endlich in Sicherheit".

„Besorgt bin ich um Ugonna."

Sie sah zu ihm hinüber.

„Niemals hätte er von sich aus diese schrecklichen Dinge gemacht."

„Das weiß ich."

„Ich kann mich nur wiederholen. So ein Schwein. Gut, dass er tot ist", bemerkte Ines erneut sehr wütend und die rechte Faust geballt.

„Wie geht es denn weiter?"

Sandra hatte sich von dem Schock, den die Aufnahmen bei ihr ausgelöst hatten, erholt und sah fragend in die Runde.

„Möchten Sie die Kurzform oder die ausführliche Variante hören", erkundigte sich Stora.

„So ungefähr weiß ich Bescheid. Ich möchte trotzdem die ausführliche Variante von Ihnen. Frau Kanika und Ugonna haben bestimmt keine Ahnung, was auf sie zukommt. Außerdem habe ich heute nichts mehr vor", strahlte Sandra ihn an, was Stora erwiderte.

„Sandra, von Ihnen und Ugonna müssen noch die Personalien aufgenommen werden. Alle Anwesenden bekommen in den nächsten Tagen eine Vorladung und werden von einem Staatsanwalt zum Sachverhalt vernommen, am besten im Beisein ihres eigenen Anwalts. In diesem Ermittlungsverfahren werden Beweise erhoben und es wird untersucht, ob sie hinreichend verdächtig sind. Die Polizei sucht nicht nur belastende sondern auch entlastende Beweise. Wenn der Staatsanwalt am Ende des Ermittlungsverfahrens der Meinung ist, dass eine Verurteilung wahrscheinlicher als ein Freispruch ist, wird eine Abschlussverfügung erlassen."

Abebi unterbrach Stora.

„Könnte ich während des Ermittlungsverfahrens Akteneinsicht nehmen. Ich möchte doch wissen, was Ugonna alles vorgeworfen wird und ob das berechtigt ist."

„Akteneinsicht erhält nur ihr Anwalt. Deshalb ist es so wichtig, dass Sie schnell einen Anwalt engagieren", war Storas Ratschlag.

„Wenn das so einfach wäre. Ich kenne leider keine Anwälte und wüsste nicht, wen ich auswählen sollte." Abebi wurde immer verzweifelter.

„Ich gebe Ihnen eine Liste mit in Frage kommenden Strafverteidigern und kreuze an, wen ich empfehle. Außerdem werde ich mich für ihren Sohn einsetzen. Er soll nicht für die Fehler, die sein Vater begangen hat, büßen. Das wäre mehr als unfair", ergänzte er.

„Genauso machen wir es", fügte Penelope hinzu und wurde von Ines und Sandra durch ein gemeinsames Kopfnicken unterstützt.

Abebi hakte weiter nach. Es ging um ihren Sohn und deshalb wollte sie sich, so gut es ging, informieren. Sie hatte ihn so lange nicht gesehen. Im Falle einer Verurteilung würde wieder eine lange Zeit ohne ihn vergehen und sie war sich nicht sicher, ob sie eine weitere Trennung von ihm emotional verkraften würde.

„Was geschieht, wenn Anklage erhoben wird?"

„Dann wird ein Zwischenverfahren durchgeführt. Es hat eine Filterfunktion und prüft, ob nach Aktenlage eine Verurteilung wahrscheinlich ist. Ist das der Fall, eröffnet das Gericht das Hauptverfahren. Andernfalls lehnt es die Eröffnung ab."

Abebi sah Ugonna liebevoll an. Sie saßen nebeneinander und sie nahm seine Hand.

„Auch, wenn viel für Ugonna spricht, denke ich, dass es zu einem Hauptverfahren kommen wird. Alleine die Tatsache, dass er Kanikas Sohn ist, wird dafür sorgen."

„Das kann aber auch zum Vorteil sein, denn hier verschafft sich das Gericht einen persönlichen Eindruck vom Angeklagten. Wie sie schon sagten, Ihr Sohn ist ein guter Junge. Das Gericht wird es erkennen und der Jugendrichter ein mildes Urteil fällen."

Abebis Besorgnis nahm noch weiter zu.

„Er muss bestimmt ins Gefängnis. Ugonna hat drei Menschen getötet. Einen weiteren den Abgrund hinuntergestoßen. Das ist kein Kavaliersdelikt."

Stora versuchte sie zu besänftigen.

„Die Punkte, die ich hier angeführt habe, gelten für Mira, sie wird nach Erwachsenenrecht verurteilt und muss eine langjährige Haftstrafe antreten. Davon gehe ich aus. Für Ugonna gilt das Jugendgerichtsgesetz. Natürlich kann es zu einer Sicherungsverwahrung kommen. Sie dauert grundsätzlich zwischen 6 Monate und maximal 5 Jahre, ganz selten 10 Jahre. Diese Strafe wird aber nur verhängt bei schädlichen Neigungen oder der besonderen Schwere der Schuld. Ich bin immer noch der Meinung, dass der Jugendrichter andere Maßnahmen ergreifen wird."

„Welche Maßnahmen meinen Sie? Gibt es eine Chance, dass er nicht ins Gefängnis muss?", bohrte Abebi nach.

„Erziehungsregeln und Zuchtmittel, das bedeutet Verwarnungen, bestimmte Auflagen, vorübergehende Heimunterbringung, Sozialstunden. Es steht eine Vielzahl dieser Maßnahmen zur Verfügung. Erst, wenn die Erziehungsmaßregeln nicht ausreichen, können so genannte Zuchtmittel oder die eigentliche Kriminalstrafe des Jugendstrafrechts, die Jugendstrafe, angeordnet werden. Ihr Anwalt kennt sich damit besser aus. Er wird Ihnen das, was ich gerade zum Ablauf dargelegt habe, viel expliziter ausführen."

Während des Gespräches erstellte Stora eine Anwaltsliste. Nachdem er drei Anwälte mit dem Marker hervorhob, die er für Ugonnas Verteidigung am geeignetsten hielt, überreichte er die Liste Abebi, die diese dankbar entgegennahm.

„Sie wären ebenfalls ein guter Strafverteidiger", bemerkte Ines. „Sollte es Ihnen bei der Polizei nicht mehr gefallen, dann sollten Sie unbedingt Jura studieren", schlug sie ihm vor. „Sie haben das so perfekt erklärt, ich denke, ein Anwalt kann das nicht besser erläutern."

Stora räusperte sich, so als wäre ihm das, was er dann entgegnete peinlich.

„Das habe ich. Bevor ich zur Polizei kam, arbeitete ich als Anwalt."

Die Bemerkung sorgte bei allen für Erstaunen.

„Wirklich? Das ist fantastisch. Was hält Sie dann davon ab, Ugonnas Verteidigung zu übernehmen?", schlug Sandra vor.

Stora war erstaunt, wie gut sich Sandra in ihn hineinversetzten konnte. Er hatte selber schon überlegt, wie es nach dem Fall weitergehen sollte. Seine Mission, Kanika zu fangen und zu vernichten, war erfüllt. Kanika war tot.

Ugonna war für die Machenschaften nicht verantwortlich. Kanikas väterliche Manipulation führte dazu, dass er dessen Befehle ausführte.

In Storas Kopf war das Gerüst für Ugonnas Verteidigung schon vorhanden, es musste nur noch mit den passenden Details vollendet werden.

KAPITEL 17

Noch am selben Tag erfolgte die Sichtung von Danas Handyfotos und Ugonna machte seine Aussage. Danach wurde Mira sofort dem BKA überstellt.

In ihrer Gerichtsverhandlung, die einige Monate später stattfand, sagten die drei Freundinnen gegen sie aus. Es fiel ihnen nicht leicht, Mira im Gerichtssaal wieder zu begegnen. Sie hatte sich verändert, nicht nur äußerlich. Da sie sich eher als Opfer, denn als Täterin sah, erhoffte sie für sich ein mildes Urteil. Sie zählte die Namen der Geschäftsleute und Politiker auf, die am Immobiliendeal beteiligt waren. Immer darum bemüht, ihre Fassade zu wahren und wenn nötig, auf die Tränendrüse zu drücken.

Dass sie Pain, den Butler und auch Kanika erschossen hatte, stellte sie als Notwehr dar.

Sie gab die perfekte Vorstellung. Glücklicherweise fiel das Gericht nicht auf ihr theatralisches Schauspiel herein und mit Ugonna als Zeuge, wurde der Tathergang so dargelegt, wie er sich wirklich zugetragen hatte. Wegen der Schwere der Schuld bekam sie eine lebenslange Haftstrafe, ohne Aussicht darauf, jemals wieder das Gefängnis verlassen zu können. Als sie nach dem Urteilsspruch mit Handschellen aus dem Gerichtssaal herausgeführt wurde, ging sie extra langsam und wandte sich an ihre ehemaligen Freundinnen mit den Worten:

„Ihr bekommt auch noch eure gerechte Strafe. Freut euch nicht zu früh. Das Leben ist unberechenbar."

Ines rief ihr hinterher:

„Du bist das beste Negativbeispiel dafür, was zu viel Geld mit einem Menschen macht."

An ihre Freundinnen gerichtet sagte sie schockiert:

„Mira hat sich charakterlich zu einem verhärmten und gefühllosen Weibsstück entwickelt."

„Vielleicht wird man so, wenn man sich von der Welt verraten fühlt", entgegnete Sandra und fügte hinzu:

„Ich habe viel über Mira nachgedacht, vor allem über das, was sie in dem abgelegenen Haus gesagt hat. Sie hat sich von uns ungerecht behandelt und missverstanden gefühlt. Leider haben wir das nicht rechtzeitig erkannt. Ich denke, tief in ihrem Inneren hat sie sich extrem hilflos gefühlt. Diese ohnmächtige Wut, ihre Rachegefühle und Aggression waren ein Hilfeschrei. Sie war schon damals eine Gefangene in ihrem eigenen Käfig, aus dem sie ohne Hilfe nicht entkommen konnte. Diese Hilfe hat sie sich von uns erhofft und wir haben ihre Signale nicht verstanden."

„War es denn zu diesem Zeitpunkt nicht sowieso schon zu spät?", warf Penelope ein und ergänzte: „Sandra, du bist jahrelang beruflich in der Welt umhergereist und hattest nur sporadisch Kontakt zu uns. Wir waren vor Ort und oft mit ihr zusammen. Uns hätte auffallen müssen, dass mit ihr etwas nicht in Ordnung ist. Aber wir bemerkten nur, dass sie materielle Dinge um sich herum anhäufte. Sie hätte selber erkennen müssen, dass sie für ihre Verbitterung ganz alleine die Verantwortung trägt. In ihr steckte dermaßen viel Hass, das hat mich davon abgehalten, ihr Beistand zu leisten."

Es war das letzte Mal, dass alle vier aufeinander trafen. Am nächsten Tag erfuhren Sandra, Ines und Penelope, dass Mira auf dem Weg in die für sie vorgesehene Haftanstalt gestorben sei. Sie hatte sich mit einer Zyankalikapsel, die sie in ihrem Riesenringe versteckt hatte und die sie schon seit Wochen mit sich trug, vergiftet.

Nicht alle waren erschüttert, als sie davon erfuhren. Für Ines war Mira weiterhin die Bitch, die es nicht besser verdient hatte und an ihrem Ende als einzige selber Schuld trug. Penelope wunderte sich, dass man ihr den Ring nicht vor der Untersuchungshaft abgenommen hatte. Warum das so war, blieb ungeklärt.

Miras Beisetzung fand anonym, ohne jegliche Begleitung, auf Staatskosten statt. Ihr Vermögen samt Wohnung wurde beschlagnahmt.

Es stellte sich heraus, dass diejenigen Honoratioren der Stadt, die ebenfalls in den Immobilienskandal verwickelt waren, mit Kanika weitere dubiose Betrügereien aus reiner Geldgier tätigten. Für sie gab es ebenfalls langjährige Haftstrafen.

Im Nachhinein wurde auch der Tod des Mannes aufgeklärt, der das Fabrikgelände gekauft hatte. Der Käufer, der als Strohmann für die Geldwäsche diente, wollte sein Gewissen erleichtern und die Namen der Hintermänner preisgeben. Deshalb ging er damals zu Mira. Da er nicht wusste, dass sie in die Machenschaften mit verwickelt war, denn sie leitete seinen Namen an Kanika weiter, kostete ihn das sein Leben.

Die weiteren Spitzel bei der Staatsanwaltschaft und der Polizei konnten leider nicht ausfindig gemacht werden. Sie gingen extrem geschickt vor und verschleierten gekonnt ihre Spuren. Gut für die Spitzel, schlecht für beide Institutionen, die weiterhin anfällig für Korruption und illegale Machenschaften waren. Auch, wenn die Mitarbeiter in beiden Bereichen an Gesetz und Recht gebunden waren, handelten einige von ihnen weiterhin unfair, eigennützig und undurchsichtig. Sie untergruben noch immer die Integrität und Funktionsfähigkeit dieser wichtigen Institutionen.

Für die einst so friedliche Kleinstadt brachen unruhige Zeiten an. Die Stadtverwaltung musste teilweise neu ausgerichtet werden. Zu viele Angestellte waren in die Affäre involviert. Baupläne wurden mangels Geldgeber abgesagt.

Dafür erschloss sich eine andere Geldquelle. Die Schlagzeilen in den überregionalen Nachrichten sorgten für allerhand Aufruhr. Massenhaft strömten die neugierigen Menschen auf das alte Fabrikgelände zum Fundort von Danas Leiche, um Selfies zu erstellen. Sie machten auch nicht vor Kanikas Anwesen halt. Einige überwanden die Zaunanlage und waren fasziniert von der Bunkeranlage.

Aus diesem Grund verkaufte Abebi, die nach Kanikas Tod mit Ugonna gemeinsam das Erbe antrat, das Anwesen für einen Bruchteil seines Wertes, der jedoch immer noch hoch genug war, um beiden ein angenehmes Leben zu erlauben. Sie ergriff gewissermaßen die Flucht und erwarb für sich und Ugonna ein wesentlich kleineres Areal mit einem hübschen Haus und überschaubaren Garten.

Offiziell wurde sie nie für tot erklärt. Nur Ugonna sollte glauben, dass sie nicht mehr lebte. Wie gut, dass er sie durch Zufall befreien und sich beide wieder in die Arme schließen konnten. Erst durch die Befreiung seiner Mutter wurde Ugonna bewusst, wie schmerzlich er sie all die Jahre vermisst hatte. Zu ihr konnte er eine Beziehung aufbauen, die geprägt war von Vertrauen und Verständnis, etwas, das mit seinem Vater unmöglich gewesen war.

Abebi verkörperte für ihn etwas ganz Besonderes. Sie gab ihm die einzigartige Liebe, die nur eine Mutter geben kann. Bei ihr fand er den Halt, den er nun benötigte, denn die folgenden Monate gestalteten sich schwierig für ihn. Er bereitete sich auf seine Gerichtsverhandlung vor.

Gleichzeitig ließ Abebi ihm genügend Spielraum, damit er sich seinen Neigungen entsprechend weiter entwickeln konnte. Sie wollte all das wieder gut machen, was sein Vater ihm angetan hatte.

Stora kündigte seine Stelle bei der Polizei. Von Ugonna hatte er erfahren, dass Kurt Konda unauffindbar bleiben würde. Stora überlegte, ob das die gerechte Bestrafung für jemanden wie Konda war. Letztendlich interessierte ihn dessen Schicksal nicht.

Er meldete sich wieder bei der zuständigen Rechtsanwaltskammer an und übernahm Ugonnas Verteidigung, was in Storas Augen eine lohnende Herausforderung war. Damit meinte er jedoch nicht die finanzielle Seite.

Zukünftig wollte er sein berufliches Glück als Einzelkämpfer selbst in die Hand nehmen, das entsprach seinem Naturell am ehesten. Er war sich darüber im Klaren, dass dieser Weg nicht einfach sein würde. Er versprach sich aber davon die größte Entfaltungsmöglichkeit. Räumlichkeiten für seine Kanzlei waren schnell gefunden. Da die drei nebeneinanderstehenden Villen nun doch nicht abgerissen wurden, kaufte Stora für einen geringen Preis die Villa, in der Ugonna damals sein Notebook versteckte. Die Villa besaß genügend Zimmer, so dass er einige im Erdgeschoss als Notariat umwandelte. In den restlichen Räumen wohnte er. Das Grundstück gestaltete er in einen wunderschönen Garten mit verschiedenen Bereichen, in dem es vor allem ausreichend Platz für Argos gab. Das war Stora überaus wichtig.

Sein Eifer zu so großer Risikobereitschaft wurde belohnt. Schon während der Vorbereitung des Verfahrens, bedingt durch den enormen Medienrummel, baten viele Ratsuchende um seinen Rechtsbeistand.

Was Ugonna getan hatte, konnte auch Stora nicht beschönigen. Der Jugendrichter wandte aber bei der Urteilsverkündung von drei Jahren nicht die Schwere der Schuld an, da die objektiven Umstände der Tat und die subjektiven Merkmale, also seine Motive, nicht gemeinsam vorlagen. Der Jugendrichter bedauerte ausdrücklich, dass der Hauptschuldige, Akono Kanika, leider nicht mehr zur Verantwortung gezogen werden konnte.

Ugonnas Sozialprognose fiel nach Einschätzung des Berichts der Jugendgerichthilfe gleichfalls günstig aus, so dass nach Verbüßung in einer Jugendhaftanstalt ein Teil der Strafe zur Bewährung ausgesetzt wurde.

Dennoch war dieses Urteil als Erfolg zu werten.

Sandra, die Ugonnas Gerichtsverfahren als Gerichtsreporterin verfolgte, veröffentlichte Zeitungsartikel über alle Verhandlungstage. Die Story über Kanika schrieb sie jedoch nicht, da sie persönlich zu sehr in die Geschichte involviert war und ihre Objektivität darunter stark gelitten hatte.

Die örtliche Zeitung bot ihr eine leitende Funktion an. Sie erbat Bedenkzeit, stimmte dann zu. Tief in ihrem Inneren war sie froh, dass sie einer, ihrer Meinung nach, entspannter erscheinenden Tätigkeit nachging, als ihrer früheren.

Sandra war erleichtert, dass Ines und Pen ihre Freundinnen blieben. Nach den schrecklichen Ereignissen hielten die drei noch enger zusammen. Sie mussten nicht viel miteinander reden und wussten dennoch, was der andere dachte. Sie waren wie Puzzleteile, sehr gegensätzlich und doch passten sie perfekt zusammen.

Sandra fand, es war endlich an der Zeit den beiden Danke zu sagen. Dafür, dass sie immer ehrlich zu ihr waren und nicht nachtragend. Dafür, dass sie immer zu ihr standen und sie so akzeptierten, wie sie war.

Abermals stellte sie sich die Frage, was Freundschaft wert ist, wenn sich im Nachhinein herausstellt, dass sie auf einem Lügengerüst aufgebaut wurde.

Die heftigen Auseinandersetzungen mit Mira, ihr Verrat und die Enttäuschung über ihr Handeln sowie die fehlende Loyalität und ihre Unehrlichkeit hinterließen Spuren bei allen dreien. Auch ohne ihren Tod, wären alle Brücken zu ihr abgebrochen. Mira hatte sich aus Neid und Missgunst für die falschen Werte entschieden. Sie hätten kein Vertrauen mehr zu ihr haben, sich nicht auf sie verlassen können. Es wäre kein unbekümmertes Miteinander mehr möglich gewesen.

Schlimm und traurig war auch die Beerdigung von Harald Metsureiden. Nachdem er aus der Felsspalte geborgen wurde, musste Penelope ihn mit ihrem Onkel identifizieren, da sie die einzigen waren, die dazu in der Lage waren. Er hatte keine eigene Familie. Auf diesem schweren Gang wurden sie von Ines und Sandra begleitet und unterstützt. Der Leichnam bot, bedingt durch die Schussverletzung, den Sturz und die Witterungsverhältnisse, keinen schönen Anblick. Als

Penelope das stark in Mitleidenschaft gezogene Gesicht sah, brach sie zusammen. Es dauerte lange, bis sie sich beruhigt hatte. Sie identifizierten ihn schließlich anhand eines Tattoos auf dem linken Oberarm, das eine einzelne Adlerfeder darstellte. Ihr Onkel hatte an exakt derselben Stelle diese Art Tattoo. Sie hatten es sich vor Jahrzehnten aus freundschaftlicher Verbundenheit gemeinsam stechen lassen.

Während der Beerdigungszeremonie, zu der Stora ebenfalls erschien, brach Penelope mehrmals in Tränen aus und wurde von ihren Freundinnen getröstet. Sie hatte dicke Ringe unter den Augen und war blass im Gesicht. Harald Metsureiden war wie ein weiterer Onkel für sie gewesen. Von ihm hatte sie erfahren, was es heißt, mit der Natur im Einklang zu leben.

„Denn nur wer die Natur achtet, achtet auch sich selbst. Respektiere und akzeptiere die Naturgesetze", hatte er ihr gesagt. Soweit es ging, hielt sie sich an seine Ratschläge. Seinen Tod zuzulassen und sich mit diesem abzufinden, fiel ihr jedoch sehr schwer. Innerlich kam ihr Zorn gegenüber Mira wieder hoch, wie so oft in den vergangenen Wochen. Wäre Mira nicht dermaßen materialistisch und egoistisch gewesen, würde Harald noch leben.

Als der Sarg in das ausgehobene lehmige Loch hinabgelassen wurde, erlitt sie einen Schwächeanfall. Ihr wurde übel und sie zitterte am ganzen Körper. Zu wenig Schlaf in der letzten Zeit, eine geringe Menge an Nahrungsaufnahme sowie erheblicher Flüssigkeitsmangel mündeten nun in eine starke körperliche Erschöpfung und Energielosigkeit.

Sie beruhigte sich ein wenig, nachdem sie im Café, in dem die anschließende Trauerfeier stattfand, einen Tee bestellte und ihn schluckweise trank.

Als sie wieder einigermaßen gefasst war, fiel ihr Blick auf Argos.

"Was wird denn nun aus ihm?" fragte sie besorgt und blickte hinüber zu Stora.

"Ich werde mich um ihn kümmern, falls Sie nichts dagegen haben", entgegnete er.

Penelope war froh, dass er den Hund weiterhin versorgen wollte. Ihr wäre es, aufgrund ihres Berufes nicht möglich gewesen, sich so intensiv mit ihm zu beschäftigen. Sie wusste, bei Stora hatte Argos ein schönes Zuhause, in dem er liebevoll umsorgt wurde.

Auch, wenn sich Sandra und Stora im Laufe der Gerichtsverhandlung von Ugonna mehrmals über den Weg liefen, so sprachen sie zum ersten Mal intensiv auf der Raue, bei Kaffee, Kuchen und belegten Häppchen ausführlicher miteinander.

Beide hatten sich viel zu erzählen. Sandra beglückwünschte ihn zu seinem Erfolg hinsichtlich Ugonnas Urteil. Er machte ihr Komplimente, nicht nur zu ihrem Aussehen. Sie hatte fleißig trainiert und ihr Körper war an den richtigen Stellen definiert, ihre blond gefärbten

Haare waren dem eigentlich hellbraunen Naturton gewichen und machten ihre Gesichtszüge weicher.

Zu ihrer neuen Position bei der Zeitung gratulierte er ihr ebenfalls und er erfuhr, dass sie wieder an einer äußerst interessanten und spannenden Story dran war. So spannend, dass er sich um sie sorgte.

Der Anlass ihres Wiedersehens war betrübt. Das konnte jedoch die zwei nicht davon abhalten, während ihrer Unterhaltung auch zu scherzen und zu lachen. Sie schämten sich nicht dafür, endlich ihren Gefühlen freien Lauf zu lassen.

Ines, Penelope, ihr Onkel und die Handvoll Beerdigungsgäste, die bei der Beisetzung anwesend waren, hatten schon längst die Räumlichkeiten verlassen, da saßen Sandra und Stora Händchen haltend und alles um sich herum vergessend immer noch am Tisch in der hintersten Ecke des Cafés und unterhielten sich angeregt.

Von da an verabredeten sie sich wann immer es ihre beruflichen Situationen zuließen. Die Bindung zwischen ihnen wurde von Mal zu Mal enger.

Sandra überlegte, ob dieses innige Gefühl und die tiefe Verbundenheit, die sie empfand, Liebe war. Bis jetzt kam sie ganz gut ohne Mann in ihrem Leben zurecht. Aber mit Stora war es eindeutig anders. Trotz ihrer unheimlichen ersten Begegnung, für die er sich noch oft bei ihr entschuldigte und tief in seinem Inneren schämte, da er mit ihr damals die falsche Person eingesperrt hatte.

Schon längst hatte Sandra ihm verziehen, dass er sie damals gefangen hielt Die Leidenschaft, die er bei ihr entfachte, kannte sie nicht und auch nicht dieses körperliche Begehren und begehrt werden.

Bei Stora war es ebenso. Er fühlte sich wieder stark und gefestigt genug, eine neue, dauerhafte Beziehung einzugehen. Mit Sandra an seiner Seite würde er sogar einen weiteren Schritt wagen: die erneute Gründung einer Familie. Inständig hoffte er, dass sie genauso dachte.

Nach einem gemeinsamen Theaterbesuch schlug er vor, dass sie noch mit in die Villa kommt, wo er alles für einen romantischen Heiratsantrag vorbereitet hatte. Sie war ahnungslos. Nachdem er die Haustüre aufgeschlossen und geöffnet hatte, traute sie ihren Augen nicht. Vor ihr lag ein Teppich aus tiefroten Rosenblättern, der von unzähligen Teelichtern erleuchtet war.

Stora führte sie in das Esszimmer, wo sie Teelichter in einer Herzform erwartete und der Tisch feierlich eingedeckt war für ein Diner zu Zweit. Sanft geleitete er sie zum Tisch und gab ihr zu verstehen, sich hinzusetzen.

Sobald er Argos Namen rief, kam dieser in das Zimmer und blieb vor Sandra stehen. An seinem Halsband befestigt war eine kleine herzförmige Schachtel. Stora kniete sich vor ihr hin, öffnete die kleine Schachtel und zum Vorschein kam ein wahnsinnig schöner und wertvoller Verlobungsring aus Platin mit einem Smaragd-Diamant. Bei der Auswahl dieses Ringes hatte er besonders viel Sorgfalt walten lassen. Er wollte für Sandra den schönsten Ring, den er bekommen konnte.

Sandra stockte der Atem, als sie den Ring erblickte und er die entscheidende Frage stellte, ob sie sich eine gemeinsame Zukunft mit ihm vorstellen könnte.

Sie hauchte ein leises „Ja", wobei sie vor lauter Rührung einige Tränen nicht unterdrücken konnte.

Als Stora den Ring aus der Schachtel nahm und ihn an ihren linken Ringfinger steckte, spielte die Zeit, jene vom menschlichen Bewusstsein wahrgenommene Form der Veränderung und Abfolge von Ereignissen, die allen Anschauungen zugrunde liegt, keine Rolle.

Es zählte nur dieser einzigartige Moment und der sollte nie mehr vergehen.